中等职业学校教学用书（计算机技术专业）

U0116978

Photoshop CS 案例教程

石文旭 编著

电子工业出版社

Publishing House of Electronics Industry

北京·BEIJING

内 容 提 要

本书是根据当前中等职业学校的实际需要及设计人员的普遍要求而编写的一本关于 Photoshop CS 的实例型、专业型、应用型教材，突出实用、专业、经典、有趣的特点。

本书采用"任务驱动、案例教学"的形式编写，全书共 8 章，分为四部分：第一部分为第 1 章到第 5 章，主要讲解 Photoshop CS 软件使用的基础知识、工具使用和图像处理；第二部分为第 6 章，主要讲解软件使用需掌握的平面设计构成及广告知识。第三部分为第 7 章，用针对性的实战案例诠释前面章节知识的综合运用，实现学以致用的目的。第四部分为第 8 章，讲解 Photoshop CS 使用的操作技巧及快捷键，让读者在使用 Photoshop CS 进行创作时更加得心应手。

本书适合作为中等职业学校计算机类等相关专业和 Photoshop 平面设计培训班的教材，学习计算机美术、网页制作的参考用书。

为了方便教师教学，本书还配有电子教学参考资料包（包括教学指南和习题答案、电子教案、案例素材），详见前言。

图书在版编目（CIP）数据

Photoshop CS 案例教程 / 石文旭编著.—北京：电子工业出版社，2009.8
中等职业学校教学用书. 计算机技术专业
ISBN 978-7-121-09240-4

Ⅰ. P⋯　Ⅱ. 石⋯　Ⅲ. 图形软件，Photoshop CS—专业学校—教材

Ⅳ. TP391.41

中国版本图书馆 CIP 数据核字（2009）第 115687 号

策划编辑：关雅莉
责任编辑：关雅莉　杨　波
印　　刷：北京季蜂印刷有限公司
装　　订：三河市万和装订厂
出版发行：电子工业出版社
　　　　　北京市海淀区万寿路 173 信箱　邮编　100036
开　　本：787×1 092　1/16　印张：16.75　字数：425.6 千字
印　　次：2009 年 8 月第 1 次印刷
印　　数：4 000 册　　定价：25.00 元

前　言

　　许多中等职业学校计算机类专业的学生和从事计算机图像处理工作的朋友都有这样的体会，感觉已经学会了某个软件的基本使用方法，可要去解决设计过程中一些实际问题时，都觉得无从下手。深究其原因后发现，是综合运用软件的能力不够所造成的。

　　计算机已成为很多人工作的必备工具，学习使用计算机就必须和我们所从事的专业紧密结合起来，这样才能学有所用、学有所成。要实现这一目的，就需要有一本好的启蒙、进阶教材或参考书，而本书就是为解决在学习 Photoshop CS 中出现的诸多实际问题而编写的。本书突出实用、专业、经典、有趣的特点，上手快，专业性强，且易于操作。

　　本书在内容安排上，打破了传统的逐一介绍方法，内容组织别具匠心，章章联系紧密。通过本书的学习，能使学生在学习应用软件理论知识的同时，领悟到平面设计的要领与精髓，从而拓展学生的设计创造能力。

　　"实用"：书中的针对性案例给读者提供了解决设计中常见问题的方法，让读者一学就会，稍加改动便可作为设计模板运用到设计中，效果立竿见影。

　　"专业"：本书列举的案例和使用的专业术语都是平面设计中的常用内容，读者在掌握后能顺利过渡到工作中。

　　"经典"：本书所列举的案例都是经过笔者精心设计的，这些案例能反映当前流行设计风格及理念，看似信手拈来，却全是经典文章。

　　"有趣"：全书内容易学、易懂、易操作，读者能轻松掌握，并激发读者的创作兴趣和激情。

　　本书结构清晰，各章内容联系紧密，所有针对性案例均列出了详细的操作步骤，读者只要按书中的讲解一步一步操作，就可轻松掌握所讲内容，从而达到活学活用、现学现用的目的。

　　本书由石文旭主编，参加编写的人员有：石文旭、王筠、李奕辉、石冬梅、张永红、张红利、于茜、肖芳、黎婷婷、崔开江、杜志华、郝欢欢等。另外，在本书的编写过程中得到了"精华广告公司"的大力帮助，在此表示衷心感谢。

　　使用本书时，可根据与本书所配套的电子教学参考资料包及练习册进行教学安排、学习。

　　由于作者水平有限，书中不妥之处在所难免，敬请广大读者批评指正，我们的 E-mail:liyihuiand@126.com。

　　为了方便教学，本书还配有教学指南和习题答案、电子教案及案例素材（电子版），请有此需要的教师登录华信教育资源网（http://www.hxedu.com.cn）下载或与电子工业出版社联系，我们将免费提供。E-mail:hxedu@phei.com.cn。

编　者

2009 年 8 月

目 录

第1章 Photoshop CS 概述

本章要点

◆ Photoshop CS 界面布局及新特性。

◆ Photoshop CS 启动与退出。

Photoshop CS 是 Adobe 公司推出的最出色的图形图像处理软件，它把选择、绘画、编辑处理、色彩校正和特殊效果有机统一起来，并提供了丰富的绘图功能及无限的创作空间，使 Photoshop CS 成为一个强大的数字成像系统。无论是对专业设计人员，还是对于普通用户来说，都能通过使用 Photoshop CS 尽情地自由创作，将自己心中的想象艺术，形象地表现出来。通过本章的学习，能使读者对 Photoshop CS 有一个概括的了解。

1.1 Photoshop 简介

Photoshop 最初是由 Michigan 大学的研究生 Thomas Knoll 开发的程序，后来在 Knoll 兄弟和 Adobe 公司的共同努力下，Photoshop 成为了一款优秀的图形编辑软件，并在 20 世纪 90 年代初推出。1994 年 9 月，Adobe 公司又与生产 FreeHand 产品的 Aldus 公司合并，使 Photoshop 的版本不断升级，功能不断增强，Photoshop 成为一个功能十分强大的计算机图像处理工具，从而在图像处理领域中站稳了市场。

如今，Photoshop CS 是计算机处理图像的首选软件，目前仅在中国的用户就已逾千万。Adobe 公司推出的 Photoshop CS 不仅继承了 Photoshop 以前版本的所有优点，而且新增了一些功能，使其更加完善，操作更加简单和方便。

Photoshop CS 具有的丰富内容和无穷魅力，广泛应用于广告创意、平面设计、三维效果处理、图像后期合成等领域。

下面我们先对 Photoshop CS 的常用基本功能作简单的介绍：

① 工具箱中的铅笔、画笔、历史画笔、油漆桶、橡皮擦、图章等工具可以实现基本的绘图功能。

② 工具箱中的选框、套索、魔术棒、移动等工具可以实现图像的选取与图片剪裁等功能，并可对选取区域进行增减、移动和变形等操作。

③ Photoshop CS 支持多种色彩模式，可以对色彩进行调节和控制，并能对黑白图片上色，修复图片缺陷等。

④ 支持多图层处理图像功能，可以对图层进行合并、镜像、翻转、移动和复制等操作，并可控制图层的视觉效果。

⑤ 文字处理和样式功能的增强，可以制作出色彩缤纷、姿态万千的艺术字，并能实现一定的三维立体效果及奇妙的灯光效果。

⑥ 支持多种格式的图像文件，图像的调整功能使 Photoshop CS 在众多的图形图像处理软件中独占鳌头。

⑦ 与互联网紧密联系，可以方便地实现预览和自建网页图片库等功能。

⑧ 历史记录允许用户几乎无限次地撤销和恢复到历史操作的某一步骤。

当然，Photoshop CS 的强大功能在这里不可能逐一列举，在后面的章节中会详细介绍。

1.2　Photoshop CS 界面布局与新特性

了解 Photoshop CS 的界面布局和新特性是快速入门的基础。通过熟悉软件界面的分布和新特性的使用，可以让用户工作起来更加得心应手。

1.2.1　Photoshop CS 界面布局

安装好 Photoshop CS 之后，单击任务栏上的 开始 按钮，在弹出的快捷菜单中选择 所有程序(P) 下的 Adobe Photoshop CS 命令，启动 Photoshop CS，展现在我们面前的是一个非常友好、直观、丰富的操作界面。这里，将是我们发挥想象、大显身手的地方，也是我们扬帆彼岸、实现梦想的"加油站"，其界面布局如图 1.1 所示。

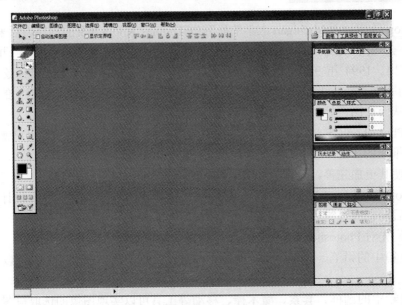

图 1.1　Photoshop CS 界面布局

　　进入 Photoshop CS 操作界面，要对图像进行编辑，先需要打开一幅图像文件，或者新建一个空白图像文件。打开图像后的 Photoshop CS 界面布局如图 1.2 所示，它由标题栏、菜单栏、工具属性栏、工具箱、图像文件、状态栏、各种控制面板、窗口组成。

图 1.2　打开图像后的 Photoshop CS 界面布局

1．标题栏

　　标题栏用于控制 Photoshop CS 的工作界面，在 Photoshop CS 窗口中，最上面一栏为标题栏。控制图标与名称显示在标题栏的左侧，单击标题栏左侧的控制图标，会打开 Photoshop CS 视窗控制菜单，其中有恢复、移动、大小、最小化、最大化和关闭命令，双击控制图标会快速关闭 Photoshop CS 程序，所以许多人又称该图标为"控制盒图标"。标题栏右侧显示的三个按钮分别为最小化按钮、最大化/还原按钮和关闭按钮。

2．菜单栏

　　在 Photoshop CS 界面中，菜单栏位于标题栏的下方，包含了 Photoshop CS 软件中的大多数图像处理命令。Photoshop CS 的菜单栏如图 1.3 所示。

文件(F)　编辑(E)　图像(I)　图层(L)　选择(S)　滤镜(T)　视图(V)　窗口(W)　帮助(H)

图 1.3　Photoshop CS 的菜单栏

下面我们对每个菜单的大致功内容作简要说明：
文件(F) 菜单，主要对图形文件进行建立、打开、存储、输入/输出等操作。
编辑(E) 菜单，主要对图形文件进行复制、粘贴、填充、变换等操作。
图像(I) 菜单，主要控制图像文件的色彩模式、颜色修正和图像尺寸。
图层(L) 菜单，主要对图像进行层控制和编辑。

选择(S) 菜单，主要对图像进行选取和对选区进行控制。

滤镜(T) 菜单，可以为图像添加各种特效滤镜。

视图(V) 菜单，主要进行视窗控制。

窗口(W) 菜单，主要进行桌面环境的控制。

帮助(H) 菜单，为用户提供帮助信息。

单击菜单栏里的任意一个菜单就会出现相应的下拉菜单。下拉菜单是与工具箱完全不同的命令组，它采用了典型的视窗风格，几乎将 Photoshop CS 的所有命令都集成在里面，与工作界面下方的状态栏相呼应，每一个菜单命令都能完成一个特定的功能。

当需要执行菜单命令时，在需要执行的菜单命令上单击鼠标左键即可打开下拉菜单，然后选择命令或直接执行需要的菜单命令即可。例如，单击菜单栏 **选择(S)** 菜单下的 **修改(M)** ▶ 命令，即可弹出如图 1.4 所示的子菜单选择状态，这时就可以选择需要执行的菜单命令。

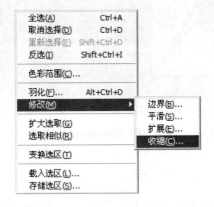

图 1.4　子菜单状态

在菜单命令中，如果其后有" ▶ "符号，则表示隐藏有子菜单；如果其后有" ⋯ "符号，则表示在执行该命令时会打开一个对话框；如果菜单命令前有" ✔ "符号，则表示该选项处于有效状态，有的菜单命令还具有键盘操作快捷键。如果菜单命令呈灰色显示，则说明该菜单命令此时不可使用。

和很多软件一样，按"Alt+菜单名后的下画线字母"即可打开特定的下拉菜单，例如按Alt+E 快捷键可打开 **编辑(E)** 菜单。另外，在进行图像处理时还可使用快捷菜单。在打开的图像窗口中单击鼠标右键，会弹出一个与当前操作相关的快捷菜单，在其中就可以选择需要的命令。

3．工具箱

默认设置下，工具箱位于工作界面的左侧，在 Photoshop CS 中，工具箱中的工具大致可分为：选取工具组、绘图工具组、辅助工具组、文字工具组、选区模式工具组、造型工具组。

单击工具箱中的各种图标即可选择该工具，凡工具按钮图标右下角带黑三角形的，则表示此工具是一个工具组，里面有隐藏工具，只需要在图标处按住鼠标左键不放，就会展开隐藏工具，然后将光标移动到要选择的工具上按下鼠标即可。

当然工具的切换也可按住 Alt 键不放，然后单击工具组中的工具，直至切换出所需的工具为止。使用工具箱中的工具可以对图像进行绘制、移动、选择编辑和取样等操作，也可在图像中输入文字或改变前景颜色与背景颜色。工具的使用我们将在第 3 章作详细介绍。

4．控制面板

控制面板可用来查看图像的编辑状态、控制操作与设置使用的效果等。默认时，控制面板位于 Photoshop CS 工作界面右侧。控制面板也可以通过菜单栏中的 窗口(W) 命令进行隐藏或显示。

5．状态栏

状态栏可显示图像的显示比例、文件大小与状态提示信息等，如图 1.5 所示。

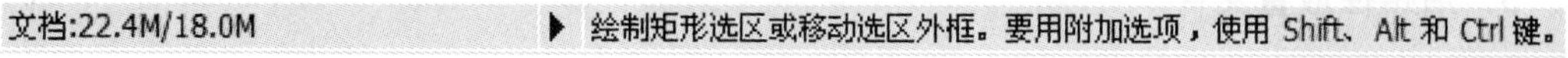

文档:22.4M/18.0M　　　▶　绘制矩形选区或移动选区外框。要用附加选项，使用 Shift、Alt 和 Ctrl 键。

图 1.5　状态栏

6．图像窗口

每一幅图像都有自己的编辑窗口，该窗口的标题栏可显示出当前图像的显示比例、名称、色彩模式以及当前所在的图层名称等信息，如图 1.6 所示。

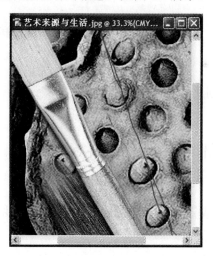

图 1.6　图像窗口

1.2.2　Photoshop CS 新特性

1．改进的文件浏览器

在 Adobe Photoshop CS 中，文件浏览器担任着数字图像处理中心的作用。借助于标记、关键字和可编辑的元数据，可以使用文件浏览器快速组织和找到需要的图像资源。不像以前，需要在打开图像文件后才可对一组图像执行批处理过程。

2．匹配颜色命令

将一幅图像或一个图层的颜色方案应用于另一个图像或图层，可轻松地让时装摄影或商业摄影照片获得一致的表现效果。

3．直方图调色板

随时根据对图像的调整更新直方图调色板（Histogram Palette）。

4．阴影/加亮区修正

使用"阴影/加亮区修正（Shadow/Highlight Correction）"可以快速调整相片中曝光过度或欠缺的区域，该功能对于修正因灯光设置不当造成图像偏暗的室内效果图十分轻松。

5．沿路径放置文件

对于文字，Photoshop CS 可以像 CorelDRAW 一样把文本沿着路径放置，并且还可以在 Photoshop CS 中直接编辑文本。

6．支持数码相机的 raw 模式

支持多款数码相机 raw 模式，让用户可以得到更真实的图像输入。

7．全面支持 16 位图像

可以在层、笔刷、文字、图形等主要功能中精确地编辑和润饰 16 位的图像。

8．输入 Flash 文件

使用 ImageReady 可以创建 Flash 矢量文件。

9．自定义快捷键

用户可以按照自己的操作习惯定义 Photoshop CS 的快捷键。

10．创建幻灯片放映和 PDF 演示文稿

轻松地将多个文件合并成一个多页的 Adobe PDF 文档，并带有可选的页面转换效果和安全功能。

11．轻松地访问和使用多个滤镜

新增的滤镜库将 Photoshop CS 滤镜集中在一个易于使用的对话框中。可以一次访问、控制和应用多个滤镜。利用新的更大的预览效果图，可以更轻松地规划堆叠的滤镜效果。

1.3　Photoshop CS 应用领域

Photoshop CS 广泛应用于广告、摄影、建筑、影视娱乐、网页设计等领域。经过 Photoshop CS 润色处理可以使作品达到更加完美的艺术效果，并且可以设计出更新颖的产

品，缩短设计周期，节省制造费用。

很多用户经常使用 Photoshop CS 修饰照片、处理图像，但它不只是一个修饰工具，而是一个强大的数字成像系统，可以对大量的素材进行处理，包括静态图片、电影胶片、数字化的图像，甚至是想象中的图形。此外，Photoshop CS 与其他软件之间的交互也日趋完善，如与 CorelDRAW、3DS MAX、AutoCAD 等软件可以直接或间接交互使用。一些在其他软件中不好解决的效果往往通过 Photoshop CS 就可以轻松实现处理与润色，从而达到设计需求。图 1.7 所示的几幅图片就是经过 Photoshop CS 处理并应用于商业广告的例子。

 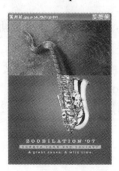  

图 1.7　Photoshop CS 处理的商业广告案例

1.4　Photoshop CS 启动与退出

1. Photoshop CS 启动方式

用户成功进入操作系统后，有以下 4 种方式来启动 Photoshop CS。

① 通过开始菜单，单击 开始 菜单按钮，选取 所有程序(P) 下的 Adobe Photoshop CS 命令。

② 通过资源管理器，在资源管理器中双击 Photoshop CS 的应用程序图标 。

③ 通过桌面快捷方式，用鼠标双击桌面上的 Photoshop CS 的快捷图标，这是许多用户常用的一种方式。

④ 通过运行命令，单击 开始 菜单下的 运行(R) 命令，在弹出的"运行"对话框中单击 浏览(B)... 按钮。在打开的"浏览"对话框中找到 Photoshop CS 安装路径下的应用程序，单击 确定 按钮即可。

2. Photoshop CS 退出方式

用户在使用 Photoshop CS 时，有 3 种方式可以退出 Photoshop CS。

① 通过文件菜单，单击 Photoshop CS 文件(F) 菜单下的 退出(X) 命令，快捷键为 Ctrl+Q。

② 通过窗口命令，双击 Photoshop CS 窗口左上角的 图标即可。若单击 图标，可在弹出的控制菜单中选择 关闭(C) 命令，快捷键为 Alt+F4。

③ 直接退出，直接单击 Photoshop CS 窗口右上角的 按钮，这是许多用户经常采用的一种方式。

以上 3 种方式在退出 Photoshop CS 时，若用户正在处理的文件是第一次保存，程序会弹出一个对话框，提示用户是否要保存文件。若用户的文件刚保存过了，则程序会直接关闭。

 思考与练习 1

1．Photoshop CS 的新特性有哪些，熟悉并掌握这些新特性。

2．列举出 4 种与 Photoshop CS 有关的行业。

3．能让一张图像在 Photoshop CS 与 Illustrator 之间交互操作吗？

4．请用不同方法启动或关闭 Photoshop CS 软件。

5．学好 Photoshop CS 您有足够的思想准备和信心吗？

第2章 图像文件的基本操作

本章要点

◆ 图像文件多种格式的保存。

◆ 图像文件的输入、输出。

◆ 设置 Photoshop CS 软件。

进行图像编辑之前，首先要熟悉图像文件的各种基本操作，包括图像文件的新建、打开和编辑，图像文件的输入、输出及 Photoshop CS 软件的设置。掌握本章内容是熟练使用 Photoshop CS 进行设计的基础，下面就来简单介绍一下具体的操作方法。

2.1 新建图像文件

在 Photoshop CS 的新建图像文件操作中，要求输入图像的名称、尺寸及分辨率，所以在设计实践中，应首先根据图像设计的用途和目的，确定新建图像的分辨率及尺寸。

2.1.1 确定图像的分辨率和尺寸

分辨率是指单位长度上像素的多少，一般来讲，单位长度上的像素越多，图像包含的颜色信息就越多，图像就越清晰。如果图像仅用于屏幕显示，其分辨率设置为显示器的分辨率及尺寸即可；如果图像用于输出设置，其分辨率应设置为输出设备的半调网屏频率的 1.5～2 倍，图像尺寸则根据实际需要设定。

（1）分辨率的日常使用标准

分辨率的日常使用标准，大致归纳为以下 6 种，以满足实际生活中不同场合的需要。

① Photoshop 软件的默认分辨率为 72dpi/in。

② 彩版印刷图像通常的设置为 300dpi/in。

③ 发布于网页上的图像分辨率通常可以设置为 72dpi/in 或 96dpi/in，这主要取决于显示器的类型。

④ 报纸图像通常设置为 120dpi/in 或 150dpi/in。在印刷上我们通常称为 60 线或 75 线，

即前面讲的半调网频。

⑤ 大型灯箱图像一般都采用喷绘输出，现在的喷绘机多以 11.25dpi、22.5dpi 和 45dpi 为输出分辨率。

⑥ 大型墙面广告可设为 300dpi/in 以下。

（2）分辨率的种类

在实际使用中，分辨率常分为以下 4 种。

① 图像分辨率，指图像中每单位长度所包含的像素或点的数目，以 dpi 为单位。读者可以在新建文件对话框中比较一下图像文件的大小与图像尺寸、分辨率之间的关系，以增强对图像分辨率的理解。

② 显示分辨率，指显示器上每单位长度显示的像素或点的数目，以 dpi 为单位。PC 显示器的典型分辨率约为 96dpi，苹果机则为 72dpi。显示器分辨率是固定的，不可更改，而图像分辨率可以更改。

③ 输出分辨率，又称打印分辨率，主要指照排机、绘图仪或激光打印机等输出设备在输出图像时每英寸所产生的油墨点数。若使用与打印机输出分辨率成正比的图像分辨率就能产生较好的输出效果。

④ 扫描仪分辨率，指扫描仪或数码设备获取外界图片时所包含或设定的像素多少。

2.1.2　新建文件

在 Photoshop CS 中选择 文件(F) 菜单下的 新建(N)... 命令，或按 Ctrl+N 快捷键，将弹出如图 2.1 所示的"新建"对话框。

图 2.1　"新建"对话框

在"新建"对话框中的 名称(N): 输入框中可以输入新建图像的名称，单击 预设(P): 右侧的 剪贴板 下拉按钮，弹出预设图像尺寸大小的下拉列表框，如图 2.2 所示。在下拉列表框中，用户可以根据实际需要从中选择预设的图像尺寸大小。

在 宽度(W): 与 高度(H): 输入框中输入数值，也可定义图像的大小，在 分辨率(R): 输入框中输入数值，可以定义图像的分辨率，输入的数值越大，图像就越清晰。

单击 **颜色模式(M):** 右侧的 `RGB 颜色` 下拉按钮，弹出预设的颜色下拉列表框，如图 2.3 所示。

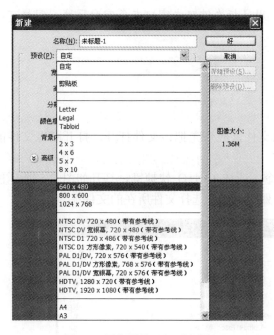

图 2.2　图像预设下拉列表框　　　　　　图 2.3　颜色模式下拉列表框

在 **背景内容(C):** 右侧单击 `白色`  下拉按钮，可从弹出的预设背景颜色下拉列表框中选择图像的背景颜色。

设置好各项参数后，单击 `好` 按钮，就可在 Photoshop CS 操作窗口中新建一个如图 2.4 所示的图像文件。

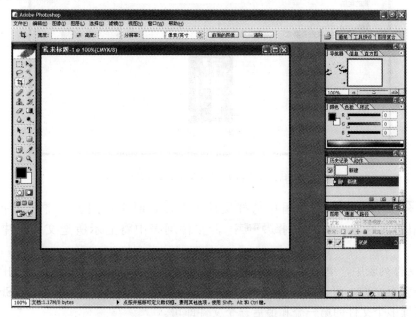

图 2.4　在 Photoshop CS 窗口中新建图像文件

提示

新建图像文件也可以按住 Ctrl 键，用鼠标左键双击窗口灰色空白区域，同样可以弹出"新建"文件对话框。

2.2 打开已有图像文件

如果需要编辑一个已经存在的图像文件，应该先把该文件打开。打开图像文件的操作步骤如下：

① 单击 文件(F) 菜单下的 打开(O)… 命令，或按 Ctrl+O 快捷键，打开如图 2.5 所示的"打开"图像文件对话框，在 查找范围(I): 下拉列表框中，选择文件所在的文件夹。

图 2.5 "打开"图像文件对话框

② 在 文件类型(T): 下拉列表框中选择文件类型，这时文件列表中将只显示与所选文件同一类型的文件名；如果选择 所有格式 ，文件列表中将显示所选文件夹中的所有文件名。

③ 在文件列表中，单击所需的文件名，在对话框下方可以预览指定文件的图像；如果一次要打开多个文件，可以在按住 Ctrl 键的同时，单击多个文件，或在按下 Shift 键的同时，单击连续多个文件的第一个和最后一个文件即可。

④ 单击 打开(O) 按钮，可打开所选的一个或多个图像文件；选择 取消 按钮，取消

打开文件的操作。双击文件列表中选定的文件，可以直接打开该文件。

 提示

打开已有图像文件，也可直接在 Photoshop CS 界面的空白区域双击鼠标左键，弹出图 2.5 所示的"打开"图像文件对话框，这是打开图像文件的快捷方式。

也可通过 Photoshop CS 新增的图像浏览器来打开需要的图像文件，方法如下：

选择 文件(F) 菜单栏中的 浏览(B)… 命令，或单击属性栏中的 按钮，弹出 文件浏览器 窗口，如图 2.6 所示。

图 2.6 "文件浏览器"窗口

在 文件浏览器 窗口中，直接在图像的缩略图上双击鼠标左键，可打开图像文件；直接将图像的缩略图用鼠标拖到 Photoshop CS 操作界面中，也可打开图像文件。

在 文件浏览器 窗口中，还可通过 文件 编辑 自动 排序 视图 菜单中的命令来调整图像的显示方式及对图像进行批处理、排序、旋转等操作。

2.3 保存图像文件

保存图像文件有以下两种方式。

1. 文件(F)/存储(S) 命令

这种保存方式，可以在文件名、文件格式不改变的情况下快速存储当前正在编辑的图像文件。如果图像文件在打开后没有进行修改，则此命令处于灰色不可用的状态；如果图像还未保存过，将弹出如图 2.7 所示的"存储为"对话框。

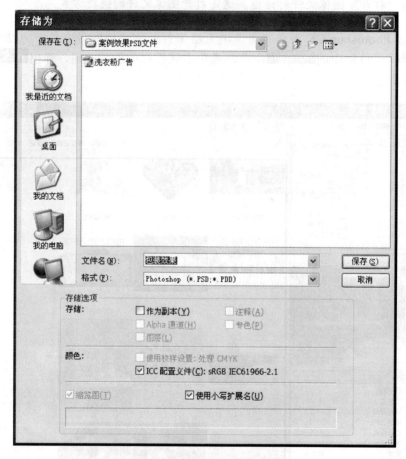

图 2.7　文件"存储为"对话框

在该对话框中，用户可以在 保存在(I): 右侧的下拉列表框中选择所要保存的路径；在 文件名(N): 输入框中为要保存的文件命名；在 格式(F): 下拉列表框中选择文件要保存的格式，Photoshop CS 默认的保存格式为*.PSD 和*.PDD 格式；在 存储选项 中还可以设置更多的选项，例如决定是否将文件存储为副本形式（副本的特殊之处在于不会改变当前工作的图像文件，仅相当于在制作过程中存储的若干快照），是否保存图层信息，是否保存图像的注释，是否保存缩览图等。

2. 文件(F)/存储为(V)... 命令

这种保存方式，可以将正在编辑的图像文件以另一个图像文件名或另一种格式存储，而原来的图像文件不变。

在存储图像文件时，若图像中含有图层、通道、路径等 Photoshop 所特有的成分，则最好用*.PSD 格式保存，否则会在"存储为"对话框的下面显示警告信息。

2.4 图像文件的格式

Photoshop CS 支持多种格式的图像文件，在如图 2.8 所示的 Photoshop CS 图像格式下拉列表框中，可以看到 Photoshop CS 所支持的如*.JPG、*.EPS、*.PSD、*.BMP、*.PCX、*.TIF 等各种图像文件格式。下面我们简要说明部分常用文件格式的功用。

```
Photoshop (*.PSD;*.PDD)
BMP (*.BMP;*.RLE;*.DIB)
Camera Raw (*.TIF;*.CRW;*.NEF;*.RAF;*.ORI
Cineon (*.CIN;*.SDPX;*.DPX;*.FIDO)
CompuServe GIF (*.GIF)
Photoshop EPS (*.EPS)
Photoshop DCS 1.0 (*.EPS)
Photoshop DCS 2.0 (*.EPS)
EPS TIFF 预览 (*.EPS)
Filmstrip (*.FLM)
JPEG (*.JPG;*.JPEG;*.JPE)
通用 PDF (*.PDF;*.PDP;*.AI)
通用 EPS (*.AI3;*.AI4;*.AI5;*.AI6;*.AI7;
PCX (*.PCX)
Photoshop PDF (*.PDF;*.PDP)
Acrobat 修饰图像 (*.PDF;*.AI;*.PDP)
Photo CD (*.PCD)
Photoshop Raw (*.RAW)
PICT 文件 (*.PCT;*.PICT)
Pixar (*.PXR)
PNG (*.PNG)
Scitex CT (*.SCT)
Targa (*.TGA;*.VDA;*.ICB;*.VST)
TIFF (*.TIF;*.TIFF)
大型文档格式 (*.PSB)
无线位图 (*.WBMP;*.WBM)
所有格式
```

图 2.8 Photoshop CS 图像格式下拉列表框

1．PSD 格式（*.PSD）

这种格式是唯一支持 Photoshop CS 全部图像色彩模式的文件格式，除此之外它还支持网络、通道、图层等其他所有功能。它是具有图层功能的 Photoshop 专用格式，修改非常方便。

2．TIF 格式（*.TIF）

这种格式虽体积较大，但图像质量好，支持 RGB、CMYK、Lab、索引、位图和灰度色彩模式，并在 RGB、CMYK 和灰度 3 种色彩模式中支持 Alpha 信道操作，压缩格式为 1～24bit。

3．JPG 格式（*.JPG）

这种格式压缩比可大可小，支持 CMYK、RGB 和灰度色彩模式，但不支持 Alpha 通道。使用 JPEG 格式保存的图像经过高倍率地压缩，可使图像文件变得较小，但会丢失部分不易察觉的数据，故在印刷时不宜使用这种格式。主要用于图像预览及超文本文档，如 HTML 文档等。

4．BMP 格式（*.BMP）

这种格式文件几乎不压缩，占用磁盘空间较大，是一种标准的点阵式图像文件格式。存储格式可以为 1bit、4 bit、8 bit、24bit，支持 RGB、索引、灰度和位图色彩模式，但不支持 Alpha 通道，是 Windows 环境下最不容易出问题的格式。

5．GIF 格式（*.GIF）

GIF 是 CompuServe 提供的一种格式，这种格式可以进行 LZW 压缩，文件压缩比较大，占用磁盘空间小，存储格式为 1～8bit，支持位图、灰度和索引色彩模式的图像，是近乎完美的图像格式。

6．EPS 格式（*.EPS）

EPS 格式是一种 Postscript 格式。在排版软件中能以较低的分辨率预览排版，而在输出打印时则以较高分辨率输出，支持 Photoshop 中所有色彩模式，并且在 BMP 模式中能支持透明模式，但不支持 Alpha 通道，这种格式主要用于绘图和排版。

7．PCX 格式（*.PCX）

支持 RGB、索引、灰度和位图色彩模式，但不支持 Alpha 通道，压缩格式从 1～24bit。它具有压缩及全彩色能力，受到人们的喜爱。

8．PCD 格式（*.PCD）

许多图像处理软件都可读取该格式，但无法存储为该格式，Photoshop 也只能打开该格式的图像文件，读取时提示可选择不同分辨率来打开图像文件。

9．TGA 格式（*.TGA）

TGA 格式图像存储格式有 8bit、16bit、32bit、64bit 几种格式。这种格式的图像文件以其逼真的记录方式而深受人们的喜爱。

10．PDF 格式（*.PDF）

这种格式是 Adobe 公司用于 Windows、Macos、Unix（R）和 DOS 系统的一种电子出版软件格式。可包含矢量和位图图形，还可以包含电子文档查找和导航功能，如电子链接。支持 RGB、索引、CMYK、灰度、位图和 Lab 模式，不支持 Alpha 信道，也支持 JPEG 和 ZIP 压缩。

11．PNG 格式（*.PNG）

PNG 作为 GIF 的免专利替代品开发的 PNG（可移植网络图形）格式用于在 WWW（World Wide Web）上无损压缩和显示图像。与 GIF 不同，PNG 支持 24 位图像，产生的透明背景没有锯齿边缘，但一些版本的 Web 浏览器可能不支持 PNG 图像。它支持带一个 Alpha 通道的 RGB 和灰度色彩模式。

2.5 图层、通道、蒙版与路径

图层、通道、蒙版和路径是 Photoshop CS 的核心功能，也是 Photoshop CS 专业人士进行合成创意和特殊效果设计的秘密武器，综合运用这些工具可以完美地实现设计师的设计思想。

1. 图层概念

"图层"的概念在 Photoshop CS 中非常重要，它是构成图像的重要组成单位，许多效果可以通过对图层的直接操作而得到，用图层来实现效果是一种直观而简便的方法。在 Photoshop CS 的学习中，有人说学会了图层操作就等于学会了 Photoshop CS 软件功能的三分之一，其实一点也不夸张，因为图层的作用与变化实在是太大了，我们先来了解一下图层的作用与概念，具体操作将在以后章节中详细介绍。

图像由图层组成，每一个图层都是由许多像素组成的，而图层又通过上下叠加的方式来组成整个图像。打个比喻，每一个图层就好似是一个透明的"玻璃"，而图层的内容就画在这些"玻璃"上，如果"玻璃"上什么都没有，这就是个完全透明的空图层，当各"玻璃"都有图像时，自上而下俯视所有图层，就形成了图像的最终显示效果。所以，图层是组成图像的单元体，图 2.9 所示的图像就是由多个图层叠加组成的。

图 2.9　由多个图层组成的图像

图层又是相对独立的。这样最大的好处是便于调整和修改，修改其中一层，不会影响到其他层，比如我们在纸上画一个人脸，先画脸庞，再画眼睛和鼻子，然后是嘴巴。画完以后发现眼睛的位置偏了一些，那么只能把眼睛擦除掉重新画，并且还要对脸庞作一些相应的修补，这显然很不方便。如果我们不是直接画在纸上，而是将脸庞、鼻子、眼睛分为三个透明薄膜层。这样完成之后的成品，虽然视觉效果和第一幅一致，但分层绘制的作品具有很强的可修改性。如果觉得眼睛的位置不对，单独移动眼睛所在的那层薄膜就可以达到修改的效果。甚至可以把这张薄膜丢弃重新再画眼睛，而其余的脸庞鼻子等部分不受影响，因为他们被画在不同层的薄膜上。这种方式，极大地提高了后期修改的便利程度。因此，将图像分层制作是非常明智的。

2. 通道概念

通道是反映图像颜色亮暗信息以及存储选区的场所。一个通道层同一个图像层之间最根本的区别在于：图层各个像素点的属性是以红、绿、蓝三原色的数值来表示的，而通道层中的像素颜色是由一组原色的亮度值组成的。

再说通俗点，通道中只有一种颜色的不同亮度，是一种灰度图像。若按住 Ctrl 键再单击通道层，就可以载入通道层中呈白色显示的图像区域。这就是为什么我们将一个选区存储为一个 Alpha 通道层的时候，选区将以白色状态保存在 Alpha 通道层中的原因。也就是说，在 Alpha 通道层中，白色部分就是选区，修改了白色部分就等于改变了选区。

说了这么多，通道究竟能干些什么？举个例子，我们费尽千辛万苦从图像中勾画出了一些极不规则的选择区域，保存并打开图像后，创建的选区将会消失。那么我们怎样才能让创建的选区永远保存在文件中，以便及时进行载入或修改呢？这时，我们就可以利用通道，将选择储存成为一个个独立的通道层；需要哪些选择时，就可以方便的从通道将其调入。这个功能，在特技效果的照片上色实例中得到了充分应用。并且，保存为通道将大大节省空间。

此外，通道的另一主要功能是用于同图像层进行计算合成，从而生成许多不可思议的特效，这一功能主要用于特效文字的制作中。通道的概念理解和功能使用，还需要靠在实际操作中去仔细体会。

3．蒙版概念

蒙版是传统印刷行业的一个术语。简单点说，Photoshop CS 蒙版实际上是一种屏蔽，使用它可以将一部分图像区域保护起来，留下其他部分供修改。

在 Photoshop 中有 4 种蒙版：

（1）快速蒙版，是一种临时蒙版，使用快速蒙版不会对图像进行修改，只建立图像的选区。它可以在不使用通道的情况下快速地将选区范围转为蒙版，然后在快速蒙版编辑模式下进行编辑，当转为标准编辑模式时，未被蒙版遮住的部分变成选区范围。

（2）图层蒙版，是一个 8 位灰度图像，黑色表示图层的透明部分，白色表示图层的不透明部分，灰色表示图层中的半透明部分。编辑图层蒙版，实际上就是对蒙版中黑、白、灰三个色彩区域进行编辑。使用图层蒙版可以控制图层中的不同区域如何被隐藏或显示。通过更改图层蒙版，可以将大量特殊效果应用到图层，而不会影响该图层上的像素。

（3）矢量蒙版，是通过钢笔或形状工具创建的蒙版，与分辨率无关。矢量蒙版可在图层上创建锐边形状，无论何时需要添加边缘清晰分明的设计元素，都可以使用矢量蒙版。

（4）剪贴蒙版，可以使用图层的内容来蒙盖它上面的图层。底部或基底图层的透明像素蒙盖其上方的图层的内容，这些图层是剪贴蒙版的一部分。基底图层的内容将在剪贴蒙版中裁剪（显示）它上方的图层的内容。可以在剪贴蒙版中使用多个图层，但它们必须是连续的图层。蒙版中的基底图层名称带下画线，上层图层的缩览图是缩进的。上层图层将显示一个剪贴蒙版图标。

4．路径概念

路径是由一个或多个直线或曲线的线段构成的，用来描绘或选择需要的图像轮廓形状。路径的节点也叫锚点，锚点用来标记路径上线段的端点。在曲线线段上，每个选择的锚点显示一个或两个方向线，方向线以方向点结束。方向线和点的位置确定曲线段的大小和形状。移动这些元素会改变路径中曲线的形状。

路径可以使用钢笔、磁性钢笔或自由钢笔工具绘制的任何线条或形状。与自由铅笔或其他绘画工具绘制的位图图形不同，路径是不包含像素的矢量对象。因此，路径与位图图像是分开的，不会打印出来，但剪贴路径除外。路径可以是闭合的，没有起点和终点（例如，一个圆圈）；也可以是开放的，带有明显的端点（例如，一条波形线）。

如果已创建了一个路径，可以将其存储到路径调板中，转换为选区边框，或者用颜色填充或描边路径。另外，还可以将选区转换为路径。

2.6　设置 Photoshop CS 软件

对 Photoshop CS 软件进行合理设置可以提高软件运行的效率，也可以充分发挥其优势，使 Photoshop CS 的运行更加个性化。

选择 编辑(E) 菜单栏中的 预置(N) ▶ 命令，弹出如图 2.10 所示的预置子菜单，选择这些命令可对 Photoshop CS 软件进行设置。

图 2.10　"预置"子菜单

1. 常规

选择 常规(G)... 命令，弹出如图 2.11 所示的对话框。

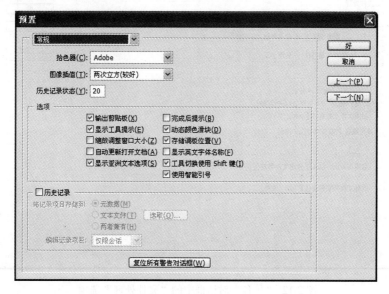

图 2.11　"预置"对话框中的"常规"选项

单击 拾色器(C): 右侧的 Adobe 下拉按钮，在弹出的下拉列表框中有"Windows"和

"Adoble"两个选项，一般默认为"Adoble"选项，此选项是与 Photoshop CS 匹配最好的颜色体系。

单击 **图像插值(I):** 右侧的 **两次立方(较好)** 下拉按钮，在弹出的下拉列表中选择任意一个选项，都可改变软件在重新计算分辨率时是减少像素还是增加像素。

在 **历史记录状态(Y):** 输入框中输入数值，可以设置在历史记录面板中能够记录的历史状态数，输入的数值越大，记录状态数越多，但最大输入数值为 1000。

在 **选项** 区中，选中 ☑**输出剪贴板(X)** 复选框，在 Photoshop CS 软件中存入到剪贴板的内容可供其他应用程序使用。

选中 ☑**显示工具提示(E)** 复选框，当将鼠标移到某个工具按钮上时，系统将会自动显示这个工具的提示信息。

选中 ☑**缩放调整窗口大小(Z)** 复选框，按 Ctrl+"＋"快捷键可放大图像显示，按 Ctrl+"－"快捷键可以缩小图像显示。

选中 ☑**动态颜色滑块(D)** 复选框，设置调色板中的颜色时，拖动滑块可以控制颜色的变化。

选中 ☑**存储调板位置(V)** 复选框，在退出 Photoshop CS 程序后，各面板将被存储在用户调整后的位置。

选中 ☑**工具切换使用 Shift 键(I)** 复选框，按 Shift 按键并按键盘上工具的字母快捷键可以在工具箱中一组工具间切换。

选中 ☑**使用智能引号** 复选框，在用文字工具输入文字时自动替换左、右引号。

2．文件处理

选择 **文件处理(F)...** 命令，弹出如图 2.12 所示的对话框。

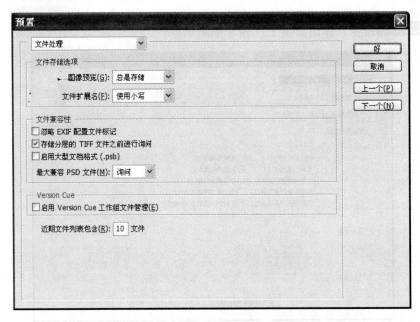

图 2.12 "预置"对话框中的"文件处理"选项

在 **文件存储选项** 选项区中，单击 **文件存储选项** 右侧的 **总是存储** 下拉按钮，在弹出的下拉列表框中提供了"总是存储"、"总不存储"、"存储时提问"3 种选项，一般选择"总是存储"选项。

单击 文件扩展名(E): 右侧的 使用小写 ∨ 下拉按钮，在弹出的下拉列表中提供了 使用小写 ∨

和 使用大写 ∨ 两个选项，可以设置文件扩展名的大小写，一般选择 使用小写 ∨ 的选项。

在 文件兼容性 选项区中，选中 ☑忽略 EXIF 配置文件标记 复选框，在打开文件时忽略 EXIF 元数据指定的色彩空间规定。

选中 ☑存储分层的 TIFF 文件之前进行询问 复选框，可在存储从拼合图像转换为分层图像的图像时显示 TIFF 选项对话框。

选中 ☑启用大型文档格式 (.psb) 复选框，允许存储大型文件的文件格式，但它不向后兼容。

在 近期文件列表包含(R): 10 文件 输入框中输入数值，可以设置保留在最近打开文件菜单中的文件数，最大值为 30。

3．显示与光标

选择 显示与光标(D)... 命令，弹出如图 2.13 所示对话框。

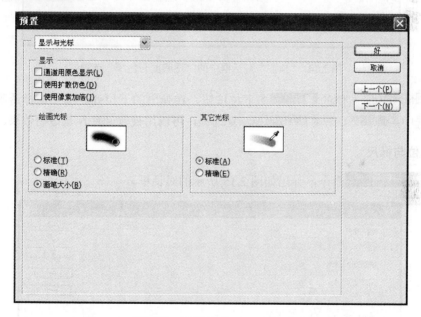

图 2.13　"预置"对话框中的"显示与光标"选项

在 绘画光标 选项区中，选中 ⊙标准(T) 单选按钮，在使用画笔工具时，鼠标光标显示为一枝画笔；选中 精确(R) 单选按钮，在使用画笔工具时，鼠标光标显示为"十"字状态；选中 ⊙画笔大小(B) 单选按钮，在使用画笔工具时，鼠标光标显示为实际大小的笔刷，此选项可避免在不清楚笔刷大小的情况下使用画笔工具的不便。

在 其它光标 选项区中，选中 ⊙标准(A) 单选按钮或 ⊙精确(E) 单选按钮，可以控制使用其他工具时光标显示的状态（除画笔工具以外）。

4．透明区域与色域

选择 透明区域与色域(T)... 命令，弹出如图 2.14 所示的对话框。

在 透明区域设置 选项区中，单击 网格大小(G): 右侧的 中 ∨ 下拉按钮，在弹出的下拉列表框中选择不同的选项，设置透明背景的网格大小。

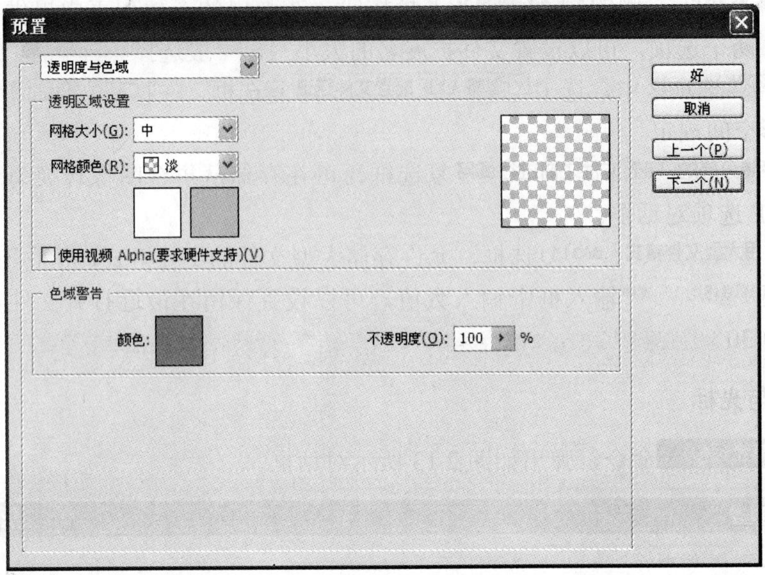

图 2.14 "预置"对话框中的"透明度与色域"选项

单击 网格颜色(R): 右侧的 淡 下拉按钮，在弹出的下拉列表框中选择透明背景的网格颜色。选中 使用视频 Alpha(要求硬件支持)(V) 复选框，可以用视频硬件预览透明效果。

5．单位与标尺

选择 单位与标尺(U)... 命令，弹出如图 2.15 所示的对话框。

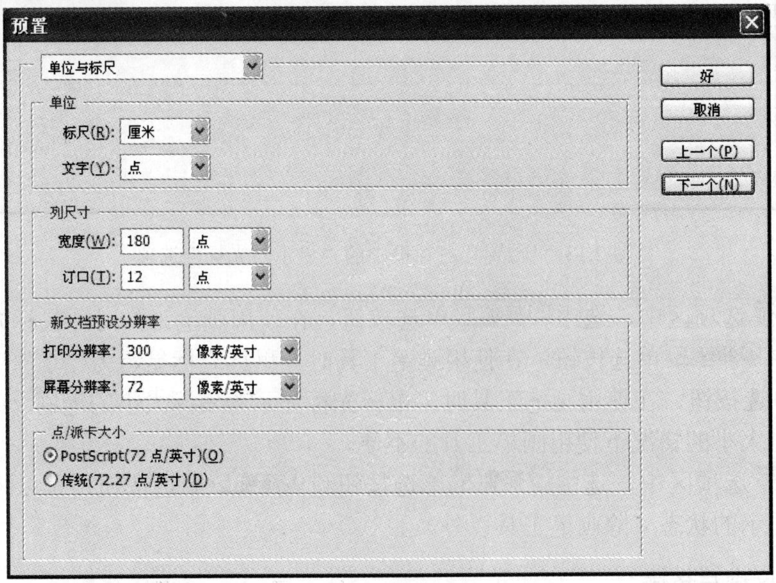

图 2.15 "预置"对话框中的"单位与标尺"选项

在 单位 选项区中，单击 标尺(R): 右侧的 厘米 下拉按钮，在弹出的下拉列表框中选择标尺的单位；单击 文字(Y): 右侧的 点 下拉按钮，在弹出的下拉列表框中选择文字的单位。

在 列尺寸 选项区中的 宽度(W): 输入框中输入数值，可设置裁切和图像大小所用的列宽，在 订口(T): 输入框中输入数值，可设置裁切和图像大小的装订线宽度。

在 新文档预设分辨率 选项区中的 打印分辨率: 输入框中输入数值，可以设置新文档打印的预设的分辨率，在 屏幕分辨率: 输入框中输入数值，可以设置新文档预设的屏幕分辨率。

6. 参考线、网格和切片

选择 参考线、网格和切片(I)... 命令，弹出如图 2.16 所示的对话框。

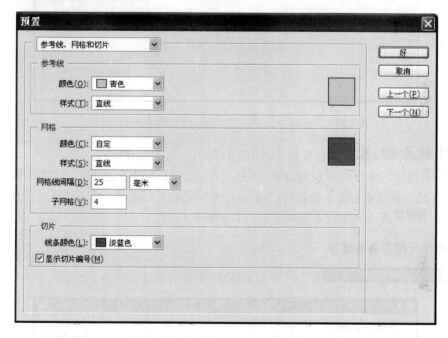

图 2.16　"预置"对话框中的"参考线、网格和切片"选项

在 参考线 选项区中，单击 颜色(O): 右侧的 青色 下拉按钮，在弹出的下拉列表框中选择参考线的颜色。单击 样式(T): 右侧的 直线 下拉按钮，在弹出的下拉列表框中选择参考线是直线或虚线样式。

在 网格 选项区中，单击 颜色(C): 右侧的 自定 下拉按钮，在弹出的下拉列表框中选择网格线的颜色。单击 样式(S): 右侧的 直线 下拉按钮，在弹出的下拉列表框中选择网格线是直线、虚线或是网点样式。在 网格线间隔(D): 右侧的参数栏中可设置网格线的间隔距离，在 子网格(V): 右侧的参数栏中可设置一个主网格中可分为几个小网格。

在 切片 选项区中，单击 线条颜色(L): 右侧的 淡蓝色 下拉按钮，在弹出的下拉列表框中选择切片线的显示颜色。勾选 ☑ 显示切片编号(M) 选项，将在进行图像切片时显示出切片的序号。

7. 增效工具与暂存盘

选择 增效工具与暂存盘(P)... 命令，弹出如图 2.17 所示的对话框。

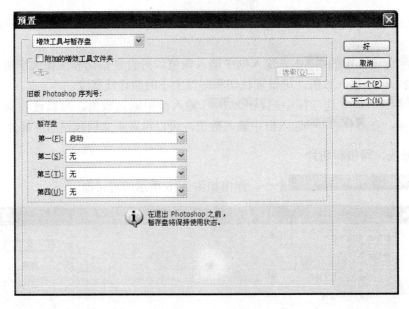

图 2.17　"预置"对话框中的"增效工具与暂存盘"选项

勾选 □附加的增效工具文件夹 参数栏，弹出选择增效工具的文件夹。

在 暂存盘 选项区中，可以设置虚拟的内存。在处理图像时，会耗费很大的内存，如果图像文件过大时，系统就会提示暂存盘已满，而使图像文件不能打开或不能进行任何操作，此时就可以在 暂存盘 选项区中设置增加虚拟内存来解决问题

8．内存与图像高速缓存

选择 内存与图像高速缓存(E)... 命令，弹出如图 2.18 所示的对话框。

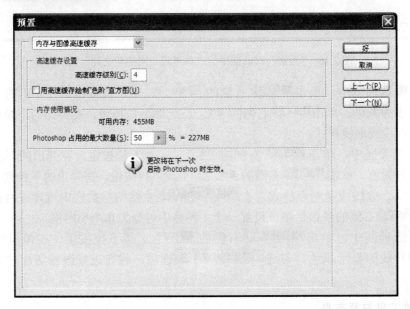

图 2.18　"预置"对话框中的"内存与图像高速缓存"选项

在 高速缓存设置 选项区中的 高速缓存级别(C): 输入框中输入数值，可以设置提高图像显示的

速度。

在 内存使用情况 选项区中的 Photoshop 占用的最大数量(S): 输入框中输入数值，可设置分配给 Photoshop CS 的内存数量。

9．文件浏览器

选择菜单栏中的 文件浏览器(B)… 命令，弹出如图 2.19 所示的对话框。

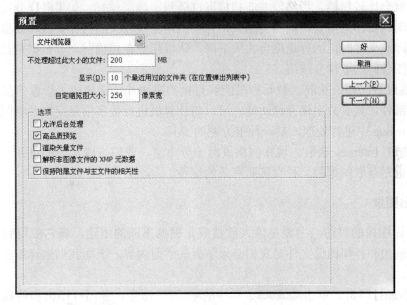

图 2.19　"预置"对话框中的"文件浏览器"选项

在 不处理超过此大小的文件: 输入框中输入数值，不处理超过输入数值大小的文件。

在 显示(D): 输入框中输入数值，可在 最近打开文件(R) 命令子菜单中显示最近使用的文件数量。

在 自定缩览图大小: 输入框中输入数值，可设置以像素为单位的自定义缩略图视图的宽度。

2.7　输入与输出图像文件

1．输入图像

若要在 Photoshop CS 中获取一幅图像，除了在 Photoshop CS 中打开图像文件外，另一种重要的图像输入方法就是通过扫描仪、数码相机或从 Internet 获取。利用扫描仪来扫描图像是 Photoshop CS 中获取外来图像的一种有效方法，但是能否获取高品质的扫描效果还与原图像的种类以及扫描仪的性能有关。

（1）通过扫描仪获取。如果用户的计算机系统已安装了扫描仪或数码相机等外设，选择 文件(F) 菜单下的 输入(M) 命令，就可以从菜单中看到相应的设备，其状态如图 2.20 所示。

图 2.20 中高亮显示的 "Microtek ScanWizard 5…" 就是已安装的扫描仪，单击该命令即可调用扫描程序进行图像扫描。

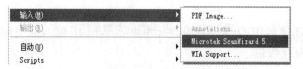

图 2.20　外界图像通过扫描仪的获取方式

在进行扫描之前，先要考虑希望获取图像的取样分辨率，如果取样分辨率过低，得到的扫描图像就会比较粗糙。当然，并非扫描取样分辨率越高越好，如果取样分辨率过高，远远超过了编辑或打印的需要，则所得的大文件会占用系统较大的内存资源和硬盘空间，而且在编辑和打印该文件时，运行速度会大大下降，所以用户在扫描前，要根据自己的实际需要来确定扫描图像时的取样分辨率。

（2）通过数码相机获取。数码相机能够直接拍摄照片，它集成了影像信息的转换、存储及传输等部件，具有数字化存储功能，可以与计算机进行数字信息交换并将图像信息直接输入到 Photoshop 中进行处理，是一种很方便的工具。

（3）通过 Internet 获取。现在网络资源十分丰富，我们可以从中浏览并下载自己需要的图片，这也是获取图像的一种直接而有效的途径。

2．输出图像

我们设计图像的目的，主要是供人欣赏或是根据不同的用途，将它应用到其他需要的地方，因此输出和打印图像文件是我们必须掌握的学习内容。下面我们来详细介绍打印输出图像的方法。

（1）添加打印机。单击 [开始] 菜单中的 [打印机和传真] 命令，弹出打印机和传真对话框。在对话框"打印机任务"中单击 [添加打印机] 图标，即可启动添加打印机向导，根据添加向导的提示一步一步操作即可完成打印机的添加。

（2）打印页面设置。在 Photoshop CS 中选择 [文件(F)] 菜单下的 [页面设置(G)…] 命令，或按 Ctrl+Shift+P 快捷键，弹出如图 2.21 所示的"页面设置"对话框（页面设置对话框中的内容会随打印机及其驱动程序的不同而有所变化），其中的各项设置的含义如下。

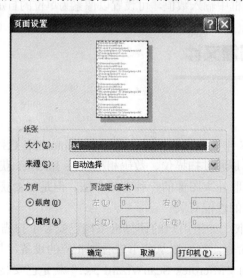

图 2.21　"页面设置"对话框

纸张 设置，分别在 大小(Z)、来源(S) 右侧的列表框中设置纸张的大小和来源。

方向 设置，选择 ⊙纵向(O) 或 ⊙横向(L)，为设置打印输出时的图像方向。

页边距(毫米) 设置：指所打印图像距所选纸张边缘的距离。

单击 打印机(P)... 按钮，可弹出如图 2.22 所示的对话框。

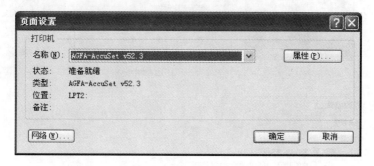

图 2.22　"页面设置"对话框

图 2.22 所示对话框主要显示了打印机的名称、状态、类型和端口位置，以及是否设置网络打印。若再单击 属性(P)... 按钮，则会弹出如图 2.23 所示的对话框。在这个对话框中可以设置页面的基本属性。设置好页面的各项参数后，只要单击 确定 按钮即可完成页面设置。

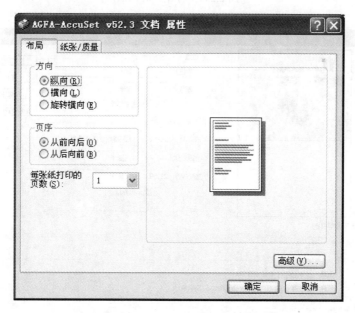

图 2.23　页面的基本属性设置对话框

选择 文件(F) 菜单下的 打印(P)... 命令，或按 Ctrl+P 快捷键，可弹出如图 2.24 所示"打印"对话框。

若取消对话框中的 ☑居中图像 选项，就可以任意设置需打印的图像距纸张边界的距离，如图 2.25 所示是将图像距纸张顶部及左边缘的距离分别设置为 0 时的状态。

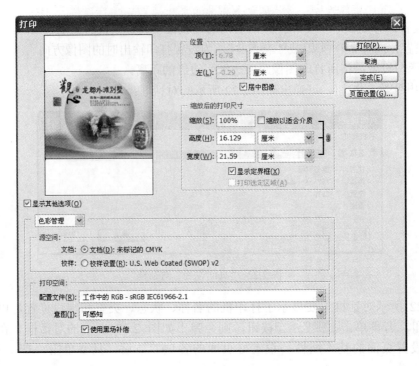

图 2.24 "打印"对话框

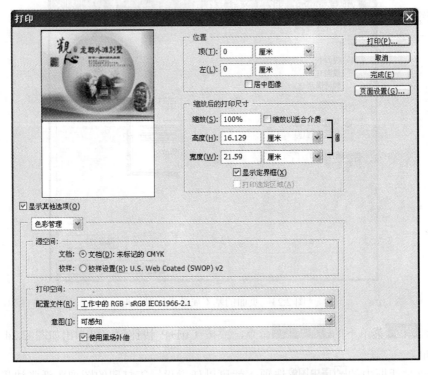

图 2.25 设置需打印图像距纸张边缘的距离

若将打印尺寸缩放值设置为 70%，可得到如图 2.26 所示的效果。

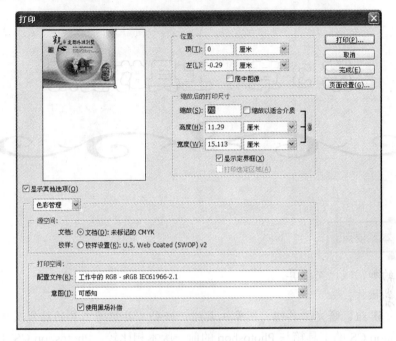

图 2.26　设置打印尺寸缩放值后的效果

 思考与练习 2

1．常用的图像格式有哪几种类型？

2．在商业应用中，常用的分辨率有哪些？

3．新建一个长、宽分别为 10cm 和 15cm，分辨率为 200dpi 的 CMYK 图像，并给该文档命名为"中国加油"。

第3章 工具的使用

本章要点

◆ 选区的加、减、交运算。

◆ 路径的操作。

◆ 聚焦工具组、曝光工具组、图章工具组、修补工具组等工具的功能及使用。

将 Photoshop CS 的工具箱与 Photoshop 的前一版本相比较，Photoshop CS 工具箱的变化并不大，主要是在修补工具组中增加了 着色工具。

工具箱是 Photoshop CS 的重要组成部分，设计处理的各种美丽图片都必须通过工具箱中的工具操作来实现，这里包括绘画用的画笔、处理用的减淡和模糊等工具，有些工具是嵌套在同一工具组中。在 Photoshop CS 中不仅要比日常生活中所见的绘画工具要完善得多，也好用得多，现在就来一起体验 Photoshop CS 中这些工具是如何使用的。

图 3.1 就是 Photoshop CS 的工具箱。怎么样，是不是比大家平时绘画用的工具要多得多。图中工具箱的工具被灰色线分成了 9 部分，不过在本书中，为了达到以实例练习工具的使用这一教学目的，我们对工具区域的划分作了一定的归纳调整，希望读者朋友能够适应。工具的使用是 Photoshop CS 进行设计、处理的基础，认真地学习本章内容，有助于更好地掌握后续章节的学习内容。

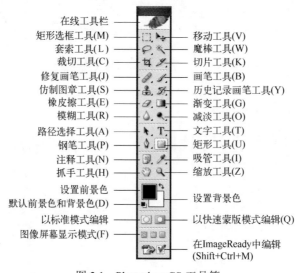

图 3.1　Photoshop CS 工具箱

　　和很多软件一样，工具箱中某些工具的右下角有一个小黑三角形，表示里面还嵌套有一些功能与之相关联的工具。例如，单击矩形选框工具右下角的黑三角形，将弹出如图 3.2 所示的嵌套工具。

图 3.2　矩形选框工具组中的嵌套工具

3.1　选取工具组

　　下面我们将制作如图 3.3 所示的中国银行标识。要完成该实例的制作，首先要学习一些选取工具的使用方法。

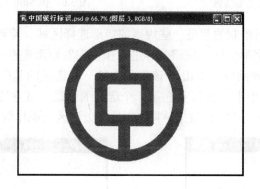

图 3.3　使用选取工具绘制完成的中国银行标识

　　选取工具操作是进行图像处理最基本的操作。选取工具的主要目的在于使图像处理的范围限定在我们选定的区域内进行，而不影响选区外的图像。

　　例如：想对图形的某部分做一个扭曲变形滤镜，就可以用一个选区对想做扭曲变形的区域进行选定，然后做相应的操作即可。在 Photoshop CS 中，选取的方法有很多种，当然使用选取工具进行选取是最基本的一项操作。下面将逐一介绍选取工具的使用方法。

3.1.1　规则选取工具组

1. 矩形选框工具

单击工具箱中的矩形选框工具按钮，其属性栏如图 3.4 所示。

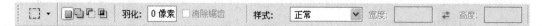

图 3.4　矩形选框工具属性栏

　　在矩形选框工具的默认状态下，可以在绘图区域绘制出一个任意的矩形选区，如图 3.5 所示。若要想绘制一个正方形选区，只需按住键盘上的 Shift 键不放，在绘图区域拖动鼠标即可，如图 3.6 所示。

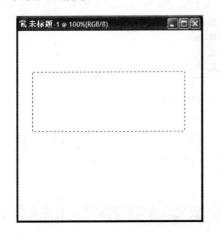

图 3.5　任意矩形选区　　　　　　　　　图 3.6　按 Shift 键绘制的正方形选区

　　图 3.5、图 3.6 中所绘制的都是一些规则的矩形选择区域。若要绘制一个"十"字形的选区或绘制一个"回"字形选区，应该怎样进行操作呢？矩形选框工具属性工具栏中的 两个按钮就可实现这两种操作。单击该钮是在第一个选区的基础上添加新选区（等同于选取时按住 Shift 键）；单击按钮是在第一个选区的基础上减除选区（等同于选取时按住 Alt 键）。图 3.7 是加入选区的操作效果，图 3.8 是减去选区的操作效果。

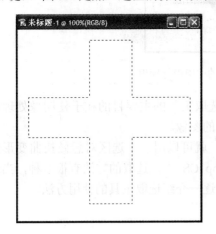

图 3.7　按 Shift 键所绘制的"十"字形选区　　　　图 3.8　按 Alt 键所绘制的"回"字形选区

　　 按钮是进行交叉区域选择的选项，下面以一个交叉选择的过程来进行说明这一工具的使用。图 3.9 所示的是两个矩形选框交叉前的状态，图 3.10 所示的是两个矩形选区交叉后形成交叉公共部分选区的状态。

　　在  选项中，通过设置羽化值的大小可以控制选定区域边缘的羽化程度，羽化值设置越大，羽化程度也就越大。若对羽化后的选定区域进行色彩的填充，则可以在选区的边缘产生柔和的色彩过渡效果。

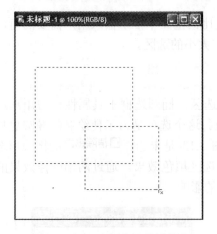

图 3.9　矩形选框交叉前的状态　　　　　　图 3.10　矩形选框交叉后的形成的选区

　　下面以不同羽化值的两个矩形为例，进行填色对照比较。图 3.11 所示的是羽化值为 0 像素的矩形填充颜色效果。图 3.12 所示的是羽化值为 10 像素的矩形填充颜色效果。

图 3.11　羽化值为 0 像素的矩形填色效果　　　图 3.12　羽化值为 10 像素的矩形填色效果

　　从图 3.11 和图 3.12 中可以明显看出，羽化值为 0 像素与羽化值为 10 像素之间的色彩过渡差异，所以在以后的实例中，若要进行色彩柔和过渡，羽化是一种非常好的方法。当然，如果需创建不同程度的羽化选区，则必须分别在选区的工具属性栏中设置不同的羽化值才行。

🐦 提示

　　选区的羽化，可以先在工具属性栏中设置羽化值后再创建选区，也可以创建好选区后，再按 Ctrl+Alt+D 快捷键，打开羽化对话框进行设置。

　　选区的撤销可以用鼠标在选取区域之外单击，或按 Ctrl+D 快捷键来实现。

　　在矩形选框工具属性栏的样式选项中有"正常"、"固定长宽比"、"固定大小"三个选项：

　　"正常"选项，可使用鼠标在图像中绘制任意大小和方向的矩形。

　　"固定长宽比"选项，可以在其后面的文本框中输入一定的长、宽比例值，如长度值为 1，宽度值为 3，则表示所绘制出的选区长与宽的比例为 1:3。

"固定大小",选择该项后,可以在宽度与高度比例值文本框中输入用户需要的值,这样只需在绘图区域单击鼠标,就可以绘制出一个固定大小的选区。

2. 椭圆选框工具

椭圆选框工具用于在图像中绘制椭圆形或圆形选区。椭圆选框工具属性栏与矩形选框工具属性栏基本一样,只是多了一项 消除锯齿 选项。这个选项是为了使绘制的椭圆更加平滑一些。在图 3.13 与图 3.14 所示的两幅图像中,图 3.13 是未选择 消除锯齿 的椭圆形选区填色效果,图 3.14 是选择 消除锯齿 选项后的椭圆选区填色效果。通过两幅图像效果的对比,可以看出 消除锯齿 选项对选区平滑程度所产生的影响。

图 3.13　未选择"消除锯齿"选项的选区填色效果　　　图 3.14　选择"消除锯齿"选项的选区填色效果

椭圆选框与其他选框之间的加入、减去、相交与前面所讲述的矩形操作的方法完全相同。希望读者用矩形或椭圆选区的加入与减去功能绘制出如图 3.15 所示的图像,不要被困难吓倒,因为你完全可以做到,来练习一下吧。

图 3.15　用椭圆或矩形绘制的图形

3. 单行与单列选框工具

这两个工具使用得较少,常用该工具修补图像中丢失的像素或创建辅助线。在工具箱中选择这两个工具后,在工具属性栏出现如图 3.16 所示的选项,这里所有的选项与前面所讲的矩形、椭圆选框工具的选项相同。

图 3.16　单行与单列选框工具属性栏

因为单行与单列选框工具的内部宽度只有一个像素，所以当输入羽化值并创建选区时，会弹出一个警告对话框，提示信息告诉我们，当羽化的范围大于所创建选区的大小时，选区边缘将不可见，但这时选区却是存在的。图 3.17 所示的是一个羽化 2 像素后的单行选框填充黑色后的效果。这就说明虽羽化后的选区看不见，但它绝对存在。

图 3.17　羽化并填充黑色后的单行选区

选区是可以进行修改和变换的。在图像处理或设计过程中，常用的修改操作有变换选区、平滑修改、扩边修改等。

3.1.2　套索工具组

套索工具组由套索工具、多边形套索工具、磁性套索工具组成，如图 3.18 所示。

1. 套索工具

该工具通过拖动鼠标来建立任意形状的选择区域。由于在拖动的过程中，鼠标非常难以控制选择区域的形状，所以常用于创建一些对绘制要求不是很严格的自由不规则的选区形状。当然，若读者使用的鼠标定位较精确，且使用鼠标的熟练程度较高，同样也能绘制出比较准确的图像。下面是笔者运用套索工具绘制的人头图像，如图 3.19 所示。

图 3.18　套索工具组　　　　图 3.19　用套索工具绘制的人头图像

2. 多边形套索工具

多边形套索工具可轻松地控制选择区域的形状，能很好地模拟各种曲线形状的选择区域，但它的缺点是在选择区域时比较费时费力。

在选择区域时，可以在图像边缘的任意一点单击作为起点，然后根据图像的形状移动鼠标并不断单击定位端点，如图 3.20 所示。如果希望多边形的某一条边是曲线，则在拖动鼠标的同时按下 Alt 键，完成后松开 Alt 键，再松开鼠标即可。若要完成选择，双击鼠标即可；或者将鼠标光标放置在起点并单击，也可以完成选择区域的建立。要注意每条直线的边不要太长，这样才能很好地模拟曲线形状的选择区域。

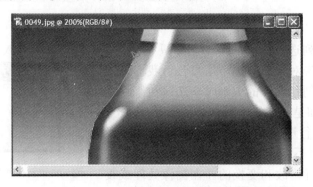

图 3.20　多边形套索工具选择状态

在操作的过程中，有时会将图像放大进行选取，若图像显示太大，有一部分会被隐藏，这时可按住空格键，此时多边形套索工具就变成了抓手工具，如图 3.21 所示。这样就可以拖动图像显示被隐藏的部分，松开空格键后，又回到多边形套索工具状态。

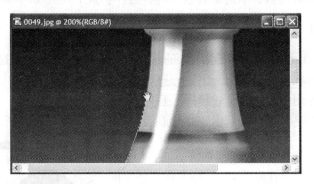

图 3.21　按住空格键将光标变成抓手工具状态

3. 磁性套索工具

磁性套索工具与多边形套索工具的最大区别在于用户只需大体指定选区的边界，它就能够自动根据图像颜色边界创建选择区域。磁性套索工具在选择具有清晰边界的物体时最为有效，而在边界不够清晰时得不到精确的选择区域。如图 3.22 所示是磁性套索工具属性栏。

图 3.22　磁性套索工具属性栏

当选择磁性套索工具后，可以通过图 3.22 中的选项来对参数进行设置，以达到所需要的效果。其主要选项功能如下：

宽度：，设置在距离鼠标指针多大的范围内检测边界，它的取值范围是 1～40。

边对比度：，设置检测图像边界的灵敏度。取值范围是 1%～100%，较高的取值探测对比度较高的边界，较低的取值探测对比度较低的边界。如图 3.23 所示就是用磁性套索工具选取图像操作的效果，当然图像选区的好坏程度要根据上述的几个选项值来确定。

图 3.23 磁性套索工具选取图像的效果

频率：，设置套索工具的定位点出现的频率，取值范围是 0～100。如果该值越高，选择区域边界的定位点的数量就越多，选择区域边界固定得也越快。

磁性套索工具的精确度和选项参数的设置有很大关系。对具有明显边界的图像，可以设置较大的套索宽度和较高的边对比度，用户只需要粗略勾画边界即可完成；而对边界比较模糊的图像，可以设置较小的套索宽度值和较低的边对比度，用户需精细跟踪边界的轨迹。

 提示

有时候图像不同的颜色通道具有不同的清晰度。我们还可以通过"通道"面板选择一个边界清晰的通道来使用磁性套索工具。

3.1.3 魔棒工具

魔棒工具主要用于选择颜色相近的图像区域，在图像中单击，则自动选择容差范围所允许的色彩区域。魔棒工具属性栏如图 3.24 所示。前面几个选项与矩形选框工具中所学习的使用方法相同。

图 3.24 魔棒工具属性栏

容差：，这个选项的默认值为 32，它的含义是在用魔棒工具单击的色彩点上偏差 32 个色彩像素的色彩区域都能被进行选取，如图 3.25 所示是用魔棒工具在同一个点但容差分别设定为 10、20、30、40、50、60 六个不同值所得到的选区效果。

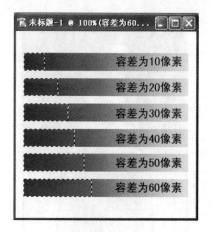

图 3.25　容差值不同的选区效果

选中 ☑用于所有图层 选项，则可选择不同图层中的着色相近的区域。选中 ☑连续的 选项，则选择颜色相近的连续区域；否则，选择颜色相近的不连续区域。

3.1.4　移动工具

移动工具主要用于移动图层或选区内的图像，可以完成图像排列、移动和复制操作。在使用别的工具的过程中，按下 Ctrl 键可切换为移动工具。如图 3.26 所示为移动工具属性栏。

图 3.26　移动工具属性栏

使用移动工具在绘图区域单击鼠标右键，将弹出一个选择当前图层的快捷菜单。快捷菜单中列出了当前指针所在位置像素的所有图层，所列出的最上面一层即为鼠标单击位置的当前图层。在有选择区域的情况下还可以选择对齐方式。

☑自动选择图层：勾选该选项，在分层图像中单击，即可将鼠标所指位置的第一个图层作为选择或移动的对象，与按住 Ctrl 键用鼠标单击分层图像所产生的效果一样。

☑显示定界框：显示定界框主要用于显示分层图像中被选择层的图像区域，调整定界框的大小或方向可以直接改变定界框内图像的大小或方向。调整定界框后，在定界框内双击鼠标即可得到变换图像。

：顶对齐按钮，可以将链接图层垂直方向的顶端像素与当前图层的顶层像素对齐，或与选区边框的顶边对齐。

：水平中齐按钮，可以将链接图层的水平方向的中心像素与当前图层的水平方向的中心像素对齐，或与选区边框的水平中心对齐。

：底对齐按钮，可以将链接图层的底端的像素与当前图层的底端的像素对齐，或与选区边框的底边对齐。

：左对齐按钮，可以将链接图层最左端的像素与当前图层的最左端的像素对齐，或与选区边框的最左边对齐。

：垂直中齐按钮，可以将链接图层的垂直方向的中心像素与当前图层的垂直方向的中心像素对齐，或与选区边框的垂直中心对齐。

：右对齐按钮，可以将链接图层的最右端的像素与当前图层的最右端的像素对齐，或与选区边框的最右边对齐。

：按顶分布按钮，从每个图层的顶端像素开始，以平均间隔分布链接的图层。

：垂直中心分布按钮，从每个图层的垂直居中像素开始，以平均间隔分布链接的图层。

：按底分布按钮，从每个图层的底部像素开始，以平均间隔分布链接的图层。

：按左分布按钮，从每个图层的最左边像素开始，以平均间隔分布链接的图层。

：水平中心分布按钮，从每个图层的水平中心像素开始，以平均间隔分布链接的图层。

：按右分布按钮，从每个图层的最右边像素开始，以平均间隔分布链接的图层。

 注意：

Photoshop CS 只对齐和分布所含像素的不透明度大于 50%的图层。例如，使用 按钮，链接的图层只与当前图层最顶端不透明度大于 50%的像素对齐。

图 3.27 以几个对照实例比较两种对齐和一种分布方式，在操作过程中必须将所有操作图层进行链接。与选区进行对齐是指一个图层中的操作。例如，想让一个图形对齐到选区中间，只需选择工具箱中的　　工具后，单击　　　　　　　上的水平中齐与垂直中齐按钮即可，这种方法对于背景层不起任何作用。

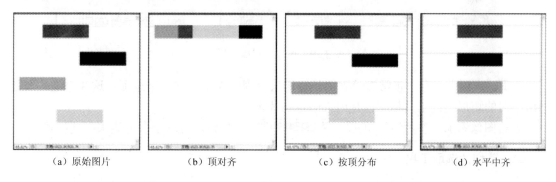

|（a）原始图片|（b）顶对齐|（c）按顶分布|（d）水平中齐|

图 3.27　两种对齐方式和一种分布方式比较

3.1.5　裁切工具

裁剪工具主要用来裁切不用的图像部分，使用方法非常简单，只要在工具箱中选择　工具，然后在图像上拖动鼠标即可创建一个裁切框，裁切框内的图像是最终保留下来的图像，而裁切框外的图像就是要被裁切掉的部分。创建好裁切框后，可以按键盘上的 Enter 键或在裁切框内双击鼠标左键，就可裁切掉图像的多余部分。裁切图像除了使用裁剪工具外，还可以用矩形选框工具选取图像需要保留的部分，再单击 图像(I) 菜单下的 裁切(P) 命令，也可实现图像的裁切。裁切图像前后的效果对照如图 3.28 所示。

　　　（a）图像裁切前　　　　　　　　　　　　　（b）图像裁切后

图 3.28　图像裁切前后效果对照

3.1.6　切片工具组

切片工具组主要是用来切割图像或进行相关位置的链接，多用于网页制作。

1. 　切片工具

使用切片工具，可从一个图层或选择区域中创建切片。如果是在一个图层中创建所需
要的切片，那么切片包含了图层中所有的像素信息，在对图层进行编辑时，切片区将自动进
行调整，以包含新的图像像素内容。切片工具属性栏如图 3.29 所示。

图 3.29　切片工具属性栏

在 样式 选项中，有"正常"、"固定长宽比"、"固定大小"这 3 个选项。这 3 个选项与前
面所学习的矩形选框工具相同，是用来确定切片大小的。

若给图像添加了参考线，单击 基于参考线的切片 按钮，可基于参考线来创建切片。

2. 　切片选取工具

当用户创建的多个切片重叠在一起时，最后创建的切片将按堆栈顺序位于最上方。但
是这些切片的顺序是可以改变的。用户可指定位于堆栈最上方或最下方的切片，也可用切片
选取工具将切片的位置进行上下移动。切片选取工具属性栏如图 3.30 所示。

图 3.30　切片选取工具属性栏

　用于排列切片顺序，从左到右依次表示置于顶部、上移一层、下移一层、置
于底部。

单击 切片选项... 按钮，可打开如图 3.31 所示的"切片选项"对话框。

在"切片选项"对话框中，单击 切片类型(S) 右侧的下拉按钮，在弹出的下拉列表框中有"图像"和"无图像"两个选项。图像切片包含图像数据，而非图像切片只包含纯色或超文本，由于它不包含图像数据，因此下载速度非常快。

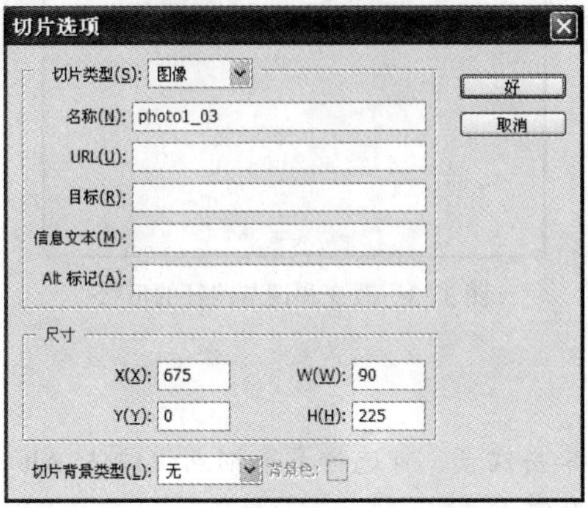

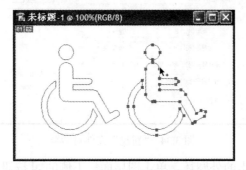

图 3.31　"切片选项"对话框

名称(N): 输入切片的名称。
URL(U): 主要用于为切片设置地址，使切片区域成为网页热区。但它只对图像切片有效。
目标(R): 主要用于设置目标结构的名称，它必须与 HTML 文件中定义的结构一致。
信息文本(M): 输入的内容将出现在浏览器的状态栏上。
Alt 标记(A): 主要用于为选中的切片设置标签的信息。

3.1.7　路径选择工具组

1.　路径选择工具

单击路径上的任意位置，可以选择路径的所有锚点；按住鼠标拖动路径，可移动整个路径；按住 Alt 键的同时拖动路径，可复制路径，如图 3.32 所示。

图 3.32　按住 Alt 键拖动路径复制的路径副本

2.　直接选择工具

单击某个锚点则可以选择该锚点，被选择的锚点呈黑色；按住鼠标拖动锚点，可以改变锚点的位置；拖动锚点的两侧的控制杆，可以改变路径的形状，如图 3.33 所示。

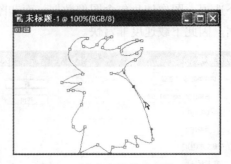

图 3.33   改变和调节路径的形状

 提示

按住 Shift 键的同时单击锚点，可选择多个锚点；按住 Alt 键的同时单击任意一个锚点，可选择该路径上的所有锚点。

实战案例：制作中国银行标志

本实例将运用选框工具的填充与变换来制作中国银行标志。在制作或设计标志前，我们必须要对所设计对象的最终效果有一个清晰的轮廓，对制作的先后顺序作一定的分析，这样绘制起来才能一气呵成，事半功倍。

步骤

① 选择 文件(F) 菜单下的 新建(N)... 命令，或按住 Ctrl 键后，在桌面空白区域双击鼠标左键，在弹出的对话框中进行如图 3.34 所示的操作设置，然后单击 好 按钮，得到定制的画布。

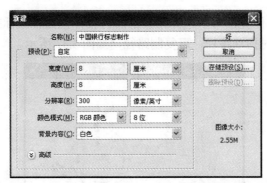

图 3.34   "新建"文件对话框

② 制作中国银行标志的外圆环。单击图层面板下侧的 按钮，新建图层 1，在工具箱中选择 工具，确认新图层处于被选中状态，按住 Shift 键，在画布上拖动鼠标，画出如图 3.35 所示的正圆形选区。

③ 将前景色设置为#F84E4E 色，按 Alt+Delete 快捷键给选区填充前景色，填充效果如图 3.36 所示。

图 3.35　正圆选区

图 3.36　填充前景色后的正圆

④ 单击 选择(S) 菜单下的 变换选区(T) 命令，将鼠标光标放在变换选区控制框的右下角，按住 Shift+Alt 快捷键，向变换选区控制框左上角拖动鼠标，调整其选区大小如图 3.37 所示。在图像选区内双击鼠标确定选区变换，按 Delete 键删除选区内的图像，得到如图 3.38 所示的圆环效果。

图 3.37　调整选区大小状态

图 3.38　删除选区内图像

⑤ 单击图层面板下侧的 ▣ 按钮，新建图层 2，在工具箱中选择 ▣ 工具，从圆环中上部到中下部拖动鼠标，创建如图 3.39 所示的矩形选区。按 Alt+Delete 快捷键给选区填充前景色，填充效果如图 3.40 所示。

图 3.39　创建的矩形选区

图 3.40　填充前景色后的矩形

⑥ 在工具箱中选择 ▣ 工具，在画布上拖动鼠标，创建如图 3.41 所示的选区。单击 选择(S) 菜单 修改(M) 命令组下的 平滑(S)... 命令，在弹出的对话框中设置其参数如图 3.42 所示。

根据笔刷所绘刷出来的效果可分为柔边笔刷、硬边笔刷、特殊效果笔刷 3 类。柔边笔刷绘制出的线条边缘柔和梦幻，硬边笔刷绘制出的线条边缘生硬清晰，而特殊效果笔刷可以创建出各种不同形状的笔触效果。如图 3.51 所示就是这 3 类笔刷依次绘制的效果。

图 3.51　不同笔刷绘制的图像效果

当然我们也可以根据自己的需要来设置笔刷。要设置笔刷，只需在笔刷列表框中拖动"主直径"或"硬度"滑块就可得到所需的笔刷。其中"主直径"决定了笔刷笔触大小，最大可达 2500 像素；"硬度"决定了笔刷笔触边的软硬，值越小，绘出的线条就越柔和，反之就越生硬。设置好画笔选项后，单击笔刷列表框右上角的 按钮，即可将设置好的新笔刷保存到笔刷列表框中，供以后使用。

单击笔刷列表框右侧的 按钮，会弹出如图 3.52 所示的快捷菜单，执行相应的菜单命令即可进行画笔的复位、载入、存储、替换、删除和选择画笔样式等操作。

图 3.52　快捷菜单

快捷菜单中各命令的含义如下：

新画笔预设...，执行此命令，弹出"画笔名称"对话框，定义新的画笔。

重命名画笔...，给当前所使用的笔刷命名。

删除画笔，删除当前选中的笔刷。

纯文本，笔刷列表框中的笔刷只以笔刷名的方式显示。

小缩览图，笔刷列表框中笔刷以小缩略图的方式显示。

大缩览图，笔刷列表框中笔刷以大缩略图的方式显示。

小列表，笔刷列表框中的笔刷以小列表方式显示。

大列表，笔刷列表框中的笔刷以大列表方式显示。

描边缩览图，在笔刷列表框中显示笔刷大小、形状及笔刷绘制的笔触效果。

预设管理器...，对画笔进行存储、载入、重命名、删除等管理。

复位画笔...，可将笔刷列表框恢复到默认的状态。

载入画笔...，执行此命令将弹出载入对话框，选择一种画笔样式载入，将会在笔刷列表框中出现此样式所定义的一系列画笔。

存储画笔...，可以将当前笔刷列表框中的画笔保存在一个文件夹中，供以后加载使用。

替换画笔...，执行此命令后，在弹出的对话框中可以用新笔刷文件中的画笔替换到当前笔刷列表框中。

最后几项列出的是一些艺术笔刷组文件，单击它们会弹出确认是否替换当前笔刷列表框中的笔刷对话框，单击 **好** 按钮就将原来笔刷列表框中的笔刷替换为文件中所定的笔刷。也可以在该对话框中单击 **追加(A)** 按钮，将选中的艺术笔刷加入到当前笔刷列表框中去。如图 3.53 所示为混合画笔，如图 3.54 所示为仿完成画笔。

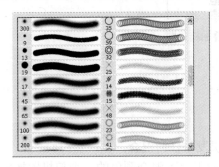

图 3.53　混合画笔

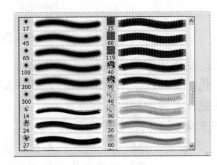

图 3.54　仿完成画笔

若要进行画笔工具的更高级设置，可单击工具属性栏右边的 按钮，弹出如图 3.55 所示的设置选项，在该对话框中可进行笔刷间距、样式等设置。

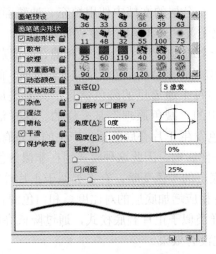

图 3.55　笔刷的高级设置选项

2．设置模式

这里所讲的模式是指色彩的混合模式，是用于控制绘画或编辑工具对当前图像中像素的作用形式，即当前使用的绘图颜色如何与图像原有的底色混合来获得不同的颜色效果。在工具属性栏上单击 **模式** 右侧的 ⌄ 按钮，可以弹出如图 3.56 所示的下拉菜单，用户可根据当前的设计需要来选择不同的色彩混合模式。为了有助于对模式的概念的理解，我们先来了解几个专业术语。

图 3.56　图层叠加模式图

基色：是图像中的原稿颜色。

混合色：是通过绘画或编辑工具应用的颜色。

结果色：是混合后得到的颜色。

在图 3.56 所示的色彩混合模式中：

➢ 正常模式：是默认的模式。不和其他图层发生任何混合。

➢ 溶解模式：溶解模式产生的像素颜色来源于上下混合颜色的一个随机置换值，与像素的不透明度有关。

➢ 背后模式：只对图层的透明区域进行编辑。该种模式只有在图层的锁定透明区域为未选择状态才有效。

➢ 清除模式：只有在一个分层的文档中使用填充、油漆桶以及直线工具时才可用。这种模式和画笔的颜色无关，只和笔刷的参数有关。

➢ 变暗模式：考察每一个通道的颜色信息以及相混合的像素颜色，选择较暗的像素作为混合的结果。颜色较亮的像素会被颜色较暗的像素替换，而较暗的像素不会发生变化。

➢ 正片叠底模式：考察每个通道里的颜色信息，并对底层颜色进行正片叠加处理。其原理和色彩模式中的"减色原理"是一样的。这样混合产生的颜色总是比原来的要暗。如果和黑色发生正片叠底的话，产生的就只有黑色。而与白色混合就不会对原来的颜色产生任何影响。因此这种模式用在非黑白色下的效果才明显。

➢ 颜色加深模式：让底层的颜色变暗，有点类似于正片叠底模式。但不同的是，它会根据叠加的像素颜色相应增加底层的对比度。和白色混合则没有效果。

➢ 线性加深模式：同样类似于正片叠底模式，通过降低亮度，让底色变暗以反映混合色彩。和白色混合也没有效果。

➢ 变亮模式：和变暗模式相反，比较相互混合的像素亮度，选择混合颜色中较亮的像素保留起来，而其他较暗的像素则被替代。

➢ 滤色模式：按照色彩混合原理中的"增色模式"混合。也就是说，对于屏幕模式，颜色具有相加效应。比如，当红色、绿色与蓝色都是最大值 255 的时候，与屏幕模式混合就会得到 RGB 值为（255，255，255）的白色。而相反的，黑色意味着为（0，0，0）。所以，与黑色以该种模式混合没有任何效果，而与白色混合则得到 RGB 颜色最大值白色（255，255，255）。

➢ 颜色减淡模式：与线性加深模式刚好相反，通过降低对比度，加亮底层颜色来反映混合色彩。与黑色混合没有任何效果。

➢ 线性减淡模式：类似于颜色减淡模式。但是通过增加亮度来使得底层颜色变亮，以此获得混合色彩。与黑色混合没有任何效果。

➢ 叠加模式：像素是进行正片叠底混合还是屏幕混合，取决于底层颜色。颜色会被混合，但底层颜色的高光与阴影部分的亮度细节会被保留。

➢ 柔光模式：变暗还是提亮画面颜色，取决于上层颜色信息。产生的效果类似于为图像打上一盏散射的聚光灯。如果上层颜色（光源）亮度高于 50%灰，底层会被照亮（变淡）。如果上层颜色（光源）亮度低于 50%灰，底层会变暗，就好像被烧焦了似的。如果直接使用黑色或白色去进行混合的话，能产生明显的变暗或者提亮效应，但是不会让覆盖区域产生纯黑或者纯白。

➢ 强光模式：正片叠底或者是屏幕混合底层颜色，取决于上层颜色。产生的效果就好像为图像应用强烈的聚光灯一样。如果上层颜色（光源）亮度高于 50%灰，图像就会被照亮，这时混合方式类似于屏幕模式。反之，如果亮度低于 50%灰，图像就会变暗，这时混合方式就类似于正片叠底模式。该模式能为图像添加阴影。如果用纯黑或者纯白来进行混合，得到的也将是纯黑或者纯白。

➢ 亮光模式：调整对比度以加深或减淡颜色，取决于上层图像的颜色分布。如果上层颜色（光源）亮度高于 50%灰，图像将被降低对比度并且变亮；如果上层颜色（光源）亮度低于 50%灰，图像会被提高对比度并且变暗。

➢ 线性光模式：如果上层颜色（光源）亮度高于中性灰（50%灰），则用增加亮度的方法来使得画面变亮，反之用降低亮度的方法来使画面变暗。

➢ 点光模式：按照上层颜色分布信息来替换颜色。如果上层颜色（光源）亮度高于 50%灰，比上层颜色暗的像素将会被取代，而较之亮的像素则不发生变化。如果上层颜色（光源）亮度低于 50%灰，比上层颜色亮的像素会被取代，而较之暗的像素则不发生变化。

➢ 实色混合模式：使用亮光混合模式组合图像图层，然后对它们进行颜色阈值操作。实色混合模式只能得到 8 种颜色：黑、白、红、绿、蓝、青、品和黄。

➢ 差值模式：根据上下两边颜色的亮度分布，对上下像素的颜色值进行相减处理。比如，用最大值白色来进行差值模式运算，会得到反相效果（下层颜色被减去，得到补值），而用黑色的话不发生任何变化（黑色亮度最低，下层颜色减去最小颜色值 0，结果和原来一样）。

➢ 排除模式：和差值模式类似，但是产生的对比度会较低。同样的，与纯白混合得到反相效果，而与纯黑混合没有任何变化。

- ➢ 色相模式：决定生成颜色的参数包括：底层颜色的明度与饱和度，上层颜色的色调。
- ➢ 饱和度模式：决定生成颜色的参数包括：底层颜色的明度与色调，上层颜色的饱和度。按这种模式与饱和度为 0 的颜色混合（灰色）不产生任何变化。
- ➢ 颜色模式：决定生成颜色的参数包括底层颜色的明度、上层颜色的色调与饱和度。这种模式能保留原有图像的灰度细节。这种模式能用来对黑白或者是不饱和的图像上色。
- ➢ 亮度模式：决定生成颜色的参数包括底层颜色的色调与饱和度、上层颜色的透明度。该模式产生的效果与颜色模式刚好相反，它根据上层颜色的透明度分布来与下层颜色混合。

在上面的混合模式中，背后模式和清除模式是编辑工具独有的混合模式，对于图层来说则没有这两种混合方法。另外，Lab 模式的图像无法使用"颜色减淡"、"颜色加深"、"变暗"、"变亮"、"差值"和"排除"等模式。

以上模式所产生的效果，可以在 Photoshop CS 中打开一幅图像，然后用画笔再用不同混合模式画上同一种颜色，看看各种模式产生的效果，这样有利于我们更好地理解色彩的混合模式。

3．设置不透明度

工具箱中的画笔、历史画笔、仿制图章和橡皮擦等工具都有不透明度设置，不透明度在进行色彩混合时决定了底色的不透明程度，其值越大，透明度越小。可以直接在 不透明度：100% ▶ 输入框中输入（0%～100%）之间的数值来调整透明度，图 3.57 就是使用不同的不透明度值所绘制得到的效果。

4．设置画笔流量

对于画笔和橡皮擦工具还可以设置 流量：100% ▶ 选项，可以直接在 流量：100% ▶ 输入框中输入（1%～100%）之间的数值或单击输入框右侧的 ▶ 按钮，拖动弹出的滑块来调整流量值。图 3.58 上部的线条是流量值为 100%时的效果，图像下部的线条是流量值为 15 时所示的效果。

图 3.57　不同透明度值所绘制的效果　　　图 3.58　不同流量值所绘制形成的效果

3.2.2　画笔工具组

1．✐画笔工具

画笔工具类似于我们作画时所用的各种的毛笔，能够模拟毛笔在图像中使用前景色进行绘画，这些画笔也有笔头大小，用画笔工具画出来的图像比较柔和。在前面所讲的画笔工具属性栏设置中，已经学习了怎样设置画笔的不透明度值和流量值。下面我们将学习怎样自定义自己喜欢的画笔形状。自定义画笔的步骤如下：

① 打开一幅自己喜欢的图像，这里打开图像如图 3.59 所示。单击工具箱中的 ⬚ 套索工具或 ⬚ 选框工具，在所打开的图像中选取需要定义的区域，本例选取范围如图 3.60 所示。

图 3.59　打开的新图像　　　　　　　　　图 3.60　选取所定义画笔的区域

② 单击 编辑(E) 菜单中的 定义画笔预设(B)... 命令，在弹出的如图 3.61 所示的对话框中给所定义的画笔取一个名字，单击 好 按钮完成自定义画笔。这时所定义的画笔将出现在画笔列表框中。

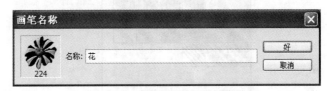

图 3.61　"画笔名称"对话框

③ 在工具箱中选择 ⬚ 工具，单击鼠标右键，在弹出的画笔列表框中选择刚刚定义好的画笔。设置不同大小的画笔和不同的前景色，在图像上绘制，可得到如图 3.62 所示的效果。

图 3.62　用自定义的画笔绘制的图像效果

2. ⬚ 铅笔工具

铅笔工具属性栏中所有选项与画笔工具相同，用铅笔工具所绘制的图形都比较生硬，不像画笔工具那样平滑柔和。在铅笔工具属性栏中，没有 流量: 100% 选项，而增加了

☐ 自动抹掉 选项，这是由铅笔工具的特性决定的，因为它无法产生类似于 ☑ 湿边 的效果。当选中 ☑ 自动抹掉 选项后，铅笔工具可以当作橡皮擦来擦除图像。

3.2.3 渐变与填充工具

渐变工具可以创建多种颜色间的逐渐混合，可以从现有的渐变填充中选择或创建新的渐变。

1. 渐变工具

▧线性渐变：颜色从起点到终点直线渐变。

▣径向渐变：颜色从起点到终点呈圆形逐渐改变。

◧角度渐变：颜色围绕起点以逆时针环绕呈锥形逐渐改变。

▭对称渐变：颜色在起点两侧呈对称线性渐变。

◙菱形渐变：颜色从起点向外以菱形逐渐改变，终点为菱形的一角。

在选择了渐变工具之后，渐变选项中有很多预设的渐变效果，如图 3.63 所示，读者可以根据自己的需要选择适当的渐变效果。

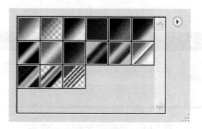

图 3.63　渐变类型选择对话框

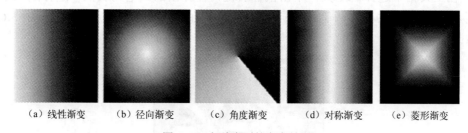

　（a）线性渐变　　　（b）径向渐变　　　（c）角度渐变　　　（d）对称渐变　　　（e）菱形渐变

图 3.64　各种类型的渐变效果

 注意：

在使用渐变工具进行图像填充时，渐变工具不能用于位图、索引颜色或 16 位通道模式的图像填充。

图 3.64 所示的是 5 种不同的渐变效果。

2. 创建实底渐变

① 单击渐变工具属性栏中的 ▭ 按钮。在弹出的"渐变编辑器"对话框中选择一

种与需要创建的渐变近似的样式。

② 单击渐变编辑器对话框中的 新建(W) 按钮，建立一个新的渐变样式。对如图 3.65 所示的位置进行调节，上面一排滑块是调节透明度的，下面一排滑块是调节位置及设定色彩的。

图 3.65　渐变色标编辑

③ 双击颜色滑块可以对它设置色彩，滑块头为黑色的滑块即为我们操作的滑块（按住 Alt 键可以对操作滑块进行复制）。当 Photoshop CS 默认的渐变样式不够用时，可单击渐变编辑器 预设 选项右边的 ⊙ 按钮打开如图 3.66 所示的快捷菜单，然后选择需要追加的渐变样式进行使用，如金属样式、特殊效果样式等。

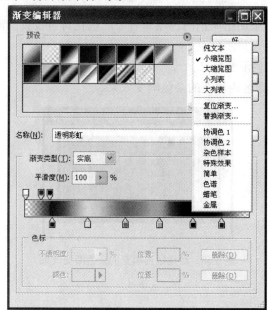

图 3.66　渐变编辑器追加渐变样式的快捷菜单

3．创建杂色渐变

① 选择渐变工具，在属性栏中单击渐变类型，弹出如图 3.67 所示的"渐变编辑器"对话框。

② 选择渐变样式，新渐变样式将基于此渐变样式。在渐变类型选项中，设置渐变类型为杂色渐变。若要设置整个渐变的粗糙度，则在粗糙度文本框中输入一个数值或拖移滑块。若要定义颜色模型，则从颜色模型列表框中选取颜色模型。

③ 若要调整颜色范围，则拖移滑块。对于所选颜色模型中的每个颜色组件，都可以拖移滑块定义可接受值的范围。例如，如果选取 HSB 模型，可以将渐变限定为蓝绿色调、高饱和度和中等亮度。

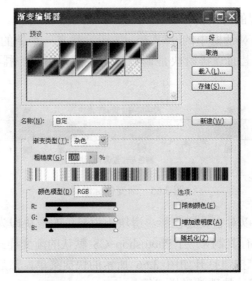

图 3.67　"渐变编辑器"对话框

④ 设置限制颜色或添加透明色的选项。若要随机化符合设置的渐变，可单击"随机化（Z）"按钮。

⑤ 给设定的新的杂色渐变命名。

如图 3.68 所示是给选区内填充的杂色渐变效果。

图 3.68　给选区内填充的杂色渐变效果

4.　油漆桶工具

油漆桶工具多用于图案填充与单色填充。油漆桶工具属性栏选项如图 3.69 所示，这些选项我们前面都讲述过，这里不再重复。

图 3.69　油漆桶工具属性栏

用油漆桶工具填充一幅像素比较复杂的图像时，油漆桶工具的容差值大小决定着填充区域的多少，下面我们用图案填充（a）与单色填充（b）图像来进行比较，其效果如图 3.70 所示。

💡 注意：

油漆桶工具不能填充位图模式的图像。

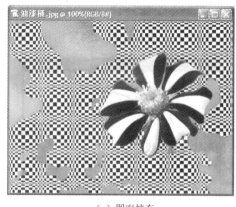

（a）图案填充　　　　　　　　　　　　（b）单色填充

图 3.70　用图案与单色进行填充后的效果

3.2.4　钢笔、路径选择工具组

　　路径由一个或多个直线或曲线的线段构成，是 Photoshop CS 提供的一种通过矢量绘图的方法来获取精准图像边界的手段，其优点是可以勾画平滑的曲线，在缩放或者变形之后仍能保持平滑效果。引进路径这一作图方法是为了更精确、灵活地选择和修改图像的选择区域。

　　路径可以使用钢笔、自由钢笔工具绘制的任何线条或形状。与自由铅笔或其他绘画工具绘制的位图图形不同，路径是不包含像素的矢量对象。因此，路径与位图图像是分开的，不会打印出来，但剪贴路径除外。路径绘制完成后，可通过填充和描边路径，将颜色值添加到路径，也可按 Ctrl+Enter 快捷键将路径转换为选区。

　　路径上的锚点标记了路径上线段的端点，两个锚点之间的曲线形态可分为 C 形和 S 形两类，如图 3.71 和图 3.72 所示。在曲线线段上，每个选择的锚点显示一个或两个方向线，方向线以方向点结束，方向线和点的位置确定曲线段的大小和形状，移动这些元素会改变路径中曲线的形状。

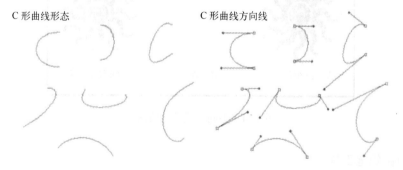

图 3.71　C 形曲线路径的形状与方向线

点呈黑色；按住鼠标拖动锚点，可以改变锚点的位置；拖动锚点的两侧控制杆，可以改变路径的形状；按住 Shift 键的同时单击或框选锚点，可选择多个锚点，其效果如图 3.80 所示；按住 Alt 键的同时单击任意一个锚点，可选择该路径上的所有锚点。

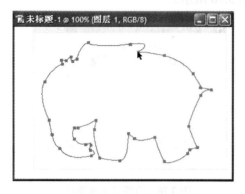
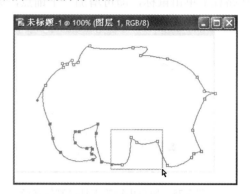

图 3.79   用路径选择工具选择的所有锚点   图 3.80   按住 Shift 键选择的多个锚点

3.2.5   图章工具组

图章工具组包括仿制图章工具和图案图章工具，这两个工具的使用方法与后面要讲到的修复画笔工具和修补工具较为类似。图章工具主要用于用采样或定义的图形来填充对象。

1. 仿制图章工具

选择仿制图章工具，按下 Alt 键，在图像中单击，可以定义采样点，然后将鼠标光标移动到图像的其他位置上按下鼠标并拖动，可将采样点的图像复制到图像的另一区域。仿制图章工具不仅在同一图像之间可以进行填充操作，而且在不同图像之间也可以进行填充操作。

仿制图章工具的属性栏中各选项与前面讲到的画笔工具类似，在此就不重复讲述了。仿制图章工具在两种方式下的填充效果，如图 3.81、图 3.82 所示。在使用仿制图章工具的过程中如果笔头过人或过小，还可以根据实际情况随时更换合适的笔头。

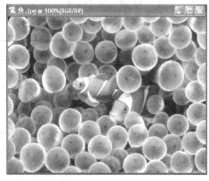
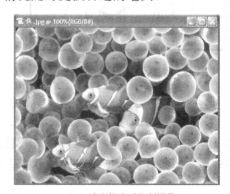

（a）定义采样点   （b）选定笔头后仿制图像

图 3.81   仿制图章工具在同一图像之间的仿制

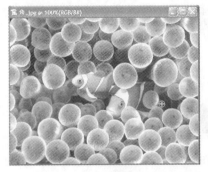

　　　（a）定义采样点　　　　　　　　　　　　（b）将定义的采样区域仿制到另一图像中

图 3.82　仿制图章工具在不同图像之间的仿制

2. 图案图章工具

　　图案图章工具主要用于样本填充，图案图章工具属性栏如图 3.83 所示。图案图章工具的使用方法与仿制图章工具类似，但它不是采用定义采样点的方式进行图像填充，而是通过定义图案的方式来进行操作。这些图案可以是我们自己进行定义的图案，也可以是系统默认的图案。

图 3.83　图案图章工具属性栏

　　图案图章工具属性栏与前面我们所讲过的相关工具类似。这里我们以系统自带的图案来练习图案图章工具的使用，如图 3.84 所示是用图案图章工具填充的图像效果。

图 3.84　用图案图章工具填充的图像

　　前面讲述了自定义笔刷，怎么进行自定义图案呢？下面我们来学习自定义图案的操作。

　　① 新建一个宽度为 10.5 厘米，高度为 8 厘米的图像。打开素材文件夹中如图 3.85 所示的图像。

　　② 单击**编辑(E)**菜单中的**定义图案(I)**…命令，在弹出的"图案名称"对话框中输入所定义的图案名称，单击　好　按钮。

图 3.85　打开的图像

③　单击第①步所新建的图像文件，在工具箱中选择[图标]图案图章工具，在工具属性栏的 图案:[图标]列表框中选择我们第②步所定义的图案，在画布上涂抹，即可得到如图 3.86 所示的图案。若选取[印象派效果]选项并涂抹，则可得到如图 3.87 所示的抽象效果。

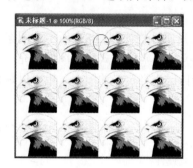　　　　

图 3.86　用自定义图案进行填充　　　　图 3.87　选取"印象派效果"的涂抹效果

3.2.6　历史画笔工具组

历史画笔工具组包括历史记录画笔与历史记录艺术画笔 2 种工具。在 Photoshop CS 中，用户在对图像进行编辑的过程中，有时需要使图像返回到以前的某个状态进行操作，这时可以利用历史记录画笔工具与历史记录艺术画笔工具来实现。

1.　[图标] 历史记录画笔工具

历史记录画笔工具的主要功能是撤销操作，主要是用于恢复图像。在图像的某个历史状态上着色，以取代当前图像的颜色。在此过程中还可设置笔触大小、不透明度以及色彩混合模式等。

历史记录画笔工具与前面所讲的几种描绘工具使用方法基本相同，但它并不是在当前图像状态上描绘，而是与历史记录面板配合使用，从而实现某些特殊效果。下面我们来练习使用历史记录画笔工具进行合成图像的方法。

①　打开素材文件夹中"风景 1"图像，如图 3.88 所示。打开素材文件夹中"风景 2"图像，如图 3.89 所示。

②　将"风景 2"图像拖到"风景 1"图像文件中，将其位置对齐。选择工具箱中的[图标]历史记录画笔工具，在画布上涂抹，可将图像处理成如图 3.90 所示的效果。

图 3.88　"风景 1"图像　　　　　　　　　　图 3.89　"风景 2"图像

图 3.90　用历史记录画笔工具合成图像后的效果

2. 历史记录艺术画笔工具

历史记录艺术画笔工具与历史记录画笔工具的使用方法类似，但历史记录艺术画笔工具是在涂抹时增加一些艺术描绘，产生一定的艺术效果。在工具箱中单击历史记录艺术画笔工具图标，系统将显示历史记录艺术画笔工具属性栏，如图 3.91 所示。

图 3.91　历史记录艺术画笔工具属性栏

在历史记录艺术画笔工具属性栏上单击 **样式：** **轻涂** 右侧的 按钮，打开样式列表框，其中有 10 种样式描绘类型可供选择。不同的样式可产生不同的历史记录艺术效果。

区域：50 像素：用于设置历史记录艺术画笔工具描绘的范围，它的单位是像素。在使用历史记录艺术画笔工具进行描绘时，画笔工具描绘的范围并不是由笔刷的大小来控制的，而是由"区域"设置的数值来控制的，笔刷的大小只确定笔画的粗细，而描绘的范围却不局限在笔画内。

容差：用来控制历史记录艺术画笔工具描绘的范围，它的取值范围是在 0%～100% 之间，输入的数值越小，描绘的范围就越紧凑，反之就越松散。使用历史记录艺术画笔工具，往往会做出一些意想不到的效果，下面来练习一下。

① 打开素材文件夹中如图 3.92 所示的图像。注意观察该图像的上部分有很多蓝色，而下部分有很多绿色。给图像填充上白色。

图 3.92 打开的图像文件

② 在工具属性栏中选择 历史记录艺术画笔工具，在工具属性栏中选择画笔为 40 像素的散布枫叶画笔，在样式列表中选择 轻涂 样式，然后在画布上涂抹即可得到上部为蓝色，下部为绿色，与打开图像颜色近似的艺术画笔工具涂抹效果，如图 3.93 所示。

图 3.93 历史记录艺术画笔工具涂抹效果

实战案例：绘制荷花

要绘制出漂亮的荷花，需要读者朋友熟练掌握钢笔、画笔工具的使用技巧。本实例充分运用 Photoshop CS 工具箱中的钢笔、加深画笔、减淡画笔、渐变等工具来完成绘制，在使用钢笔工具进行花瓣形状的勾绘时，通常是先单击确定好第一个锚点位置后，再单击并拖动第二个定位锚点，循环上一次操作直至闭合形成花瓣的形状。在绘制时，要尽可能用最少的点绘制出最准确的外形。用画笔对花瓣着色时，要用大小适当的画笔在选区内进行喷绘，并通过改变画笔的压力值来使色彩过渡柔和，通过这一实例的练习，读者会对画笔、路径及渐变工具的功能有更加深入的理解。

步骤

① 单击 文件(F) 菜单下的 新建(N) 命令，或按 Ctrl+N 快捷键，在弹出的"新建"对话框

⑬ 新建一个图层并命名为"花瓣 5"，用 ◆ 钢笔工具在画布上创建出如图 3.115 所示的形状。设置前景色为#C05373，背景色为#E9A3B6，将路径转换为选区，选择工具箱中的 ▣ 渐变工具，在工具属性栏中，单击 ▣ 线性渐变按钮，从选区的左上角向右下角拖动鼠标，填充如图 3.116 所示的渐变效果。

图 3.115　"花瓣 5"路径轮廓形状　　　　图 3.116　填充渐变后的"花瓣 5"

⑭ 选择 ◎ 加深工具，在工具属性栏中，设置画笔大小为 80 像素，加深处理后其效果如图 3.117 所示。选择 ◉ 减淡工具，在工具属性栏中，设置其画笔大小为 20 像素、曝光度值为 30%，在选区的上边缘进行涂抹处理，得到如图 3.118 所示的效果。取消选区，完成荷花第 5 瓣花瓣的绘制。

图 3.117　加深处理后的"花瓣 5"　　　　图 3.118　减淡处理后的"花瓣 5"

⑮ 按住 Ctrl 键，单击图层面板上的 ▣ 按钮新建一个图层并命名为"花瓣 6"。选择 ◆ 钢笔工具，在画布上创建出如图 3.119 所示的形状。设置前景色为#C77996，背景色不变，将路径转换为选区，选择工具箱中的 ▣ 渐变工具，从选区的右下角向左上角拖动鼠标，填充如图 3.120 所示的线性渐变效果。

图 3.119　"花瓣 6"路径轮廓形状　　　　图 3.120　填充渐变后的"花瓣 6"

提示

按住 Ctrl 键，单击图层面板上的 ⬛ 按钮所创建的图层，其图层位置是建立在当前层之下的。

⑯ 选择 ⬛ 加深工具，在工具属性栏中，设置画笔大小为 80 像素，加深处理后其效果如图 3.121 所示。取消选区，单击 路径 控制面板，选择"花瓣 6"的路径轮廓。在画布上，按住 Ctrl 键单击并修改路径的形状如图 3.122 所示。

图 3.121　对"花瓣 6"进行加深处理　　　　图 3.122　修改"花瓣 6"路径轮廓形状

⑰ 将路径转换为选区，按 Ctrl+H 快捷键将选区隐藏。选择 ⬛ 加深工具，在工具属性栏中，设置画笔大小为 100 像素，加深处理后其效果如图 3.123 所示。按住 Ctrl 键，单击图层面板上的 ⬛ 按钮新建一个图层并命名为"花瓣 7"。 选择 ⬛ 钢笔工具，在画布上创建出如图 3.124 所示的形状。

图 3.123　加深处理后的"花瓣 6"　　　　图 3.124　"花瓣 7"的路径轮廓形状

⑱ 设置前景色为#CD6175，背景色为#F4CADB，将路径转换为选区，选择 ⬛ 线性渐变工具，从选区的左上角向右下角拖动鼠标，填充如图 3.125 所示的线性渐变效果。选择 ⬛ 加深工具，在工具属性栏中，设置画笔大小为 70 像素，加深处理后其效果如图 3.126 所示。

⑲ 选择 ⬛ 减淡工具，在工具属性栏中，设置其画笔大小为 20 像素、曝光度值为 15%，在选区内涂抹处理出如图 3.127 所示的效果，取消选区。单击 路径 控制面板，选择"花瓣 7"的路径轮廓。在画布上，按住 Ctrl 键单击并修改路径的形状如图 3.128 所示。

图 3.125　给"花瓣 7"选区内填充渐变

图 3.126　加深处理后的"花瓣 7"

图 3.127　减淡处理后的"花瓣 7"

图 3.128　修改"花瓣 7"路径轮廓

⑳ 将路径转换为选区，选择 加深工具，在工具属性栏中，设置画笔大小为 70 像素，加深处理后其效果如图 3.129 所示。单击 路径 控制面板，选择"花瓣 7"的路径轮廓。在画布上，按住 Ctrl 键单击并修改路径的形状如图 3.130 所示。

图 3.129　对选区内图像加深处理

图 3.130　再次修改"花瓣 7"路径轮廓

㉑ 将路径转换为选区，选择 加深工具，在工具属性栏中，设置画笔大小为 70 像素，加深处理后其效果如图 3.131 所示。取消选区，这样就完成了"花瓣 7"的绘制。

㉒ 按住 Ctrl 键，单击图层面板上的 按钮，新建一个图层并命名为"花瓣 8"。选择 钢笔工具，在画布上创建如图 3.132 所示的形状。将路径转换为选区，选择 渐变工具，从选区的上边向下拖动鼠标，填充如图 3.133 所示的线性渐变效果。

图 3.131　绘制完成后的"花瓣 7"效果

图 3.132　"花瓣 8"路径轮廓形状

图 3.133　给"花瓣 8"填充线性渐变后的效果

㉓ 选择 加深工具，在工具属性栏中，设置画笔大小为 70 像素，加深处理后其效果如图 3.134 所示。选择 减淡工具，在工具属性栏中，设置其画笔大小为 60 像素、曝光度值为 15%，在选区内涂抹处理出如图 3.135 所示的效果。取消选区，完成"花瓣 8"的绘制。

图 3.134　加深处理后的"花瓣 8"

图 3.135　减淡处理后的"花瓣 8"

㉔ 在图层控制面板中选择"花瓣 1"层，按住 Ctrl 键，单击图层面板上的 按钮，在"花瓣 1"层之下新建一个图层，并命名为"花瓣 9"。选择 钢笔工具，在画布上创建如图 3.136 所示的形状。将路径转换为选区，选择 渐变工具，从选区的上边向下拖动鼠标，填充如图 3.137 所示的线性渐变效果。

图 3.136　"花瓣 9"的路径轮廓形状　　　　　图 3.137　填充线性渐变后的"花瓣 9"效果

㉕ 选择 减淡工具，在工具属性栏中，设置其画笔大小为 60 像素、曝光度值为 15%，在选区内涂抹处理出如图 3.138 所示的效果。取消选区，完成"花瓣 9"的绘制。至此，完成了荷花的主要花瓣绘制，但整朵花看起来还有些空，可以再补充几瓣花瓣。

图 3.138　减淡处理后的"花瓣 9"

㉖ 按住 Ctrl 键，单击图层面板上的 按钮，新建一个图层并命名为"花瓣 10"。选择 钢笔工具，在画布上创建如图 3.139 所示的形状。将路径转换为选区，设置前景色为 #AD5E7F，背景色为#D2A5A3，选择 渐变工具，在选区内由下至上拖动鼠标，填充如图 3.140 所示的线性渐变效果。如果觉得层次比较单调，可用减淡工具作适当调整。

图 3.139　"花瓣 10"的路径轮廓形状　　　　　图 3.140　填充渐变后的"花瓣 10"效果

㉗ 取消选区，按住 Ctrl 键，单击图层面板上的 按钮，新建一个图层并命名为"花瓣 11"。选择 钢笔工具，在画布上创建如图 3.141 所示的形状。将路径转换为选区，设置

前景色为#B94071,背景色为#D2A5A3,选择▣渐变工具,在选区内由下至上拖动鼠标,填充如图 3.142 所示的线性渐变效果。

图 3.141　花瓣 11”的路径轮廓形状　　　　图 3.142　填充线性渐变后的“花瓣 11”

㉘ 取消选区。单击 路径 控制面板,选择“花瓣 11”的路径轮廓。在画布上,按住 Ctrl 键单击并修改路径的形状如图 3.143 所示。将路径转换为选区,选择◉加深工具,在工具属性栏中,设置画笔大小为 70 像素,加深处理后其效果如图 3.144 所示。

图 3.143　修改“花瓣 11”的路径轮廓　　　　图 3.144　加深“花瓣 11”选区内图像

㉙ 在图层控制面板中选择“花瓣 5”层,按住 Ctrl 键,单击图层面板上的▣按钮,新建图层并命名为“花蕊 1”。选择◯椭圆工具,在画布上创建如图 3.145 所示的椭圆形选区,按 Ctrl+Alt+D 快捷键对选区进行羽化,在弹出的对话框中设置其羽化值为 25。设置前景色为#F1B649,背景色为#EDD099,选择▣渐变工具,在工具属性栏中,选择▣径向渐变工具,给选区填充径向渐变效果如图 3.146 所示。

图 3.145　“花蕊 1”的选区大小及位置　　　　图 3.146　填充径向渐变后的“花蕊 1”效果

○30 单击图层面板上的 ■ 按钮，新建图层并命名为"莲蓬"，选择 ○椭圆工具，在画布上创建如图 3.147 所示的椭圆形选区，设置前景色为#E2EC73，按 Alt+Delete 快捷键给选区填充前景色，其效果如图 3.148 所示。

图 3.147　"莲蓬"选区大小及形状　　　　　　图 3.148　选区填充前景色后的效果

○31 取消选区。按住 Shift 键，选择 ○椭圆工具，在"莲蓬"上创建如图 3.149 所示的选区。设置前景色为#D5C362，按 Alt+Delete 快捷键给选区填充前景色。隐藏选区，选择 ○加深工具，在工具属性栏中，设置画笔大小为 10 像素，加深处理后其效果如图 3.150 所示。

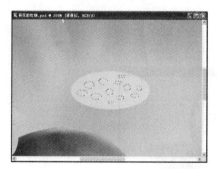
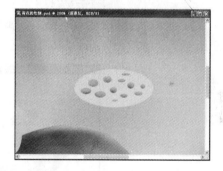

图 3.149　在"莲蓬"上创建的选区　　　　　　图 3.150　加深并处理选区内图像

○32 单击图层面板上的 ■ 按钮，新建图层并命名为"花蕊 2"，选择 ◎钢笔工具，在画布上创建如图 3.151 所示的路径。设置前景色为#FAF8B2，选择 ◢画笔工具，在工具属性栏中，设置其画笔大小为 5 像素。按 Enter 键对路径进行前景色描边，得到如图 3.152 所示的效果。

图 3.151　用路径创建的"花蕊 2"形状　　　　图 3.152　描边路径后的"花蕊 2"

提示

在使用所选工具创建路径的过程中，若需要结束路径，按住 Ctrl 键并单击即可。

㉝ 设置前景色为#FAF8B2，选择画笔工具，在工具属性栏中，设置其画笔大小为 2 像素。按 Enter 键对路径进行前景色描边，按 Ctrl+H 快捷键隐藏路径，得到如图 3.153 所示的效果。设置前景色为#FEFEF1，在工具属性栏中，设置画笔大小为 7 像素，在画布上绘出如图 3.154 所示的花蕊点。

图 3.153　再次作描边路径处理　　　　　图 3.154　用画笔画上的花蕊点

㉞ 设置前景色为#FED35A，在工具属性栏中，设置画笔大小为 5 像素，在画布上再增加一些花蕊点。至此得到绘制完成的荷花，如图 3.155 所示。

图 3.155　处理完成后的荷花效果

3.3　图像处理工具

图像处理工具的操作主要有图像的修复、模糊、锐化、涂抹、加亮、加深、改变图像的饱和度等。

在本小节中我们将学习如何绘制处理如图 3.156 所示的橘子效果。通过该实例的操作来熟悉掌握一些常用图像处理工具的运用。

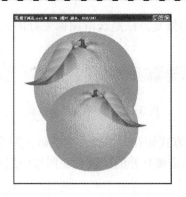

图 3.156　绘制橘子

3.3.1　修复画笔工具组

修复画笔工具组包括修复画笔工具、修补工具、颜色替换工具，这些工具主要用来修复图像的瑕疵。

1. ✐ 修复画笔工具

修复画笔工具可用于校正瑕疵，使它们消失在周围的图像中。它利用图像或图案中的样本像素，将样本像素的纹理、光照和阴影与源像素进行匹配，使修复后的像素不留痕迹地融入图像的其余部分。

修复画笔工具的使用方法很简单，先按住 Alt 键选择样本像素，然后松开 Alt 键，移动光标到需要修复的地方涂一下，涂抹之后我们发现，Photoshop CS 能够将涂抹的区域与周围的区域变得非常的融合。在实际运用中，用修复画笔工具来修复照片上的瑕疵或斑点是最好不过的了。

图 3.157 是修复前的状态，用修复画笔工具进行修复后的图像效果如图 3.158 所示，通过修复前与修复后的图像对比，不难看出，修复后的图像看不出任何被修复的痕迹。

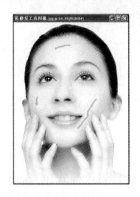　　　　　　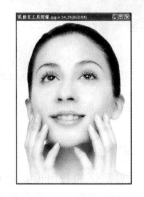

图 3.157　图像修复前的状态　　　　　　图 3.158　图像修复后的效果

2. ◎ 修补工具

修补工具实际上是修复画笔工具功能的一个扩展，常用来修补大面积破损的图像。修补工具属性栏如图 3.159 所示。其中 ◎源 样式的修补方法是将破损图像选取并拖到图像好的区域进行修补，[目标]样式的修复方法是选取图像完好的区域并拖到图像破损的区域进行修补。

图 3.159　修补工具属性栏

下面，我们来学习用 [源] 方式修补人物照片脸部破损图像的方法。

（1）打开如图 3.160 所示需要修补的图像。在图像中选取破损的图像区域，如图 3.161 所示。

图 3.160　需要修补的图像　　　　　图 3.161　用修补工具选取破损区域

（2）在工具属性栏中选择修补样式为 [源]。然后将选区内的破损图像拖到完好的图像像素区域，如图 3.162 所示，松开鼠标即可得到修复完成的图像，如图 3.163 所示。

图 3.162　拖动破损图像区域　　　　　图 3.163　修补完成后的图像效果

3.　[颜色替换工具]

颜色替换工具默认的着色模式是 [颜色] 模式，这种着色模式在着色时只会用所选颜色替换掉涂抹区域的颜色，而不会覆盖涂抹区域的颜色，可以用它很方便地修复照片中出现的"红眼"现象。

3.3.2　聚焦工具组

聚焦工具组中包括模糊工具、锐化工具、涂抹工具，这些工具主要用于处理图像的模糊度问题。

1. ◐模糊工具

模糊工具可以柔和图像中的生硬边界，使图像产生模糊效果。其原理是降低图像相邻像素之间的反差，使图像的边界区域变得柔和。在工具箱中选中模糊工具，将显示如图 3.164 所示的模糊工具属性栏，其中有一些选项需要设置，下面分别加以说明。

图 3.164　模糊工具属性栏

模式：正常 ：模式右侧的下拉列表中提供了多种着色模式，它们分别是正常、变暗、色相、饱和度、颜色、亮度。

强度：50% ：主要用于设置模糊工具着色的力度，其取值范围在 0%～100%之间。设置的压力值越大，模糊的效果就越明显。

☑用于所有图层：此复选框用于使模糊工具的作用范围扩展到图像中所有的可见图层中，其效果是所有可见图层的像素颜色都模糊化。

2. △锐化工具

锐化工具与模糊工具的作用正好相反，它能使涂抹处的图像与相邻像素之间的反差增大，从而使图像看起来更清晰。锐化工具属性栏和模糊工具属性栏一样，但它们只有 7 种色彩混合模式。另外，模糊和锐化工具不能用于位图和索引颜色模式的图像。在使用锐化工具时若按住 Alt 键，可以将锐化工具切换成模糊工具使用。

3. ✍涂抹工具

涂抹工具是模拟手指进行涂抹绘制，使用它时将会把最先单击处的颜色与鼠标拖过位置的颜色相混合，制造出用手指在没有干的颜料上涂抹的效果，其属性栏如图 3.165 所示。

图 3.165　涂抹工具属性栏

除了通用的选项外，涂抹工具属性栏还多了☐手指绘画选项。若选中该项，将用前景色作为开始处的颜色逐渐与图像上的颜色相混合而形成涂抹效果，否则将用图像上鼠标单击处的颜色作为开始处的颜色逐渐与图像上的颜色相混合而形成涂抹效果。涂抹时若按住 Shift 键，可以用直线的方式进行涂抹。前面 3 种工具处理的图像效果分别如图 3.166（b）、（c）、（d）所示。

3.3.3　曝光工具组

曝光工具组包括减淡工具、加深工具、海绵工具。

（a）原始图片   （b）模糊工具处理的图像   （c）锐化工具处理的图像   （d）涂抹工具处理的图像

图 3.166   原始图片和用 3 种工具分别处理后的图像效果

1. 减淡工具

减淡工具类似于摄影中的底片曝光技术，使用减淡工具可将图像中的细节像素变亮。单击工具箱中的 减淡工具，减淡工具属性栏如图 3.167 所示。

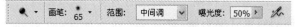

图 3.167   减淡工具属性栏

在 范围: 右侧的下拉列表框中，有"暗调"、"中间调"、"高光" 3 种选项。不同的选项有着不同的图像处理效果，分别用这 3 种选项处理的图像效果如图 3.168（a）、（b）、（c）所示。

（a）暗调方式效果   （b）中间调方式效果   （c）高光方式效果

图 3.168   3 种色调减淡效果

2. 加深工具

加深工具产生的效果与减淡工具正好相反，其使用方法与减淡工具相同，加深工具用来改变图像涂抹区域的曝光度使图像变暗。加深工具涂抹后的图像效果如图 3.169 所示。

图 3.169   加深工具处理后的图片效果

3. 海绵工具

海绵工具用于改变图像的色彩饱和度，饱和度是指图像中含灰色的多少，增大
饱和度值时，灰色水平下降，颜色浓度就大，反之就越小。海绵工具属性栏如
图 3.170 所示。

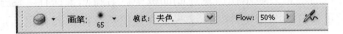

图 3.170　海绵工具选项面板

其中 模式 右侧的下拉列表中有去色和加色两种模式。"去色"模式用来对图像中的颜色
进行降低饱和度处理；"加色"模式用来对图像的颜色进行增加饱和度处理。"Flow"（流
量）用于设置用户拖动鼠标时的强度。如图 3.171（b）、（c）所示的是分别使用海绵工具对
图 3.171（a）所示的图像进行去色和加色处理后的效果。

　　　　（a）原图　　　　　　　　　（b）去色处理　　　　　　　　　（c）加色处理

图 3.171　使用海绵工具对图像进行"去色"、"加色"处理

以上 3 种工具在使用的过程中，若选择边缘较柔和的笔刷，产生的效果变化较为平和；
若选择边缘较硬的笔刷，产生的效果较为剧烈，并且笔刷直径越大，对图像的影响越明显。

3.3.4 吸管工具组

吸管工具组中包括吸管工具、颜色取样器工具、度量工具。

1. 吸管工具

吸管工具用来选取色样以更改前景色或背景色，也可以直接从色板中吸取色样。具体
操作方法如下：

① 在工具箱中单击吸管工具，将光标移动到图像上，单击鼠标左键可将光标处的颜色
设置为前景色；按住 Alt 键的同时，单击鼠标左键可将光标处的颜色设置为背景色。

② 当选用的工具为绘图、填充工具时，按住 Alt 键的时
候，光标则变为颜色取样器工具，这时可从图像中选择颜色。

③ 取多个像素的平均颜色时，需要设置该工具的参数，
在工具属性栏中的取样大小选项列表框中选择相应的选项即
可，如图 3.172 所示。

图 3.172　取样大小选项列表框

2. 颜色取样器工具

颜色取样器工具用于在图像中定义颜色采样点，并把信息保存在图像文件中。其工具属性栏中除了 **取样大小:** 外，还多了一个 [清除] 按钮，用于清除采样点。

Photoshop CS 允许用户在图像中定义 4 个采样点来及时取得图像中不同位置上的色彩信息，所有这些采样点的信息会显示在信息控制面板中。若将图像保存，这些采样点会随图像一起保存，关闭后重新打开图像文件时，这些采样点仍然存在并起作用。定义采样点与吸管工具的使用方法类似，在图像中需要取样的地方单击鼠标就定义了一个采样点。定义采样点后，图像中会出现采样编号标志，如图 3.173 所示。

图 3.173   颜色采样点编号状态

把鼠标放在定义好的采样点上，当鼠标光标呈 形状显示时，可以移动采样点到新的位置上。如果要删除采样点，可以将采样点移动到窗口外。删除采样点后系统会自动重新调整采样编号。

3. 度量工具

度量工具的使用非常简单，使用时在图像需要度量的地方拖拉一条线，然后就可以在信息面板中得到度量的长度、角度和高度等信息。如图 3.174 所示就是度量工具的使用及显示信息状态。

图 3.174   度量工具的使用及度量信息的显示

3.3.5 文字工具组

文字工具组中包括 **T** 横排文字工具、**↓T** 竖排文字工具、横向文字蒙版工具、竖排文字蒙版工具，它们都用于对文字的处理。在 Photoshop CS 中，除了可以在图像中增加水平或垂直排列的文字，还可以改变文字的字体、大小、行距、对齐方式等格式。

Photoshop CS 把文字作为一个特殊的图层来处理，我们把它称为"文字图层"。由于使用了文字图层，Photoshop CS 允许在输入文字后重新对其进行编辑，并赋予文字图层各种效果和样式。

文字类型有轮廓和位图两种：

➤ 轮廓类型文字：矢量绘图软件、排版软件和文字处理软件一般产生轮廓类型的文字。轮廓类型的文字用数学方法来定义和显示，因而可以任意放大或者缩小而不产生变形。

➤ 位图类型文字：图像编辑软件一般产生位图类型的文字。这种类型的文字由像素组成，依赖于文字的大小和图像的分辨率。如果放大位图类型的文字，则其边缘可能是锯齿状，对于位图类型的文字，高分辨率图像比低分辨率图像显示的文字更光滑。Photoshop CS 之类的绘图和图像编辑软件创建的就是位图类型文字。

在 Photoshop CS 的工具箱中选择文字工具，其属性栏如图 3.175 所示。

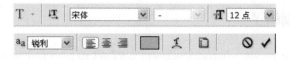

图 3.175　文字工具属性栏

字体选择框：此选项主要用于设置文字的字体。单击其右侧的按钮，在下拉列表框中选择所需要的字体。有时字体下拉列表框中显示的中文字体也全部是英文，如果希望字体列表框中能直接显示中文字体的名称，只需要选择 编辑(E) 菜单中 预置(N) 命令组中的 常规(G)... 命令，清除 □显示英文字体名称(F) 复选框即可。

字号选择：此选项用于设置文字字体的大小，也可直接输入文字的大小。文字大小的单位是点，指的是像素点，相当于 72 像素的图像中一英寸的 1/72。

文字排列选择：这三个按钮分别为左对齐、居中对齐、右对齐按钮。但当文字为竖排时，这三个对齐方式按钮分别变为顶对齐、居中对齐、底对齐按钮。

颜色选择框：此颜色方框用于设置文本的颜色。单击此框可以打开拾色器对话框，从中选择所需的文本颜色。

变形文字：单击此按钮打开"变形文字"对话框。在此对话框中可以为文本设置一些特殊变形样式，如扇形、拱起、旗帜、鱼眼等文字变形样式。

在 Photoshop CS 中除了可以输入单行文字外，还可以输入带段落的文本。带段落的文本不仅有文字格式，还有段落格式，段落文本编辑及段落属性如图 3.176 所示。

在图像中输入段落文字的操作比较简单，首先选择文字工具，然后在属性栏中选择文字类型。在图像中拖动鼠标，就会出现一个方形的文字输入框。在文字输入框中，可任意输入文字，在输入段落文字时，注意不要在每行结束时按 Enter 键，而应该在每段结束时按 Enter 键，否则 Photoshop CS 无法处理段落格式。对文字段落格式的处理，可以打开文字面板中的段落面板来进行设置。

在段落文本中，还可以对文字设置上下标和大小写。选择"全部大写"菜单项可以把所有的字符变成大写；选择"小写字母"菜单项可以把变成大写的字符变成小写字符，但原来是大写的字符不会受影响。如果选择"上标"菜单项，便可以把文字变成上标，选择"下标"可以把文字变成下标。这与我们在 Word 中对段落格式的操作一样。

图 3.176 段落文本编辑及段落属性

实战案例：绘制橘子

  Photoshop CS 是强大的图形图像处理软件，可以处理和绘制出非常逼真的效果，下面我们就来学习橘子的绘制及处理方法。在本实例中，橘子的表面是通过玻璃滤镜来产生凹凸不平的表面，而橘子的蒂部是通过加深与减淡工具处理完成的，橘子的叶脉是通过渐变与减淡处理来实现的。

步骤

  ① 按 Ctrl+N 快捷键打开"新建"对话框，在"新建"对话框中设置参数如图 3.177 所示，单击 好 按钮，得到定制的画布。

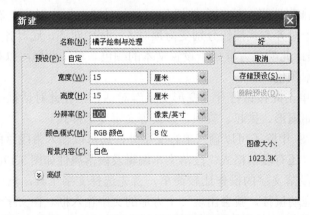

图 3.177 "新建"对话框中的参数设置

  ② 按 Ctrl+Shift+Alt+N 快捷键创建新图层。单击工具箱中的 ◯ 椭圆工具，在画布上创建如图 3.178 所示的椭圆选区。

  ③ 设置前景色为#ffe3bc，背景色为#f99411，单击工具箱中的 ■ 渐变工具，在属性栏中选择 ■ 径向渐变工具，在选区中拖动鼠标，填充如图 3.179 所示的效果。

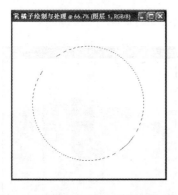
图 3.178　用椭圆工具创建椭圆选区

图 3.179　给选区内填充径向渐变后的效果

④ 单击 滤镜(I) 菜单"扭曲"滤镜组中的"玻璃…"滤镜，在弹出的玻璃滤镜对话框中设置其参数如图 3.180 所示。单击 好 按钮，得到如图 3.181 所示的橘子主体效果。

图 3.180　玻璃滤镜对话框中参数设置

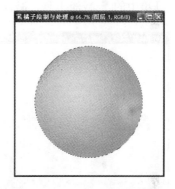
图 3.181　玻璃滤镜后的橘子主体效果

⑤ 单击图层控制面板中的 创建新图层按钮，新建图层 2。单击工具箱中的 自由套索工具，在画布中创建如图 3.182 所示的选区。设置前景色为#747322，按 Alt+Delete 快捷键，给选区内填充前景色，得到如图 3.183 所示的效果。

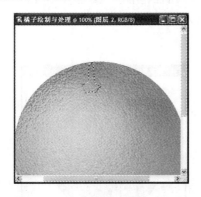
图 3.182　用自由套索工具创建的选区

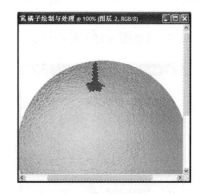
图 3.183　给选区内填充前景色

⑥ 单击工具箱中的 加深工具，加深选区内的图像如图 3.184 所示。单击工具箱中的 减淡工具，减淡选区内的图像如图 3.185 所示。按 Ctrl+D 快捷键取消选区，得到处理后

的橘子蒂。

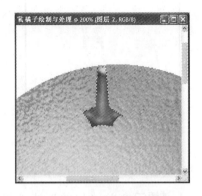

图 3.184　加深选区内的图像　　　　　图 3.185　减淡选区内的图像

⑦ 选择图层 1，单击工具箱中的 加深工具，加深橘体蒂处，得到如图 3.186 所示效果。单击工具箱中的 减淡工具，减淡橘体蒂处，得到如图 3.187 所示效果。

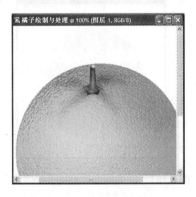
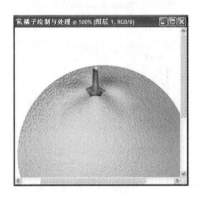

图 3.186　加深橘体蒂处后的效果　　　　图 3.187　减淡橘体蒂处后的效果

⑧ 单击图层控制面板中的 创建新图层按钮，新建图层 3，绘制橘叶部分。单击工具箱中的 钢笔工具，在画布上创建如图 3.188 所示的路径轮廓形状。按 Ctrl+Enter 快捷键将路径转换为选区，设置前景色为#B1D130，背景色为#1E9448，按 Alt+Delete 快捷键给选区填充前景色，得到如图 3.189 所示效果。

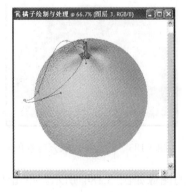

图 3.188　用钢笔工具创建的路径轮廓形状　　　图 3.189　给选区填充前景色后的效果

⑨ 选择工具箱中的![]钢笔工具，创建如图 3.190 所示的形状。按 Ctrl+Enter 快捷键将路径转换为选区。单击图层控制面板中的![]锁定透明像素按钮，单击工具箱中的![]渐变工具，在工具属性栏中选择![]线性渐变按钮，给选区填充如图 3.191 所示的渐变效果。如果填充的渐变效果不理想，可多次填充，直到效果满意为止。

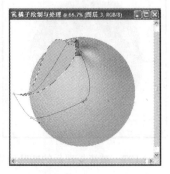 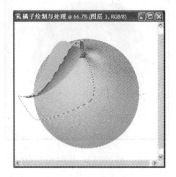

　　图 3.190　用钢笔工具创建的路径轮廓　　　　　图 3.191　给选区填充渐变后的效果

⑩ 按 Ctrl+Shift+I 快捷键对选区进行反向选择，单击工具箱中的![]渐变工具，给选区填充线性渐变，效果如图 3.192 所示。按 Ctrl+D 快捷键取消选区。选择工具箱中的![]钢笔工具，创建如图 3.193 所示的形状，作为橘叶的叶脉，按 Ctrl+Enter 快捷键将路径转换为选区。

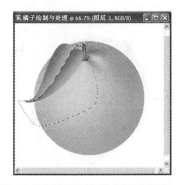 

　　图 3.192　给选区内填充线性渐变　　　　　　图 3.193　用钢笔工具绘制的路径形状

⑪ 单击工具箱中的![]减淡工具，减淡选区图像，如图 3.194 所示。按 Ctrl+D 快捷键取消选区。选择工具箱中的![]钢笔工具，创建如图 3.195 所示的叶脉路径形状，按 Ctrl+Enter 快捷键将路径转换为选区。

　　图 3.194　减淡选区内图像效果　　　　　　　图 3.195　创建叶脉路径形状

⑫ 单击工具箱中的 减淡工具，减淡选区图像，如图 3.196 所示。用同样方法处理其余部分，得到如图 3.197 所示橘叶效果。

图 3.196 减淡选区内图像后的效果　　　　图 3.197 减淡处理后的橘叶效果

⑬ 单击工具箱中的 涂抹工具，设置适当大小的画笔，轻涂橘叶与橘蒂的交界处，让其自然衔接，其效果如图 3.198 所示。按 Ctrl+E 快捷键，将除背景图层外的所有图层合并，按住 Ctrl+Alt 快捷键，拖动鼠标将合并后的图层再复制一个副本层，调整副本层的大小、方向及位置，如图 3.199 所示。至此橘子绘制完毕。

图 3.198 绘制完成的"橘叶"效果　　　　图 3.199 复制并调整橘子副本层效果

3.4　辅助工具

辅助工具在 Photoshop CS 图像的绘制和处理中起着重要的辅助作用。在本书中笔者将注释工具组、抓手工具、缩放工具、选区模式工具、屏幕显示工具及标尺、网格和辅助线都归纳为辅助工具。

在本节中我们将学习如何给如图 3.200 所示的扫描图像进行裁切与注释，希望通过该实例的操作来熟练掌握一些辅助工具的运用。

3.4.1　注释工具组

注释工具组包括文字注释工具和语音注释工具，注释工具允许在文档或图片中添加文字注释或语音注释，供用户在编辑过程中查看，注释工具大大增强了 Photoshop CS 的网页功能，下面分别予以介绍。

图 3.200　需进行校正、裁切与注释的扫描图像

1. 文字注释工具

运用文字注释工具可以给图像添加文字注释，该工具属性栏如图 3.201 所示。属性栏中的各参数依次用来设置注释的作者、字体、尺寸和文本注释窗口的标题栏颜色，最右侧的 清除全部 按钮可用来清除所有的注释。

图 3.201　文字注释工具属性栏

设置好各参数后，在需要添加文本注释的地方单击即可创建系统默认大小的注释窗口，也可拖动鼠标来创建自定义大小的窗口，如图 3.202 所示。

在窗口中单击鼠标，就可输入文字，如果文字的内容较多，文字注释窗口的滑块将被激活。注释文字输入好后，单击文字注释窗口右上角的关闭按钮，关闭注释窗口，此时文字注释以图标的形式标注在图像上，其状态如图 3.203 所示。如果需要打开文字注释窗口，只需双击该图标即可。

图 3.202　创建文本注释窗口　　　　　　　图 3.203　关闭后的文本注释标注状态

2. 语音注释工具

运用语音注释工具可以给图像添加声音注释，其属性栏如 3.204 所示。该工具属性栏参数与文本注释工具属性栏参数含义相同，这里就不再重复讲述了。

图 3.204   语音注释工具属性栏

在运用语音注释工具进行录制语音注释前，应先将麦克风插入到计算机的音频输入口中，并确保各项设置正确。然后在该工具的属性栏中设置好各参数值，之后在图像中需添加语音注释的地方单击鼠标左键，将会弹出如图 3.205 所示的"语音注释"对话框。

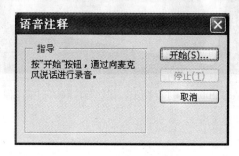

图 3.205   "语音注释"对话框

单击对话框中的 开始(S)... 按钮，系统开始录音。录音结束时，单击对话框中的 停止(T) 按钮，完成语音注释。需播放声音注释时，只需单击语音注释图标即可。

3.4.2   抓手工具

抓手工具用来平移放大视窗后的图像在窗口中的显示位置。在平常操作中，我们一般把抓手工具和缩放工具配合使用，以查看显示在图像窗口以外的区域或图像的细节部分。单击 实际像素 按钮，图像将以实际大小显示；单击 满画布显示 按钮，图像将以适合屏幕的大小显示；单击 满画布显示 按钮，图像将以适合打印的尺寸显示。在使用别的工具的过程中，按住键盘上的空格键即可转变为抓手工具。抓手工具的属性栏如图 3.206 所示。

图 3.206   抓手工具属性栏

3.4.3   缩放工具

缩放工具用来放大或缩小图像。选取该工具单击图像时，每单击一下鼠标，图像将放大至下一个设定尺寸，若在单击的同时按住 Alt 键，则每单击一次将使图像缩小至下一个设定尺寸。如果使用的是 3D 鼠标，那就更方便了，只需一手按 Alt 键，另一只手滚动鼠标的滚轮，即可实现图像的放大或缩小。当然，也可以通过设置缩放工具属性栏，适当地缩放图像大小，其属性栏如图 3.207 所示。

图 3.207　缩放工具属性栏

如果喜欢用快捷方式操作，在 Photoshop CS 中，还可以按 Ctrl+"＋"快捷键进行放大、按 Ctrl+"－"快捷键进行缩小、按 Ctrl+"0"快捷键图像将以适合窗口满画布显示。

3.4.4　选区模式工具

选区模式工具主要用来切换图像编辑模式是标准编辑模式还是快速蒙版编辑模式。该工具没有属性栏。单击 按钮，进入标准编辑模式状态，单击 按钮，进入快速蒙版编辑模式状态，下面我们着重介绍快速蒙版模式。

快速蒙版模式可以创建和修改精确选取的范围。把所选的区域创建为一个快速蒙版后，几乎可以使用所有的变形滤镜和工具来修改蒙版形状，当返回到选区的标准模式后，选取范围将被修改，而选取范围内的图像却不会发生改变。下面我们来学习快速蒙版的使用方法。

① 先使用选区工具在图像上建立如图 3.208 所示的椭圆选区（选区可为任意形状）。

② 单击工具箱中的 按钮或按 Q 键进入快速蒙版编辑状态。此时，未选择区域被屏蔽，而原选择区域则正常显示，其状态如图 3.209 所示。此时若用橡皮擦或画笔工具改变蒙版区域，将会改变选区。

图 3.208　创建的椭圆选区　　　　　图 3.209　快速蒙版编辑状态

③ 执行滤镜菜单"扭曲"下的"波纹…"滤镜，在弹出的"波纹…"滤镜对话中设置其参数如图 3.210 所示，单击 好 按钮，得到如图 3.211 所示的效果。

④ 单击工具箱中的 按钮或按 Q 键返回标准模式，此时得到变形编辑后的选区形状如图 3.212 所示。

 提示

在快速蒙版编辑状态下，选择一种绘图工具进行编辑，若前景色为黑色，则绘画被加入蒙版，被屏蔽区域扩大；若前景色为白，则绘画将从蒙版中减去，被屏蔽区域缩小，选择区域扩大。

图 3.210　波纹滤镜参数设置　　　　　　图 3.211　执行波纹滤镜后的状态

图 3.212　快速蒙版编辑后的选区状态

3.4.5　屏幕显示模式工具

在图像处理时，常常需要隐藏标题栏、菜单栏或放大视窗进行处理，这时就可通过 屏幕显示模式工具来控制 Photoshop CS 的窗口显示。该工具和选区模式工具一样都没有属性栏。在使用过程中，若单击 按钮，屏幕将以标准模式显示；若单击 按钮，屏幕将隐藏窗口标题栏；若单击 按钮，屏幕将隐藏窗口标题栏和菜单栏，以全屏模式显示。

3.4.6　标尺、网格和辅助线

在运用 Photoshop CS 进行图像处理和设计时，运用标尺、网格和辅助线来精确定位光标起着重要的辅助作用。

1. 标尺

选择 视图(V) 菜单栏中的 标尺(R) 命令或按 Ctrl+R 快捷键，可以将标尺显示或隐藏，标尺的单位可以通过执行 编辑(E) 菜单中下的 单位与标尺(U)… 命令来进行更改。

下面我们分别介绍更改标尺零位点（即原点）的两种方法：

（1）如果是将标尺零位点对齐网格、切片或者文档边界，选择 视图(V) 菜单中的 对齐到(T) 命令，然后从级联菜单中选取任何选项的组合。

（2）将指针放置在窗口左上角水平标尺与垂直标尺的交叉点上，然后在图像中沿对角线向下拖移，即会出现一组"十"字形线，如图 3.213 所示，用以标记标尺上新的零位点。若要使标尺零位点对齐标尺上的刻度，拖动时要按住 Shift 键。

图 3.213　改变标尺新的零位点

2．网格

选择 视图(V) 菜单栏中 显示(H) 命令中的 网格(G) 命令或按 Ctrl+'快捷键，可以将网格线显示出来，如图 3.214 所示。如果要隐藏网格，只需按 Ctrl+'快捷键。在 Photoshop CS 中，网格在默认情况下显示为非打印的直线，也可以显示为网点。网格对于对称布置图像非常有用。

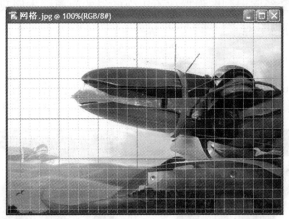

图 3.214　显示网格

3．辅助线

辅助线又称参考线，参考线是浮在整个图像上的可移动、删除或锁定但不能被打印的直线。它可以帮助定位目标，在标尺上按住鼠标在窗口上拖动，即可创建一条或多条辅助线。从水平标尺拖动创建水平辅助线，从垂直标尺拖动创建垂直辅助线，如图 3.215 所示。

要移动辅助线，先选择移动工具，将鼠标指针放在参考线上，指针变为双箭头后，即可拖移辅助线。

图 3.215　添加辅助线

按住 Alt 键单击或拖移辅助线时，可将辅助线从水平改为垂直，反之亦然。在拖移辅助线时按住 Shift 键，可使辅助线与标尺上的刻度对齐。如果网格可见，并选择了 视图(V) 菜单中 对齐到(T) 下的 ✔网格(R) 命令，则辅助线将与网格对齐。

选择 视图(V) 菜单中的新参考线（E）...命令，可以新建辅助线；选择 视图(V) 菜单中的清除参考线（S）命令，可清除所有的参考线，也可将参考线拖出图像窗口之外进行删除。

实战案例：校正与注释扫描图像

在扫描图像时，会经常遇到图像摆放不正而倾斜的问题，本例我们将运用度量工具对倾斜的图像校正，并添加注释。

步骤

① 打开如图 3.216 所示的扫描图像，可以看出该图片在扫描时没摆正，出现了倾斜。选择工具箱中的 度量工具按钮，在图像中创建如图 3.217 所示的与图中照片底边平行的度量线。

图 3.216　需要处理的图像

图 3.217　创建的度量线状态

② 此时创建度量线的目的并不是测量图片的长度，而是为了配合后面的命令来达到校正图像的目的。单击 图像(I) 菜单 旋转画布(E) ▶ 下的 任意角度(A)...命令，在弹出的如图 3.218

所示的对话框中可以看出画布将要旋转的方向和角度。

图 3.218　"旋转画布"的角度

③ 单击旋转画布对话框中的 好 按钮，得到旋转画布后的图像效果，如图 3.219 所示。选择工具箱中的 注释工具按钮，在图像中单击，创建注释文本框，并输入注释文字，效果如图 3.220 所示。

图 3.219　旋转画布后的图像　　　　　图 3.220　创建注释并输入注释文字

思考与练习 3

1．能够填充图案的工具有哪些？选区与路径能相互转换吗？按 Ctrl+H 快捷键能够隐藏哪些对象？

2．海绵工具可以增加或降低一幅图片的饱和度吗？

3．用模糊工具和涂抹工具涂抹图像的同一地方，观察和比较它们之间的区别。

4．在工具箱中的哪些工具在使用时与容差值有关？这些工具的容差值分别代表什么意思？

5．用矩形选框工具选取图像一部分内容，并将其定义为图案。用羽化值为 1 的矩形选区框选一部分图像，看看能否将选区内的图像定义为图案，想想为什么？

6．在使用磁性套索工具选取图像的过程中，如果刚刚选取的范围有误，该怎么办？

7．选用普通橡皮擦擦除某一个图像的背景层，再用背景色橡皮擦擦除该图像的背景层，看看有什么不同？

第 4 章　浮动控制面板

本章要点

◆ 控制面板的分类。

◆ 图层、通道、路径、蒙版的运用。

浮动控制面板位于 Photoshop CS 窗口的右边，包括导航器、信息、颜色、色板、样式、历史记录、动作、图层、通道、路径共 10 项面板，是我们进行图像处理与设计不可缺少的工具。

4.1　导航器、信息面板与直方图面板

默认状态下，Photoshop CS 的导航器、信息、直方图面板处在同一个组中，它们的功能如下。

4.1.1　导航器面板

导航器在 Photoshop CS 中起着放大、缩小图像显示，浏览图像局部或整体的作用。向右拖动其下方的滑块可将图像放大至 1600%倍显示，向左拖动滑块可以将图像缩小至 0.25%显示。"导航器"面板如图 4.1 所示。

图 4.1　"导航器"面板

4.1.2 信息面板

"信息"面板用于显示鼠标所处图像某一点的颜色信息、坐标位置及剪裁框大小，如图 4.2 所示。若使用了颜色取样器工具在画布上进行色彩采样，那么在该面板中还显示有取样点的色彩信息，如图 4.3 所示。

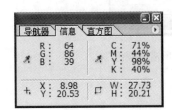

图 4.2 "信息"面板显示状态　　　　图 4.3 取样后的"信息"面板

4.1.3 直方图面板

"直方图"面板显示了当前图像亮暗度的整体情况，从该面板所显示的直方图中可看出该图像的整体情况是偏亮还是偏灰。单击该面板右边的 ▶ 按钮，会展开一个下拉菜单，选择其中的"全部通道视图"选项，则可以观察当前图像各个通道色彩的亮暗情况，从而确定图像的整体质量。选择"全部通道视图"选项后的直方图面板显示状态如图 4.4 所示。

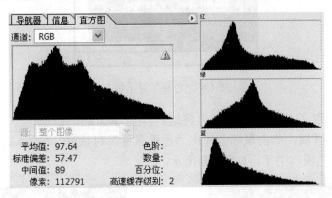

图 4.4 选择"全部通道视图"选项后的"直方图"面板显示状态

4.2 颜色、色板和样式面板

4.2.1 颜色面板

默认情况下，颜色总是根据 RGB 颜色值进行调节和体现某种颜色。可以通过调整 R、

G、B 各滑块的颜色饱和值来获得自己所需的颜色，也可以将光标放置在"颜色"面板下方的色标条上，此时光标就会变为颜色吸管显示。在该色标条上单击即可吸取所需的颜色，其状态如图 4.5 所示。

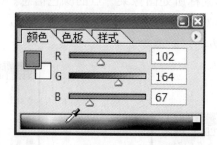

图 4.5 在色标条上吸取所需的颜色

4.2.2 色板

"色板"显示状态如图 4.6 所示。在该面板中可以选择显示颜色、增加前景色和删除某种颜色。若觉得该面板中没有我们所需要的颜色或颜色不够用时，可以单击该面板右边的按钮，在弹出的下拉菜单中选择下方的颜色选项，然后追加到"色板"中。

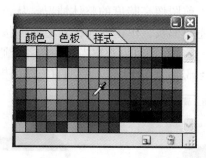

图 4.6 "色板"显示状态

若在图像中吸取了某种颜色，也可将这种颜色添加到"色板"中。将光标放在"色板"如图 4.7 所示区域，单击鼠标会弹出"色板名称"对话框，单击 好 按钮，吸取的颜色就添加到"色板"中了，如图 4.8 所示。

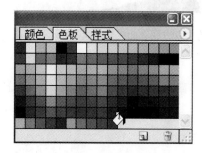

图 4.7 光标放在"色板"的空白区域

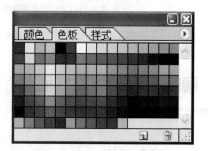

图 4.8 将吸取的颜色添加到"色板"中

4.2.3 样式面板

"样式"面板是 Photoshop CS 的一大特色，单击该面板的任意一个按钮，便可以快速使文字或图像产生奇妙的特效。图 4.9 所示的文字效果就是添加█黄色金斜面凹陷样式后得到的。

图 4.9 给文字添加"黄色金斜面凹陷"样式后的效果

若在给某一对象添加样式后不满意，可以在"图层"面板中修改样式或单击"样式"面板下方的 █ 按钮将样式清除。通过单击"样式"面板下方的 █ 按钮可将在图层控制面板中编辑好的样式添加到"样式"面板中。如果觉得"样式"面板中有一些样式不是很实用，可以选择不需要的样式，并将其拖到样式面板下方的 █ 图标上将其删除。

当"样式"面板中的样式不够用时，可以单击该控制面板右边的 █ 按钮，在弹出的下拉菜单中选择需追加的样式即可。

4.3 历史记录与动作面板

4.3.1 历史记录面板

在"历史记录"面板中记录了图像处理的操作步骤。默认时，它只能记录当前操作前的 20 步，若需改变历史记录步骤，单击 编辑(E) 菜单 预设(N) 下的 常规(G)... 命令，然后在 历史记录状态(Y): 20 栏中输入需要记录的步数即可。"历史记录"面板显示状态如图 4.10 所示。

单击"历史记录"面板下方的 █ 按钮，可以在当前操作步骤下创建一个新图像文件。单击"历史记录"面板下方的 █ 按钮，可以记录某一时间段图像的操作步骤。这样在进行图像的处理时，若觉得对某一时间段的图像操作都比较满意，可以单击 █ 按钮，建立一个新快照。这样就可在以后操作失误时，直接单击以前所建的快照层，恢复到所选择的快照操作段重新开始。新建快照后的"历史记录"面板状态如图 4.11 所示。单击"历史记录"面板下方的删除按钮 █ 可删除所选择的快照或某一历史记录。

图 4.10　"历史记录"面板

图 4.11　新建快照后的"历史记录"面板

4.3.2　动作面板

　　"动作"实际上是一系列操作指令的集合。应用某个动作时，只需双击"动作"面板中的某个动作，或选择该动作后单击"动作"面板下方的 ▶ 按钮，"动作"面板显示状态如图 4.12 所示。

图 4.12　"动作"面板显示状态

　　一般来讲，动作主要用于批量执行某一特定操作时，为提高效率而建立的。下面假定我们扫描了很多杂志照片，这些照片都存在一些共同的毛病，譬如都存在印刷网纹，并且由于扫描仪的原因，图片都普遍偏灰。这时我们只需建立一个去除网纹并调整图像对比度的动作，就可高效解决大量重复繁琐的操作步骤。下面我们来学习该动作的建立和应用。

　　① 选择需要调整的图片，单击"动作"面板底部的 ⬚ 按钮，新建一动作。在弹出的"新动作"对话框中输入新动作的名称"去网、调对比度"，单击 好 按钮确定。

　　② 此时"动作"面板底部的 ● 按钮呈红色显示，这表示正在记录操作步骤。执行 滤镜(T) 菜单"杂色"滤镜组下的 去斑 滤镜即可去除扫描网纹。若一次去除网纹的效果不是很好，可按 Ctrl+F 快捷键多次应用该滤镜。

　　③ 去除网纹后，执行 图像(I) 菜单 调整(A) ▶命令组下的 亮度/对比度(C)… 命令，在弹

出的"亮度/对比度"对话框中调整亮度、对比度滑块，使其不再偏灰，调整完毕后单击 好 按钮确定。单击"动作"面板底部的停止动作按钮■，停止动作录制。

④ 选择下一幅需要调整的图像，单击"动作"面板底部的 ▶ 按钮，播放刚刚录制好的动作，即可完成去除该图像网纹和调整图像对比度的操作。

4.4 图层面板、通道与路径

4.4.1 图层面板

"图层"面板是处理和编辑图像不可缺少的重要组成部分。要显示或隐藏"图层"面板可按 F7 键来完成。"图层"面板的各项功能如图 4.13 所示，在"图层"面板中可以完成大多数图层功能。

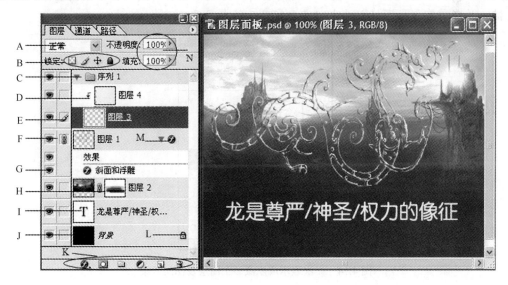

图 4.13 "图层"面板

A. 图层叠加模式

B. 图层锁定选项，从左至右分别为：锁定透明度、锁定图层绘制、锁定图层位置及全部锁定

C. 图层组

D. 剪贴组

E. 当前图层

F. 链接符

G. 显示/隐藏图层效果可视性

H. 图层蒙版

I. 文字图层

J. 背景图层

K. 控制按钮，从左至右各按钮分别为：添加图层样式、添加图层蒙版、创建新组、创建新的填充或调

整图层、创建新的图层、删除图层

L. 图层部分锁定

M. 显示/隐藏图层样式

N. 图层不透明度及流量

1. 显示和隐藏图层

使用"图层"面板，可以控制是否让图层、图层组或图层效果可见，是否显示图层内容的预览，即缩略图。

显示或隐藏图层、图层组或图层效果。单击可视性图标即可隐藏该图层、图层组或图层效果，再次单击图标即可重新显示。

提示

在如图 4.14 所示的可视性图标列中，向下拖动鼠标，可一次显示或隐藏多个图层、图层组及图层效果。按住 Alt 键并单击图层的可视性图标，则只显示该图层；再次按住 Alt 键，并在可视性图标上单击即可重新显示所有图层。

图 4.14　一次显示或隐藏多个图层及图层效果

注意：

只有可视图层才可打印。使图层暂时隐藏可以提高操作性能。隐藏的当前图层不可视，但更改会影响该图层。

2. 选择当前图层

选择当前图层常用的方法有两种：

（1）在"图层"面板中，单击图层或图层组可激活图层或图层组。

（2）选择工具箱中的工具，在图像中单击鼠标右键，在弹出的快捷菜单中，选取所需要的图层。快捷菜单中列出了当前指针所在位置像素的所有图层，其中最上面的图层就是当前光标所在的图层。

选中当前图层之后，在图像窗口的标题栏中会出现当前图层的名称，在"图层"面板中当前图层呈深蓝色显示，并在 👁 可视性图标旁有一个 ✐ 标志。

3．更改图层缩略图的显示

单击"图层"面板右上角的 ▶ 按钮，弹出如图 4.15 所示的下拉菜单，选择 调板选项... 选项，则会弹出如图 4.16 所示的"图层调板选项"面板。我们可根据自己的喜好选择不同大小的缩略图选项。

图 4.15 下拉菜单

图 4.16 "图层调板选项"面板

4．更改图层的堆栈顺序

堆栈顺序是指图层的叠放次序。要更改图层的堆栈顺序，可以直接在图层面板中，将某个已选择的图层拖到目标层之上或之下，当然也可以通过按 Ctrl+"]"或 Ctrl+"[" 快捷键将当前图层在图层面板中向上或向下移动。

5．锁定图层和图层组

在图层的使用中，可以锁定图层和图层组，以确保图层的属性不可更改。单击"图层"面板上的 锁定: 🔲 ✐ ✛ 🔒 按钮将图层锁定后，图层名称的右边会出现一把锁。图层完全锁定后，锁为实心，这时无法对图层进行任何编辑。

6．部分锁定图层或图层组的选项

选择一个图层，并从"图层"面板中选择一个或多所需的锁定选项：

🔲 锁定透明度：防止编辑透明像素。此选项与 Photoshop CS 早期版本中的"保留透明区域"选项相同。

✐ 锁定图层绘制：防止绘画工具修改图像，但并不防止可能应用于图层的任何蒙版。此选项也防止移动图像。

✛ 锁定位置：锁定图层上图像的位置。

🔒 锁定所有属性：单击该按钮可以自动锁定选择图层的所有属性。

7．链接图层

把两个或更多的图层链接，可以将其内容一块移动。在"图层"面板中选择图层或图层组，单击要选中的图层链接的任何图层左边的列，列中出现 链接图标。

链接图层组时，图层组中包含的图层为显示隐式链接即以变灰的链接图标 显示。要取消链接图层，可在"图层"面板中，再次单击 链接图标即可。

8. 改变图层不透明度

我们可以使用"图层"面板中的 不透明度: 100% ▶ 选项更改图层组中的一个或多个图层的不透明度值。当不透明度值为100%时，图层正常显示；当图层不透明度值为0%时，图层上的所有像素都变得透明而不可见。

在 Photoshop CS 的面板中有两个不透明度选项，上面的不透明度选项为"总体不透明度"，下面的填充选项是"填充不透明度"，它只影响图层中所填充的不透明度，不影响"图层样式"所产生的效果。

4.4.2　普通图层的操作

在 Photoshop CS 中，普通图层分为图层和图层组。普通图层的操作包括图层的新建、复制、移动、对齐，合并图层、删除图层等操作。图层组可以帮助用户组织和管理图层。图层组可以很容易地将多个图层作为一个整体进行操作，如移动、应用属性和添加蒙版等，同时折叠图层组可以避免混乱。下面我们来分别学习具体的操作方法。

1. 新建图层或图层组

我们可以创建空图层，然后向其中添加内容，也可以利用现有的内容来创建新图层。创建新图层时，它在"图层"面板中显示在所选图层的上面或所选图层组内。我们可以使用以下方法为图像添加图层：

（1）使用默认选项添加新图层或图层组。单击"图层"面板底部的 新建图层按钮或 新建图层组按钮，就可新建一个空图层或图层组，此时图层默认设置为"正常"模式，不透明度为100%，并按照创建的顺序进行命名。

若按住 Alt 键后再单击"图层"面板底部的 按钮或 按钮，则会与执行 图层(L) 菜单中的 新建(W) 下的 图层(L)... 命令一样，会弹出"新图层"对话框，设置图层选项，单击 好 按钮即可。

（2）将选区转换为新图层。建立一个选区后，执行 图层(L) 菜单中 新建(W) 下的 通过拷贝的图层(C) 命令，将选区复制到新图层中，或者执行 图层(L) 菜单中 新建(W) 下的 通过剪切的图层(T) 命令，剪切选区并将其粘贴到新图层。用这种方法，可以将多个图层的内容同时粘贴到新图层中。

（3）将背景转换为图层。执行 图层(L) 菜单中 新建(W) 下的 背景图层(B)... 命令，可以将背景层转换为普通图层，也可通过该命令将当前层转换为背景层。

（4）从链接图层创建新图层组。将需要加入到一个图层组的多个图层进行链接，执行 图层(L) 菜单中 新建(W) 下的 由链接图层组成的图层组(V)... 命令，即可为链接的图层创建图层组。

 注意：

可以在图层组中创建新图层，但不能在一个图层组中创建另一个图层组。

2．复制图层或图层组

（1）在图像内复制图层。在"图层"面板中选择图层或图层组，将图层拖移到 ◳ 新建图层按钮或 ◻ 新建图层组按钮上便可复制得到副本层。新图层按创建的顺序命名。

若在拖动时按住 Alt 键，则会与执行 图层(L) 菜单下的 复制图层(D)... 命令一样，会弹出"复制图层"或"图层组属性"对话框，输入图层或图层组的名称，单击 好 按钮即可。

（2）在图像之间复制图层或图层组。打开源图像和目标图像。在源图像的"图层"面板中，选择图层或图层组，将图层或图层组从图层面板拖移到目标图像中，也可以使用移动工具将图层或图层组从源图像拖动到目标图像。复制的图层或图层组会显示在当前图层的上面。若在拖动时按住 Shift 键，可将其复制到目标图像的中心。

（3）将多个图层或图层组复制到另一个图像

打开源图像如图 4.17 所示，打开目标图像如图 4.18 所示。

图 4.17　源图像　　　　　　　　　　　图 4.18　目标图像

将需要复制的多个图层或图层组之间加上链接。使用移动工具将链接的图层或图层组从源图像拖动到目标图像，其效果如图 4.19 所示。

图 4.19　移动多个图层到目标图像后的状态

（4）从链接的图层创建新图层组

把需要加入到一个组的多个图层进行链接，选择"图层/新建/链接的图层组"命令，将图层拖动到图层组中。如果目标图层组是折叠的，则将图层拖动到 ◻ 图层组文件夹或图层组名称上。当图层组文件夹和名称高光显示时，松开鼠标图层将被置于图层组的底部。

如果目标图层组是展开的，则将图层拖动到图层组中所需的位置。当高光显示线出现在所需位置时，即可松开鼠标。当然我们也可以将图层拖出图层组中。

3．折叠或展开图层组

单击图层组中的 ▶ 按钮即可展开图层组，显示图层组中所包含的图层。单击所显示的 ▼

按钮即可折叠图层组，此时只显示图层组名称。若要折叠或展开应用于图层组所含图层的所有效果，可在单击展开或折叠按钮时按住 Alt 键。

4．移动、对齐和分布图层或图层组

（1）移动图层或图层组。我们可以使用移动工具调整图层的位置。选择移动工具，或在另一个工具被选中时按住 Ctrl 键切换到移动工具，选择要移动的图层，将图层拖动到新位置。

（2）对齐图层或图层组。若要将图层的内容对齐到选区，可在图像内建立一个选区，然后在"图层"面板中选择图层。若要将多个图层的内容对齐到选区边框，则必须在"图层"面板中将要对齐的"图层"链接起来。然后在移动工具的工具属性栏中单击一个或多个对齐按钮：顶对齐 、水平中齐 、底对齐 、左对齐 、垂直中齐 或右对齐 。

5．合并图层或图层组

通过合并图层、图层组、图层剪贴路径、剪贴组、链接图层或调整图层，可以将多个图层合并为一个图层或图层组，减小文件的大小。

（1）将图层或图层组与其下面的图层或图层组合并。合并之前要确定，要合并的两个图层或图层组是可见的。在图层面板中选择这两个图层或图层组的上层图或图层组。执行图层菜单中的"向下合并"或"合并图层组(E)"命令，或按 Ctrl+E 快捷键合并所有链接图层。

（2）合并所有可见的链接图层或图层组。首先要使所要合并的全部图层或图层组可见，并加上链接符。执行 图层(L) 菜单中的"合并链接图层(E)"命令或按 Ctrl+E 快捷键合并所有链接图层。

（3）合并图像中所有可见的图层或图层组。隐藏任何不想合并的图层或图层组。确保没有链接任何图层。执行 图层(L) 菜单中的"合并可见图层"命令或按 Ctrl+Shift+E 快捷键合并所有可见图层或图层组。

6．删除图层或图层组

在"图层"面板中选择图层或图层组，按住 Alt 键并单击"图层"面板底部的 按钮，即可删除被选择的图层或图层组，这种删除方式将不会弹出删除图层对话框。

4.4.3 调整图层和填充图层

调整图层和填充图层与图像图层具有相同的不透明度和混合模式选项，并且可以用相同的方式重排、删除、隐藏和复制。默认情况下，调整图层和填充图层有图层蒙版，由图层缩略图左边的蒙版图标 表示。调整图层可以指定色彩调整类型。根据选择，会出现所选择调整命令的对话框。调整图层使用调整类型的名称，在"图层"面板中用链接到一个半实心圆圈的缩略图表示。调整图层的内容可只应用到下层图层的局部。

填充图层使用填充类型的名称，由缩略图左边的颜色、图案或渐变图标表示。填充图层主要和剪贴路径一起使用，例如在创建新图层剪贴路径时，默认情况下它由纯色填充，以后可以将其更改为渐变或图案填充图层。有时还可能独立于形状工具创建新的颜色图层、图案图层或渐变图层，例如可以将图像的下半部变暗，方法是创建从白到黑的填充渐

变图层，并将其混合模式设置为"正片叠底"。通过在填充图层上这样做，不必永久地修改原来的图像效果。

1．创建调整图层或填充图层

若要将调整图层或填充图层的效果限制到一个选中的区域，先建立一个选区或选中一条闭合路径。使用选区时，创建的调整图层或填充图层受图层蒙版限制。使用路径时，创建的调整图层或填充图层受图层剪贴路径限制。

单击"图层"面板底部的 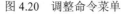 按钮，弹出如图 4.20 所示的调整命令菜单，然后根据需要选择相应的填充命令或调整命令。

2．编辑调整图层或填充图层

在图层面板中建立如图 4.21 所示的调整或填充图层后，双击调整图层或填充图层左边的缩略图，就可打开相应的调整或填充编辑对话框。然后进行所需的编辑，单击 好 按钮，即可完成调整层或填充图层的编辑。

图 4.20　调整命令菜单

图 4.21　建立调整或填充层后的图层面板

3．更改调整图层或填充图层的内容

选择要更改的调整图层或填充图层，选择 图层(L) 菜单中"更改图层内容(H)"的命令，并从列表中选择一个不同的填充图层或调整图层。

4．填充图层的三种类型

填充图层有三种："纯色…"、"渐变…"和"图案…"。

纯色：指填充图层的填充的颜色，执行此命令可在弹出的"拾色器"对话框中，选择所需的填充色，单击 好 按钮即可填充需要的颜色。

渐变：指图层将以渐变方式进行填充。执行此命令可打开如图 4.22 所示的"渐变填充"对话框。可以单击渐变编辑器中部 或单击 按钮，并从弹出式调板中选取渐变。对于某些效果，可以指定附加的渐变选项。

➢ ☑反向(R)：翻转渐变的取向。

➢ ☑与图层对齐(L)：在使用文档边界时使用图层定界框计算渐变填充。

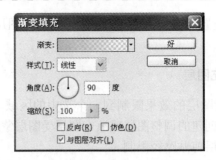

图 4.22 "渐变填充"对话框

> ☑ **仿色(D)**：对应图案仿色。
> **缩放(S)**：|100 　　 ▶|：缩放渐变的应用。也可以使用鼠标移动渐变的中心，方法是在图像窗口中单击并拖动。
> **样式(T)**：|线性 　 ▼|：指定渐变的形状。
> 角度(A) ① 90 ：设置渐变填充的角度。

图案：指图层将以图案进行填充，执行此命令可打开如图 4.23 所示的"图案填充"对话框。可以单击弹出调板并选取图案。

图 4.23 "图案填充"对话框

> **缩放(S)**：|100 　　 ▶|：输入数值或拖移滑块可缩放图案。
> 🔲 按钮：编辑图案时可单击该按钮来创建新预设图案。
> 贴紧原点(N) 按钮：如果选择了 ☑ 与图层链接(L) 命令，则用文档的原点定位图案的原点；如果取消选择了此命令，则用图层的左上角定位图案的原点。
> ☑ 与图层链接(L)：指定图案重新定位时与图层一起移动，并配合拖移。**缩放(S)**：|100 　 ▶|：拖动滑块或输入值以指定图案大小。

在此面板中，可拖移图层中的图案进行设置。该位置可用 贴紧原点(N) 按钮复位。必须至少载入一个图案，图案选项才可用。

4.4.4 图层蒙版和图层剪贴路径

在图层操作中，可以通过两种方法对图层的某个部分隐藏或是显示。其一，创建图层蒙版；其二，使用图层剪贴路径，可以创建锐化边缘蒙版。

图层蒙版与分辨率有关，通过绘画或选择工具创建；而图层剪贴路径与分辨率无关，通过钢笔或形状工具创建。在"图层"面板中，图层蒙版和图层剪贴路径都显示为图层缩略图右边的附加缩略图。对于图层蒙版，此缩略图代表添加图层蒙版时创建的灰度即 Alpha 通道。对于图层剪贴路径，此缩略图代表剪切图层内容的路径。

1．添加蒙版

（1）添加显示或隐藏整个图层的蒙版。执行 **选择(S)** 菜单中的 "取消选择(D)" 命令，清除图像中的所有选区。在 "图层" 面板中，选择要添加蒙版的图层或图层组，执行下列操作之一：

① 创建显示整个图层的蒙版，单击 "图层" 面板底部的  新建图层蒙版按钮。

② 若要创建隐藏整个图层的蒙版，按 Alt 键并单击 新建图层蒙版按钮。当然也可以选择 **图层(L)** 菜单隐藏或显示整个图层。

（2）添加显示或隐藏选区的蒙版。在 "图层" 面板中，选择要添加蒙版的图层或图层组。若要创建显示或隐藏图层选中区域的蒙版，则使用选择工具在图像中选择所需的区域，然后单击 新建图层蒙版按钮，选中的区域即显示出来。也可以选择 **图层(L)** 菜单显示或隐藏选区。创建图层蒙版后，可以使用绘制工具将希望隐藏的蒙版区域涂黑，或将希望显示的区域涂白。

（3）添加矢量蒙版。在 "图层" 面板中，选择要添加图层矢量蒙版的图层，再执行下列操作之一：

① 若要创建显示整个图层的，执行 **图层(L)** 菜单中 "添加矢量蒙版(X)" 下的 "显示全部(R)" 命令。

② 若要创建隐藏整个图层的矢量路径，执行 **图层(L)** 菜单中 "添加矢量蒙版(X)" 下的 "隐藏全部(H)" 命令。

（4）添加显示与路径形状内容一致的图层矢量蒙版。

在 "图层" 面板中，选择要添加图层剪贴路径的图层，选择一条路径或使用形状或钢笔工具绘制工作路径。执行 **图层(L)** 菜单中 "添加矢量蒙版(X)" 下的 "当前路径(U)"。

2．编辑图层蒙版

（1）单击 "图层" 面板中的图层蒙版缩略图，如图 4.24 所示，使之成为当前蒙版出现在图层缩略图的左边。

图 4.24　图层蒙版缩略图

（2）选择任何一种编辑或绘画工具，因为图层蒙版是一个灰度 Alpha 通道，因此当蒙版为现用时，前景色和背景色默认为灰度值。当我们进行编辑时，蒙版缩略图显示所有的更改。

（3）执行下列操作之一：

① 若要从蒙版中减去并显示图层，将蒙版涂成白色。若要使图层为半透明状，将蒙版中涂抹灰色。用黑色涂抹蒙版可隐藏图层或图层组中的图像。

②　若要编辑图层而不是图层蒙版，单击"图层"面板中的图层缩略图选择图层。画笔图标出现在缩略图的左边，表明正在编辑该图层。

③　若要将选区粘贴到图层蒙版中，按 Alt 键并单击"图层"面板中的图层缩略图，选择和显示蒙版通道。执行 编辑(E)菜单下的"粘贴(P)"命令，在图像中拖动选区以生成所需的蒙版效果，然后选择 选择(S)菜单下的"取消选择(D)"命令。单击"图层"面板中的图层缩略图取消蒙版通道。

3．编辑图层蒙版的选项

双击"图层"面板内的图层蒙版缩略图，可打开如图 4.25 所示的"图层蒙版显示选项"对话框。若要选取新的蒙版颜色，单击对话框中的颜色色板，并选取新颜色。若要更改不透明度值，输入 0%～100%之间的一个值即可。

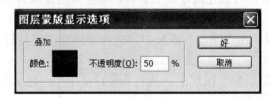

图 4.25　"图层蒙版显示选项"对话框

4．编辑图层剪贴路径

要编辑图层矢量路径，通过单击"图层"面板中的图层矢量路径缩略图或"路径"面板中的缩略图来编辑图层矢量路径，然后使用形状和钢笔工具更改形状。也可以将图层矢量路径转换为图层蒙版，从而自动栅格化蒙版。

注意：

图层矢量路径栅格化后，将无法再将其改回矢量对象。

5．删除图层矢量蒙版

单击"图层"面板中的图层矢量路径，将图层矢量路径拖移到 按钮上。也可以使用图层(L)菜单删除矢量路径，将图层矢量路径转换为图层蒙版：

①　单击图层调板中的图层剪贴路径。

②　执行 图层(L)菜单中"栅格化(Z)"下的"矢量蒙版(V)"命令。

6．取消链接

默认情况下，图层或图层组与其图层蒙版或图层矢量蒙版链接。使用移动工具移动图层、蒙版、矢量路径时，图层、图层蒙版、图层矢量路径在图像中将一起移动。

通过单击链接图标可以从图层的蒙版或矢量路径取消链接图层。取消链接后，可以单独移动它们。

7．图层蒙版操作

图层蒙版操作包括更改蒙版显示、停用、扔掉或关闭图层蒙版等操作。

（1）更改蒙版的显示选项。选择并显示图层蒙版式通道，按 Alt 键并单击图层蒙版缩略图，只查看灰度蒙版。"图层"面板中的  图标颜色变暗，因为所有图层或图层组都被隐藏。若要重新显示图层，请按 Alt 键再单击图层蒙版缩略图。

若同时按住 Alt 键和 Shift 键并单击图层蒙版缩略图，可查看图层之上红色的蒙版。同时按住 Alt 键和 Shift 键并再次单击图层蒙版缩略图，即关闭颜色显示。

（2）暂时停用图层蒙版。按 Shift 键并单击"图层"面板中的图层蒙版缩略图。一个红色的✕出现在"图层"面板中的图层蒙版缩略图上，如图 4.26 所示，而下面的图层或图层组全都不带蒙版效果。若要打开蒙版，按 Shift 键并单击"图层"面板中的图层蒙版缩略图即可。

图 4.26　暂时停用图层蒙版时的蒙版层状态

（3）图层剪贴路径操作。默认情况下，图层剪贴路径不出现在图像中。可以查看并编辑路径或暂时关闭其效果，还可以更改路径的显示选项。

（4）应用和扔掉图层蒙版。完成创建图层蒙版后，我们既可以应用蒙版并使这些更改永久化，也可以扔掉图层蒙版时放弃所做的更改。因为图层蒙版是作为 Alpha 通道存储的，所以应用或扔掉图层蒙版有助于减少该图像文件的大小。

单击"图层"面板中的图层蒙版缩略图，若要删除图层蒙版并使更改永久化，单击"图层"面板底部的 🗑 按钮，在弹出如图 4.27 所示的对话框中，单击 应用 按钮。若要删除图层蒙版时放弃所做的更改，单击 不应用 按钮。

图 4.27　删除图层蒙版时的对话框

实战案例：绘制烛光

在本实例中将通过绘制蜡烛与烛光的体现来练习图层及蒙版的使用，让读者对图层与蒙版有一个更深刻的理解。

步骤

① 启动 Photoshop CS，按 Ctrl+N 快捷键打开"新建"文档对话框，在弹出的对话框中

设置参数如图 4.28 所示，单击 [**好**   ] 按钮，得到所定制的画布。

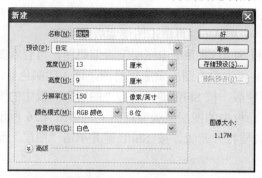

图 4.28   烛光文件的参数设置

② 设置前景色为#000000，按 Alt+Delete 快捷键给背景层填充前景色。单击 "图层" 面板上的 [图标] 按钮新建一个图层，选择工具箱中的 [图标] 套索工具，在画布上绘出如图 4.29 所示的蜡烛轮廓外形。将前景色设为#CC4719，背景色设为#FCC95B，选择工具箱中的 [图标] 工具，确认工具属性栏中的 [图标] 渐变方式处于被选择状态。在画布的选区中，由上至下拖动鼠标，给选区内填充如图 4.30 所示的渐变效果，按 Ctrl+D 取消选区。

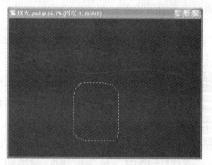 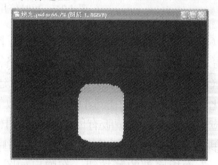

图 4.29   用套索工具绘制的蜡烛形状   图 4.30   填充线性渐变后的效果

③ 选择工具箱中 [图标] 加深工具，在工具属性栏中设置画笔大小为 [画笔: 125]，在画布中加深处理渐变填充后的图像效果如图 4.31 所示。重设画笔大小为 [画笔: 40]，继续加深图像如图 4.32 所示。

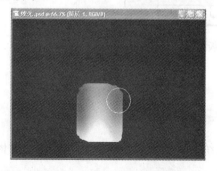 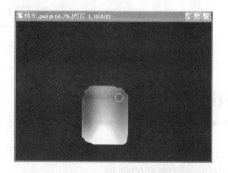

图 4.31   画笔为 125 像素加深处理后的效果   图 4.32   画笔为 40 像素加深处理后的效果

④ 选择工具箱中的 [图标] 椭圆选框工具，在画布中框选如图 4.33 所示的区域，按 Ctrl+H 快捷键隐藏选区（隐藏选区的主要目的是为了在后面的处理中更加直观）。选择工具箱中的 [图标] 减

淡工具，设置减淡画笔大小为 50 像素，涂抹隐藏选区的下边缘，使其效果如图 4.34 所示。

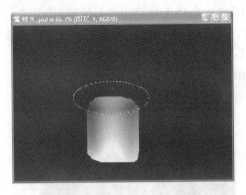

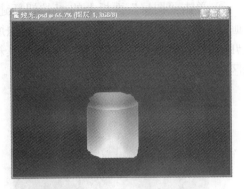

图 4.33 用椭圆选框框选的范围   图 4.34 减淡选区内图像效果

⑤ 选择工具箱中的 椭圆选框工具，在画布中框选如图 4.35 所示的区域，按 Ctrl+H 快捷键隐藏选区。选择工具箱中的 减淡工具，涂抹隐藏选区的下边缘，使其效果如图 4.36 所示，按 Ctrl+D 取消选区。

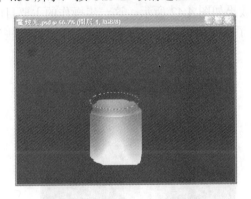

图 4.35 用椭圆选框框选的范围   图 4.36 减淡选区内图像效果

⑥ 制作烛芯。单击"图层"面板上的 按钮新建一个图层，设置前景色为#A9A5A3，选择工具箱中的 钢笔工具，在画布中创建路径如图 4.37 所示的烛芯形状。选择工具箱中的 画笔工具，设置画笔大小为 5 像素，按 Enter 键用选择的画笔进行描边路径操作。按 Delete 键删除路径，得到如图 4.38 所示的效果。

图 4.37 创建的烛芯形状   图 4.38 对路径进行描边后的效果

⑦ 选择工具箱中 加深工具，在画布中加深处理描边后的烛芯效果如图 4.39 所示。

⑧ 单击"图层"面板上的 按钮新建一个图层，选择工具箱中的 椭圆选框工具，在画布中框选如图 4.40 所示的区域作为烛焰形状，按 Ctrl+H 快捷键隐藏选区。设置前景色为#F6771E，背景色为#FFFFF9，选择工具箱中的 工具，在选区中由上至下拖动鼠标，给选区内填充如图 4.41 所示的线性渐变效果。按 Ctrl+D 取消选区。

图 4.39　加深处理后烛芯效果

图 4.40　用椭圆选框创建的烛焰形状

⑨ 选择工具箱中的 减淡工具，涂抹烛焰效果如图 4.42 所示，这一步操作的主要目的是为了让烛焰内部更加生动，此时的烛焰虽然有了一定的效果，但烛焰的边缘还显得有些生硬，需要进行处理。

图 4.41　选区填充线性渐变后的效果

图 4.42　减淡处理烛焰内部后的效果

⑩ 执行 滤镜(T) 菜单中"模糊"滤镜组中的"高斯模糊"滤镜，在弹出的"高斯模糊"滤镜对话框中，设置其参数如图 4.43 所示。单击 好 按钮，得到如图 4.44 所示的效果。

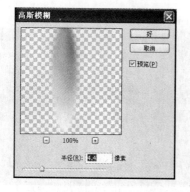
图 4.43　"高斯模糊"滤镜参数设置

图 4.44　高斯模糊后的烛焰效果

⑪ 绘制蜡烛的内焰效果。选择 ⬭椭圆选框工具，在画布中框选如图 4.45 所示的区域作为蜡烛内焰形状，隐藏选区。设置前景色为#FEFDFB，选择工具箱中的 ✎画笔工具，设置画笔大小为 画笔: 175· 像素，在蜡烛内焰选区的底部单击，得到如图 4.46 所示的内焰效果。

图 4.45　用椭圆选框创建的蜡烛内焰形状　　　　图 4.46　给选区绘制前景色后的效果

⑫ 在"图层"面板中选择 图层 3，按住 Ctrl 键单击"图层"面板上的 ◻创建新的图层按钮，在 图层 3 之下新建一层，这一层用来绘制蜡烛的光晕效果。选择 ⬭椭圆选框工具，在画布中创建如图 4.47 所示选区。设置前景色为#FC9149，给选区内填充前景色，效果如图 4.48 所示，取消选区。

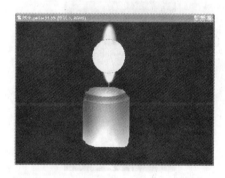

图 4.47　用椭圆选框创建的选区　　　　图 4.48　给选区内填充前景色后的效果

⑬ 执行 滤镜(T)菜单"模糊"滤镜下的"高斯模糊"命令，在弹出的"高斯模糊"滤镜对话框中设置其参数如图 4.49 所示。单击 好 按钮，得到如图 4.50 所示的蜡烛光晕效果。

图 4.49　"高斯模糊"对话框　　　　图 4.50　执行高斯模糊后的光晕效果

⑭ 将"图层"面板中的其他层加上链接,"图层"面板状态如图 4.51 所示,按 Ctrl+E 快捷键将所有链接层合并。打开素材文件夹中如图 4.52 所示的图片。

图 4.51 添加链接符的图层   图 4.52 打开的图像

⑮ 选择工具箱中的 ⊕ 移动工具,将合并后的链接层拖动到图 4.52 所示的图像中,调整位置及大小如图 4.53 所示。这时蜡烛底部与图像背景过渡较生硬,单击"图层"面板上的 ⊙ 添加图层蒙版按钮,给蜡烛层添加上图层蒙版。设置前景色为#000000,单击 ✎ 画笔工具,涂抹蜡烛底部区域,得到如图 4.54 所示的效果。

图 4.53 调整后的蜡烛位置及大小   图 4.54 添加蒙版并处理后的蜡烛底部效果

⑯ 按 Ctrl+J 快捷键将蜡烛所在的图层 1 复制一个副本层,图层状态如图 4.55 所示。在"图层"面板中选择图层 1 副本,设置图层 1 副本层的叠加模式为 线性减淡 ∨ ,得到如图 4.56 所示的烛光效果。

图 4.55 复制得到的图层 1 副本层   图 4.56 线性减淡叠加模式后的烛光效果

⑰ 设置前景色为#FFFFFF，选择工具箱中的 T 工具，在画布上单击并输入如图 4.57 所示的文字，使烛光图像有了特殊的含义。

图 4.57　添加文字后的烛光图像

4.4.5　通道面板

通道主要用来存储图像色彩信息和选区。多个通道叠加起来就可以形成一幅色彩丰富的图像，通道的操作具有独立性，可以针对每个通道进行色彩的调整、图像的处理，以及对通道使用各种滤镜效果或填充不同白色。

打开一幅图像文件时，在"通道"面板中会显示打开图像的颜色信息，如图 4.58 所示。颜色通道的数量取决于图像的颜色模式，如果图像文件是 RGB 模式，则它在默认状态下有红、绿、蓝 3 个通道。需要说明的是，通道是 8 位的灰度图像，能显示 256 种灰度，具有与原图像相同的大小与像素数，可以理解为通道中的白色范围就是选区范围。

图 4.58　打开图像后的通道显示状态

1．通道面板

选择 窗口(W) 菜单中的"通道"命令，即可打开如图 4.59 所示的"通道"面板，在"通道"面板中可以对通道进行创建、删除、存储、隐藏等操作。其各项图标功能如下。

　　 图标表示此通道为显示状态。单击此按钮，使其显示为　　状态，则表示此通道处于隐藏状态。

　　单击 按钮可以将通道作为选区载入，单击 按钮可将选区存储为通道，单击 按钮可创建一个新通道，单击 按钮可删除当前通道。

　　单击"通道"面板右上角的 按钮，可弹出如图 4.60 所示的通道面板下拉菜单。

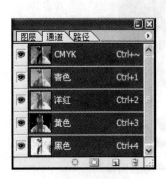

图 4.59　通道面板　　　　　　　　　　图 4.60　通道面板下拉菜单

2．新建通道

　　单击"通道"面板上的 按钮，可创建一个"Alpha1"通道。在该通道中，可以绘制不同浓度的白色，如图 4.61 所示。

3．复制通道与删除通道

　　在"通道"面板中，将需要复制的通道拖动到面板底部的 按钮上，可复制所需的通道。图 4.62 复制的是黑色通道。

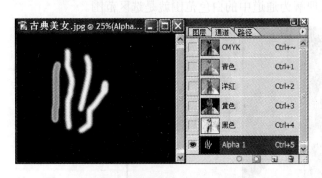

图 4.61　新建的 Alpha1 通道　　　　　　图 4.62　复制黑色通道后的通道面板状态

　　选择需要删除的通道，按住 Alt 键单击"通道"面板底部的 按钮，可删除所选择的通道。

4．将选区存储为通道

　　单击"通道"面板底部的 按钮，可将选区存储为通道。将选区存储为通道有两个作用，其一是将选区在存储起来以备后用，其二是对选区进行保存后进行修改，然后再载入。

将一个矩形选区存储为通道后的状态如图 4.63 所示。

图 4.63 将矩形选区存储为通道后的状态

5．新专色通道

专色通道是一种比较特殊的颜色通道，用于制作印刷时的专色效果，与 Alpha 通道一样，专色通道在任何情况下都可进行编辑。创建专色通道时，首先必须创建一个选区，然后用专色通道填充不同的颜色。

创建一个选区后，选择"通道"面板下拉菜单中的"新专色通道"命令，弹出如图 4.64 所示的"新专色通道"对话框。

图 4.64 "新专色通道"对话框

在 **名称：**输入框中可输入专色通道的名称，在 **油墨特性** 选项区中的 **颜色：**右侧单击■框，可从弹出的对话框中选择需要填充的颜色，在 **密度(S)：**输入框中输入数值，可设置模拟专色在屏幕上的纯白度，取值范围为 0%～100%，密度只影响屏幕上的显示，对打印无影响，设置好参数后，单击 **好** 按钮，即可在"通道"面板中显示出新建的专色通道，如图 4.65 所示。

图 4.65 新建的专色通道

实战案例：烟雾效果

在本实例中，我们将通过通道的使用给图像添加飘散的烟雾效果，让我们对通道的使用功能有更深刻的理解。

图 4.66　打开的图像文件

步骤

① 启动 Photoshop CS，打开如图 4.66 所示的图像文件。

② 单击"通道"面板进入通道编辑状态。单击"通道"面板下方的 按钮创建一个 Alpha 通道，如图 4.67 所示。设置前景色为#FFFFFF，选择工具箱中的 画笔工具，在工具属性栏中选择一支柔角画笔，在画布上绘制如图 4.68 所示的效果。

③ 选择 滤镜 菜单"风格化"滤镜下的"风"滤镜，在弹出的"风"滤镜对话框中，设置其参数如图 4.69 所示。单击 好 按钮得到如图 4.70 所示的效果，此时风吹的效果不够，按 Ctrl+F 快捷键再次执行"风"滤镜。

图 4.67　新建 Alpha 通道状态

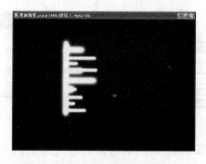

图 4.68　用柔角画笔绘制的效果

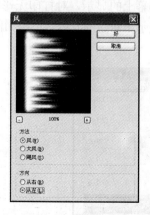

图 4.69　"风"滤镜对话框

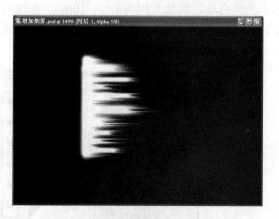

图 4.70　执行"风"滤镜后的图像效果

④ 风吹后的烟雾方向需要进行变换，按 Ctrl+T 快捷键对风吹后的烟雾进行自由变换，

旋转烟雾方向如图 4.71 所示，按 Enter 键确定。选择 滤镜(T) 菜单中的"液化"滤镜，在弹出的"液化"滤镜对话框中，选择 向前变形工具，涂抹烟雾使其更加形象、生动，单击 好 按钮确定，本例涂抹效果如图 4.72 所示。

图 4.71　旋转烟雾后的效果　　　　　　图 4.72　烟雾液化滤镜向前涂抹后的效果

⑤ 按住 Ctrl 键单击 Alpha 通道载入 Alpha 通道选区，状态如图 4.73 所示。单击"图层"面板切换到图层编辑状态。单击"图层"面板上的 按钮新建一个图层。按 Alt+Delete 快捷键给选区内填充上#FFFFFF 色，取消选区调整烟雾的位置如图 4.74 所示。

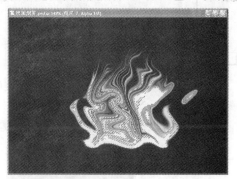 

图 4.73　载入 Alpha 通道选区状态　　　　图 4.74　调整烟雾在图像中的位置

⑥ 虽然现在的烟雾有了形和神，但烟雾的清晰和透明度太高，需要进行调整。在"图层"面板中设置烟雾层的 不透明度：为 40%，此时的烟雾效果如图 4.75 所示。若觉得烟雾不够浓，可按 Ctrl+J 快捷键将烟雾层复制一个副本，并用 工具移开一定位置，这样就可得到如图 4.76 所示的烟雾飘散效果。

图 4.75　调整烟雾层不透明度后的效果　　　图 4.76　烟雾层副本错位形成的效果

图 4.77 路径面板

4.4.6　路径面板

通过"路径"面板可以实现路径与选区的相互转换，也可对路径进行描边、填充等操作，从而绘制出各种特殊的图形效果。选择 窗口(W) 菜单中的"路径"命令，即可打开如图 4.77 所示的"路径"面板。

如图选择工具箱中的钢笔 工具，在画像中创建任意的路径，即可在"路径"面板中显示路径的缩略图，显示其名称为工作路径，如图 4.78 所示。单击"路径"面板右上角的 按钮，弹出如图 4.79 所示的下拉子菜单。

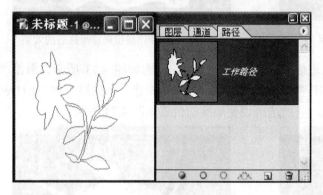

图 4.78　绘制路径时的"路径"面板状态

图 4.79　路径面板下拉子菜单

1．路径层的建立、复制和删除

单击"路径"面板下方的 按钮即可建立一个路径层，如图 4.80 所示。

选择"路径"面板中的需要进行复制的路径层，将其拖到 按钮上，就可实现路径层的复制，如图 4.81 所示。路径层之间是相互独立的，在"路径"面板中一次只能显示一个路径层。如果要复制某路径，可以按住 Ctrl+Alt 快捷键拖动需要复制的路径即可，如图 4.82 所示。按住 Alt 键单击"路径"面板下方的删除当前路径按钮 ，可删除当前选择的路径层。

图 4.80　新建的路径层

图 4.81　复制得到的路径层副本

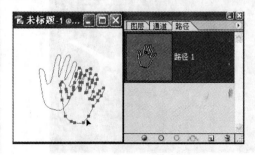

图 4.82　在图像中复制所选路径

2．路径与选区的相互转换

如果要将图像中的路径与选区相互转换，可以通过单击"路径"面板下方的  将路径作为选区载入按钮与 从选区生成工作路径按钮实现。

在如图 4.83 所示的图像中，按 Ctrl+Enter 快捷键或单击"路径"面板下方的 按钮，即可将路径转换为选区，如图 4.84 所示。

图 4.83　路径在图像中的状态　　　　图 4.84　将路径作转换为选区后的状态

在图像中创建如图 4.85 所示的选区，单击"路径"面板下方的 按钮，即可将选区转换为路径，如图 4.86 所示。

图 4.85　创建的选区状态　　　　图 4.86　选区转换为路径后的状态

3．填充路径

使用填充路径命令，可以对路径填充各种颜色或图案。单击"路径"面板右上角的 按钮，从弹出的下拉菜单中选择"填充路径"命令，打开如图 4.87 所示的"填充路径"对话框。

图 4.87　"填充路径"对话框

在 内容 选项区中，单击 使用(U): 右侧的 前景色 下拉列表框，弹出如图 4.88 所示下拉
列表框。可从中选择一种选项对路径进行填充，如果选择"图案"选项，则可在 自定图案:
右侧的  中选择预设的图案样式。

在 混合 选项区中的 模式(M): 右侧单击 正常 下拉列
表框，可从弹出的下拉列表中选择一种颜色模式，一般默认为
"正常"选项，在 不透明度(O): 输入框中输入数值，可以设置填
充颜色的不透明度效果，选中 保留透明区域(P) 复选框，可控制只
填充图像中的像素区域，而不填充图像中的透明区域。

在"渲染"选项区中的 羽化半径(F): 输入框中输入数值，可
设置填充的柔化边缘。

图 4.88　使用"下拉"列表框

4．描边路径

路径同选区一样，都可以进行描边操作。单击"路径"面板右上角的 ▶ 按钮，从弹出
的下拉菜单中选择"描边路径"命令，打开如图 4.89 所示的"描边路径"对话框。

在 工具(T): 右侧单击 铅笔 下拉列表框，弹出如图 4.90 所示的下拉列表框。
可在列表框中选择不同的绘图工具对所选路径进行描边，也可直接按 Enter 键或单击"路
径"面板下方的 ○ 用画笔描边路径按钮对路径进行描边。

图 4.89　"描边路径"对话框　　　　　图 4.90　工具列表框中的画笔

在列表框中选择 画笔 工具，设置前景色为#FC9149，并设置画笔的笔刷样式为同心圆
，画笔间距为 100%，单击 好 按钮得到如图 4.91 所示的描边效果。

图 4.91　用设置画笔描边后的效果

实战案例：绘制卡通狮子

在本例中，我们将运用路径灵活、准确的造型功能绘制卡通角色。通过这个实例来提高钢笔工具的描绘能力，巩固前面所学的劳动成果。

步骤

① 启动 Photoshop CS，按 Ctrl+N 快捷键弹出"新建"文件对话框，其参数设置如图 4.92 所示，单击 [好] 按钮得到设定的画布。

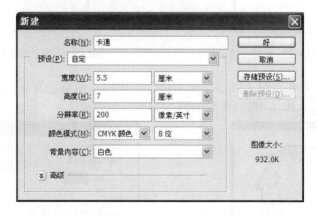

图 4.92 "新建"文件参数

② 按 Ctrl+Shift+Alt+N 快捷键新建一个图层，选择工具箱中的 钢笔工具，确认钢笔工具属性栏中的 路径按钮处于选择状态。在画布中创建如图 4.93 所示的路径作为卡通狮子头部总体外形轮廓。设置前景色为#000000，选择工具箱中的 工具，在工具属性栏中设置铅笔大小为 5 像素。单击"路径"面板下方的 用画笔描边按钮，即可得到如图 4.94 所示的效果。

图 4.93 绘制的卡通狮子头部轮廓　　　图 4.94 用画笔描边后的效果

③ 设置前景色为#FFCC00，单击"路径"面板下方的 用前景色填充路径按钮，得到如图 4.95 所示的效果。用这种方法绘制图像，难免要经历较为烦琐的切换面板操作，其实我们完全可以运用路径与选区的互换快捷键来实现图像的绘制与填充。

④ 按 Ctrl+Shift+Alt+N 快捷键新建一个图层，选择工具箱中的 钢笔工具，在图像中绘制如图 4.96 所示的形状作为卡通狮子的脸部形状。设置前景色为#FFF005，按 Ctrl+Enter 快捷键将路径转换为选区，按 Alt+Delete 快捷键给选区内填充上前景色，其效果如图 4.97 所示。

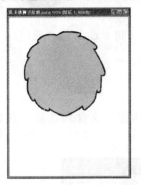 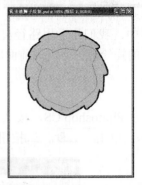

图 4.95　填充路径后的图像效果　　　　　图 4.96　狮子脸部的路径形状

⑤ 选择 编辑(E) 菜单下的"描边"命令，在弹出的"描边"对话框中，设置其参数如图 4.98 所示，单击 好 按钮得到如图 4.99 所示的效果。

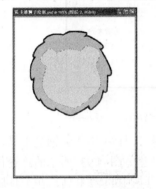 

图 4.97　给选区内填充前景色后的效果　　　　　图 4.98　"描边"参数设置

⑥ 按 Ctrl+Shift+Alt+N 快捷键新建一个图层，在图像中用 钢笔工具绘制如图 4.100 所示的形状，作为卡通狮子的鼻子及嘴部的总体轮廓形状。设置前景色为#FFB024，按 Ctrl+Enter 快捷键将路径转换为选区，按 Alt+Delete 快捷键给选区内填充上前景色，其效果如图 4.101 所示。

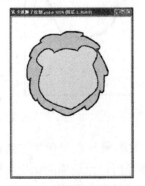 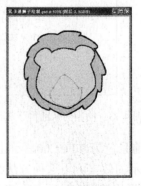

图 4.99　选区描边后的效果　　　　　图 4.100　卡通狮子鼻子及嘴部轮廓

⑦ 选择 **编辑(E)** 菜单下的"描边"命令，在弹出的"描边"对话框中，设置其参如图 4.102 所示，单击 好 按钮得到如图 4.103 所示的效果。

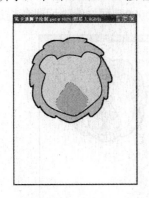 

图 4.101　给选区内填充上前景色　　　　　　图 4.102　"描边"参数设置

⑧ 用钢笔工具在画部中绘制如图 4.104 所示的形状作为卡通狮子鼻头的造型路径。设置前景色为#FF6600，按 Ctrl+Enter 快捷键将路径转换为选区，按 Alt+Delete 快捷键给选区内填充上前景色，其效果如图 4.105 所示。设置前景色为#000000，用同样的方法给选区描边。

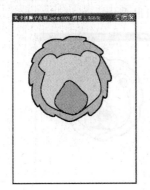 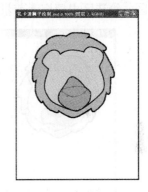

图 4.103　选区描边后的效果　　　　　　　　图 4.104　卡通狮子的鼻头造型路径

⑨ 用钢笔工具在画部中绘制如图 4.106 所示的形状作为卡通狮子嘴部造型路径。按 Ctrl+Enter 快捷键将路径转换为选区，设置前景色为#000000，按 Alt+Delete 快捷键给选区填充前景色，其效果如图 4.107 所示。

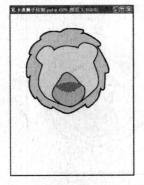 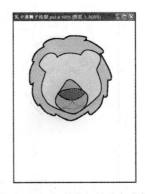

图 4.105　给选区填充前景色后的效果　　　　图 4.106　狮子嘴部的路径范围

⑩ 绘制卡通狮子的耳朵形状。用钢笔工具在画部中绘制如图 4.108 所示的形状作为卡通狮子耳朵的造型路径。设置前景色为#FF6600，按 Ctrl+Enter 快捷键将路径转换为选区，给选区填充前景色，其效果如图 4.109 所示。设置前景色为#000000，同样给选区进行描边。

图 4.107　给选区内填充前景色后的效果　　　图 4.108　　卡通狮子耳朵轮廓路径造型

⑪ 接下来绘制卡通狮子的眉毛和眼睛。用钢笔工具在画部中绘制如图 4.110 所示的形状作为卡通狮子眉毛和眼睛的造型路径。设置前景色为#000000，按 Ctrl+Enter 快捷键将路径转换为选区，给选区内填充上前景色，其效果如图 4.111 所示。

图 4.109　选区填充前景色后的效果　　　图 4.110　　卡通狮子眉毛和眼睛的路径形状

⑫ 为了让卡通狮子更有神韵，设置前景色为纯白色，选择工具箱中的 ✐ 画笔工具，选择适当大小的画笔，给狮子的眼睛及鼻头绘制出如图 4.112 所示的效果。

图 4.111　选区填充前景色后的效果　　　图 4.112　　给狮子的眼睛及鼻头绘制一些白色

⑬ 用钢笔工具在画部中绘制如图 4.113 所示的形状作为卡通狮子胡须的造型路径。设置前景色为#000000，选择工具箱中的 ✎ 画笔工具，设置画笔的大小为 2，硬度值为 100%，按 Enter 键用选择的画笔对路径进行描边，按 Delete 键删除路径，得到如图 4.114 所示的效果。

图 4.113　用钢笔绘制的狮子胡须形状　　　　　　图 4.114　用画笔对路径描边后的效果

⑭ 为了体现卡通狮子凶悍的特征，用钢笔工具在画部中绘制如图 4.115 所示的形状作为卡通狮子舌头造型。设置前景色为#FF0000，按 Ctrl+Enter 快捷键将路径转换为选区，给选区内填充上前景色，取消选区得到如图 4.116 所示的效果，这样卡通狮子看起来就有了几分野性和灵气。到此，卡通狮子绘制完成。

图 4.115　卡通狮子舌头的路径形状　　　　　　图 4.116　给选区填充前景色后的效果

 思考与练习 4

1. 新建一个图层有哪些常用方法？图层的不透明度值越高说明图层有什么特性？
2. 合并图层的方法有哪些？
3. 通道是几位的灰度图像？创建专色通道时，首先必须创建什么？
4. 将一个选区存储到通道后，选区在通道中显示的是什么状态？
5. 打开一幅风景图像，编辑通道制作出图像的积雪效果。

第 5 章　图像合成及处理技术

本章要点

◆ 图层、通道、路径、蒙版的概念。

◆ 图层的操作。

◆ 图层蒙版的添加及编辑。

图像合成及处理技术是广告设计中一个非常重要的课题，图像合成的方法也很多，如蒙版合成、叠加合成等。本章通过大量实例着重讲解了图像的去斑、抠图、通道、蒙版、调整层及叠加模式等常用图像合成及处理的技法，通过这些合成效果的使用可以让我们体会到 Photoshop CS 的独特魅力。

5.1　人物图像去斑美容技巧案例

在这一实例中我们将对如图 5.1 所示的图片进行去斑美容处理。细心观察图像不难发现，该图片有两个地方需要我们处理。其一，在该图像中人物的面部有很多斑点，影响了人物图像的美丽；其二，该图像有些偏暗、发灰，需要整体调整图像的亮度。对该图像进行去斑及调整处理，即可使图像得到如图 5.2 所示的细嫩红润效果。下面我们来学习这种处理图像的具体方法。

图 5.1　处理前的图像

图 5.2　处理后的图像

🐬　**步骤**

① 打开素材文件夹中"图像美容"文件夹下如图 5.1 所示的图像文件。按 Ctrl+"＋"
快捷键或使用导航器滑块将图像放大 150%，如图 5.3 所
示。这样做的目的是因为人物图像的斑点主要集中在脸
部，放大后有利于后面的处理更加清晰。

② 单击工具箱中的 ✐ 污点修复画笔工具，在图像文
件中单击鼠标右键可弹出如图 5.4 所示的面板。设置画笔
的硬度为 0，直径为 19。在图像面部直接单击脸部比较大
的斑点，如图 5.5 所示，经过耐心的修复就可将图像面部
比较大的斑点去除或平滑。

图 5.3　"导航器"面板参数状态

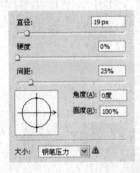

图 5.4　画笔设置面板

图 5.5　单击图像面部比较大的斑点

③ 使用导航器滑块或按 Ctrl+0 快捷键将图像全部显示出来，单击工具箱中的 ▣ 以快速
蒙版编辑模式按钮进入快速蒙版状态（也可按 Q 键）。单击工具箱中的 ✐ 画笔按钮，并设置
其参数如图 5.6 所示。按 D 键将前景色设置为黑色，然后在人物的面部涂抹，涂抹部分将呈
红色显示，经过耐心涂抹后的图像效果如图 5.7 所示。

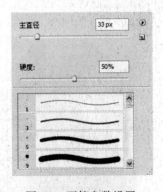

图 5.6　画笔参数设置

图 5.7　快速蒙版状态下的画笔涂抹效果

④ 按 X 键将前景色设置转换为白色，按"["键将画笔大小改为 10 像素左右，仔细涂
抹图像的眉毛、眼睛、嘴巴及鼻翼部分，将这部分区域的蒙版状态擦掉，其效果如图 5.8 所
示。单击工具箱中的 ◉ 以标准模式编辑按钮将快速蒙版部分转换为选区，其效果如图 5.9
所示。

图 5.8   擦出眉、眼、嘴、鼻的蒙版部分

图 5.9   将蒙版转换为选区

⑤ 按 Ctrl+Shift+I 快捷键对选区进行反向选择，得到人物图像的脸部选区，其效果如图 5.10 所示。按 Ctrl+J 快捷键将选区内的图像复制一个副本图层 1，此时图层面板状态如图 5.11 所示。

图 5.10   反向选择得到脸部选区

图 5.11   复制选区内的图像图层状态

⑥ 确认图层 1 处于选择状态，选择 滤镜(I) 菜单"杂色"滤镜组下的"蒙尘与划痕"滤镜，在弹出的对话框中设置其参数半径为 10 像素，阈值为 2 色阶，如图 5.12 所示。单击确定按钮可得到如图 5.13 所示的效果。

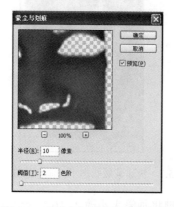
图 5.12   "蒙尘与划痕"滤镜参数

图 5.13   "蒙尘与划痕"后的图像效果

⑦ 我们可以看到人物的脸部皮肤非常光滑，以至于有些失真。将"图层"控制面板中图层 1 的不透明度值改为 80%，如图 5.14 所示。如果以前建立蒙版的时候不是特别准确，把一

些不该被磨光滑的地方也磨光滑了，可以利用橡皮擦工具进行擦除，以露出下面的背景。

⑧ 对图像的颜色进行调整。单击"图层"控制面板上的  创建新的调整层按钮，在弹出的菜单中选择"曲线"命令建立一个曲线调整层。拖动曲线对话框中的直线将其调整成如图 5.15 所示状态，此时图像效果如图 5.16 所示。

图 5.14　设置图层 1 的不透明度值

⑨ 此时图像的亮度有了很大的改善，但图像的皮肤还缺泛红润，单击曲线调整对话框中通道内的红色通道，稍稍拖动曲线如图 5.17 所示。这样就可以将整幅图像的红色加亮，使皮肤更加红润。

⑩ 单击确定按钮，即可得到斑点全无，皮肤细嫩，肤色红润的处理效果如图 5.18 所示。

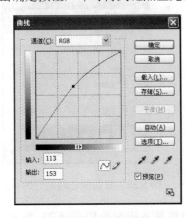

图 5.15　曲线亮度调整

图 5.16　曲线亮度调整后的图像

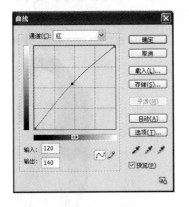

图 5.17　曲线红色通道的调整

图 5.18　处理后的图像效果

5.2　通道抠图技巧案例

抠图去背景的方法一般都是事先对需要进行处理的图像部分进行选取，无外乎用钢笔工具进行选取、用魔棒或套索工具进行选取、用魔术橡皮擦工具进行擦除、用抽出工具进行抽出这几种方式，这些方式对于有的图像非常有用，但相对于如图 5.19 所示头发丝细节较多的图片，恐怕抠取的效果不很理想。下面我们来学习一种更为有效的抠图技巧，这种方法对人物头部的发丝部分损失很少。

步骤

① 在素材文件夹中打开如图 5.19 所示的图片。单击"通道"面板标签，观察 R、G、B 这三个通道中头发与背景之间的对比情况，将头发与背景对比度最大的那个通道拖动到创建新通道按钮上，当 通道 按钮呈反白显示时松开鼠标，即可得到该通道的副本。本实例中复制了绿色通道，如图 5.20 所示。

图 5.19　头发丝细节较多的图片　　　　　图 5.20　复制绿色通道后的状态

② 按 Ctrl+L 快捷键打开"色阶"对话框，调整其各项参数如图 5.21 所示，单击"确定"按钮得到如图 5.22 所示的效果，这样头发在通道中的效果达到了很好的对比效果，接下来就可利用载入通道中白色部分的选区来抠取发丝。

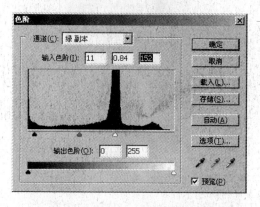

图 5.21　"色阶"对话框参数设置　　　　　图 5.22　色阶调整后的发丝效果

③ 将头发及人物的脸部用画笔处理成黑色。单击工具箱中的画笔工具，设置画笔大小为 15 像素，确认前景色为黑色，将人物处理成如图 5.23 所示的效果。单击蓝色通道左边的按钮开启蓝色通道的可视性，其效果如图 5.24 所示。这样做主要是为了将人物的手和躯干部分处理成黑色。

图 5.23　用画笔处理后的效果　　　　　　　　图 5.24　开启蓝色通道可视性的效果

④ 单击工具箱中的 钢笔工具，将人物的手及躯干部分选取，如图 5.25 所示。单击
"路径"面板，其状态如图 5.26 所示。

图 5.25　用钢笔工具选取范围　　　　　　　　图 5.26　"路径"面板状态

⑤ 确认前景色为黑色，单击"路径"面板中的 用前景色填充路径按钮，得到如
图 5.27 所示效果。单击控制面板 通道 标签返回通道操作中，单击蓝色通道左边的 按钮关
闭蓝色通道的可视性，其状态如图 5.28 所示。

图 5.27　用前景色填充路径效果　　　　　　　图 5.28　关闭蓝色通道可视性状态

⑥ 按 Ctrl+I 快捷键对通道色彩进行反相调整，这样原来的黑白色就进行了反相，其效
果如图 5.29 所示。按住 Ctrl 键不放，用鼠标单击"通道"面板上的 将通道作为选区载入

按钮将通道中白色作为选区载入。单击控制面板 图层 标签进入图层编辑状态，其效果如图 5.30 所示。

图 5.29　通道反相调整后的效果

图 5.30　进入图层编辑状态

⑦ 按 Ctrl+J 快捷键复制选区内图像，得到图层 1，其状态如图 5.31 所示。按 Ctrl+H 快捷键隐藏路径，将图层 1 的图像拖动到其他图像文件中，这样就得到了比较细腻的发丝细节，如图 5.32 所示。

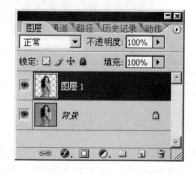

图 5.31　复制选区内图像后的图层状态

图 5.32　换背景后的图像

⑧ 如图 5.33 所示是用通道抠取的图像与其他方法抠取的图像效果对比，左边用通道抠取的图像比右边其他方法抠取的图像更加细腻。

图 5.33　用通道抠取图像与其他方法抠取图像的效果对比

5.3 图层蒙版在风景合成中的运用

运用蒙版进行图像的合成是图像处理中经常遇到的操作，用蒙版处理出来的图像非常细腻、真实，过渡也十分自然，图 5.34 所示的图像就是运用图层蒙版进行合成的图像。下面将学习如何运用图层蒙版进行风景合成。

图 5.34 运用图层蒙版合成的风景图像

步骤

① 在素材文件夹中打开需要进行合成的风景 1、风景 3 图像，如图 5.35、图 5.36 所示。

图 5.35 打开的风景 1 图像　　　　　　　图 5.36 打开的风景 3 图像

② 选择工具箱中的 工具，将风景 1 图像拖动到风景 3 图像中，按 Ctrl+T 自由变换图层 1 与背景层大小一样。单击"图层"面板上的 按钮，为图层 1 添加图层蒙版，如图 5.37 所示。

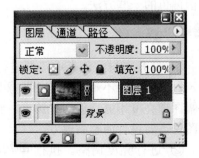

图 5.37 给图层 1 添加图层蒙版

③ 选择工具箱中的▢工具，单击工具属性栏中的▢线性渐变按钮，在画布中由下至上拖动鼠标，此时图层蒙版状态如图 5.38 所示，图像效果如图 5.39 所示。处理时不可能一次性就能得到自然的过渡效果，可以多操作几次，直到效果满意为止。

图 5.38　线性渐变后的图层蒙版状态　　　　　图 5.39　图层蒙版处理后的图像

④ 在画布中由上至下拖动鼠标，可得到如图 5.40 所示的效果，图层蒙版状态如图 5.41 所示。

图 5.40　改变渐变填充方向的图像效果　　　　图 5.41　改变填充方向的图层蒙版状态

5.4　图像偏色校正

　　图像在进行扫描或拍照时，由于技术或曝光等原因，往往会导致图像偏色，这些图像要正常使用就必须进行校正，而 Photoshop CS 正是进行图像处理的利器，下面来学习校正图像偏色的一些方法。

图 5.42　打开的偏色图像

🐋 步骤

　　① 打开素材文件夹中需要进行偏色校正的图像，如图 5.42 所示。从图像中不难看出，此图像存在两个方面的问题。第一，整幅图像亮度不够，偏灰；第二，整个色相偏红。这两个问题是此图像需要进行调整的地方。

　　② 进行亮度调整。执行 图像(I) 菜单 调整(A) ▶下的"色阶"命令，在弹出的"色阶"调整对话框中设置其参数如图 5.43

所示，单击 按钮，得到如图 5.44 所示的效果。图像的亮度得到了很好的调整。

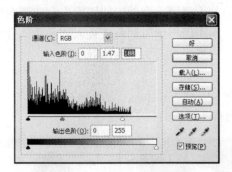

图 5.43　"色阶"调整对话框参数　　　　　图 5.44　色阶调整后的图像效果

③ 进行图像偏色校正。执行 **图像(I)** 菜单 **调整(A)** 下的"色彩平衡"命令，在弹出的"色彩平衡"对话框中设置"中间调"的参数如图 5.45 所示，此时图像效果如图 5.46 所示。

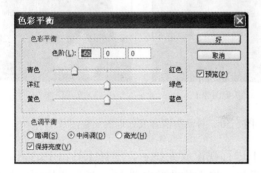

图 5.45　"色彩平衡"中间调参数设置　　　　图 5.46　中间调调整后的图像效果

④ 在"色彩平衡"对话框中选择 **高光(H)** 选项，设置色彩平衡参数如图 5.47 所示，单击 按钮，得到如图 5.48 所示的效果。

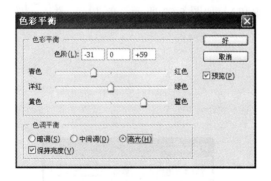

图 5.47　"色彩平衡"高光调整参数设置　　　　图 5.48　色彩平衡后的图像效果

5.5　人物头像合成处理

人物头像合成处理技术主要用在刑事侦探、电脑画像、婚纱制作和照片修复中。在进行学习和练习之前我们要多收集一些图片。人物头像的合成一般都是只进行脸部的合成，合成时要注意脸部角度、方向、颜色的统一，尽量不要用正面朝向的图像去合成侧面朝向的图像，因为角度不同的图像合成后，不易协调。本实例将学习如何进行人物头像的合成处理来得到如图 5.49 所示的图像效果。

步骤

① 打开素材文件夹中如图 5.50 所示的两幅头像图片。

（a）头像图像 1　　　　（b）头像图像 2

图 5.49　头像合成处理后的图像效果　　　图 5.50　需要头像合成处理的两幅图片

② 按 Ctrl+"＋"快捷键将头像图像 1 进行视窗放大显示。选择工具箱中的钢笔工具，在画布上创建如图 5.51 所示的闭合路径形状，将人物的脸部选择。两张图片面部的朝向虽然不同，但角度基本一致，处理时可对图像进行水平翻转即可。

③ 将路径转换为选区，按 Ctrl+Alt+D 快捷键对选区进行羽化，在弹出的对话框中设置其羽化值为 2 像素（羽化值不是一个绝对值，需要根据照片的分辨率或需要进行设置，羽化选区的目的是为了使选择图像的边缘比较柔和），如图 5.52 所示，单击 好 按钮。

图 5.51　用钢笔工具创建的选择区域　　　图 5.52　"羽化选区"参数设置

④ 选择移动工具，将光标放置在选区内（如光标在选区外，则移动整幅图像），按下鼠标左键拖动选区内图像到头像图像 2 上，当光标呈显示时松开鼠标，得到如图 5.53 所示的效果。

⑤ 由于两幅图片的大小不同，选区内图像移动到新图像中显得很大，必须进行调整。为了在调整对位时能更好地看清下面图像的轮廓区域，确认数字键盘中的 NumLock 键为打开状态，按数字键 6，设置图层 1 的透明度为 60%，其图像效果如图 5.54 所示。

图 5.53　将选区内的图像拖到头像图像 2 中　　　图 5.54　调整图层 1 透明度后的图像效果

⑥ 按 Ctrl+T 快捷键对图层 1 进行自由变换编辑。单击鼠标右键，在弹出的自由变换快捷菜单中，选择"水平翻转"命令。按住 Shift 键调整图层人中人物脸部的位置及大小如图 5.55 所示，按 Enter 键确认自由变换效果。

⑦ 选择工具箱中的 ✐ 工具，在工具属性栏上选择一支大小为 9 像素、硬度值为 0、不透明度值为 50% 的圆形画笔，擦除多余的图像部分，按键盘上的 0 键将图层 1 的不透明度值恢复为 100%，其效果如图 4.56 所示。

图 5.55　自由变换后图层 1 的图像状态　　　图 5.56　擦除多余图像后的图像效果

⑧ 现在来校正一下整体亮度及颜色，使其色彩更自然一些，按 Ctrl+E 快捷键将图像合并。按 Ctrl+L 快捷键打开"色阶"对话框，调整其参数如图 5.57 所示，单击 好 按钮。按 Ctrl+B 快捷键打开"色彩平衡"对话框，调整其参数如图 5.58 所示。

⑨ 单击 好 按钮，头像合成处理结束，合成处理前、后的图像效果如图 5.59 所示。

由于图片的颜色、透视角度的不同，在处理图片时或许更复杂一些，这就需要我们要多练习、多思考、多总结，只有这样，处理起来才能游刃有余。

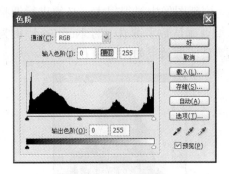

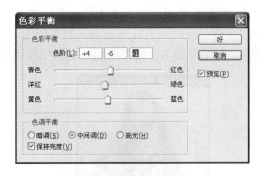

图 5.57　"色阶"调整参数　　　　　　　　　图 5.58　"色彩平衡"参数

（a）头像合成处理前的图像　　　　　　（b）头像合成后处理后的图像

图 5.59　头像合成处理前、后的图像效果对比

5.6　室外效果图后期处理

　　在室外效果图的设计过程中，用三维的设计软件一次完成所有效果，是非常耗时和困难的，并且得到的效果往往还不很理想，远远没有我们用 Photoshop CS 进行后期处理来得轻松。对于室外效果图的后期处理，主要包括添加背景、植被、环境、人物等操作，下面我们将学习如何运用 Photoshop CS 进行室外效果图的后期处理。

步骤

　　① 打开素材文件夹中如图 5.60 所示的室外效果图。此幅图像的存储格式为 TIF 格式，这种格式的图像在三维软件渲染输出时，可以带 Alpha 1 通道，以便在后期处理时，能轻松抠取需要的图像。

　　② 单击 通道 面板进入通道编辑状态。按住 Ctrl 键单击 Alpha 1 通道，载入 Alpha 1 通道的选区，此时的图像效果如图 5.61 所示。

　　③ 单击 图层 面板切换到图层编辑状态。在图层控制面板中，双击"背景"层，弹出如图 5.62 所示的"新图层"对话框，单击 好 按钮，这样"背景"层就转换为"图层 0"，其"图层"面板状态如图 5.63 所示。

图 5.60　需要后期处理的室外效果

图 5.61　载入通道选区后的图像效果

图 5.62　将背景层转换为"新图层"对话框　　图 5.63　"背景"层转换为"图层 0"时的状态

④ 按 Ctrl+Shift+I 快捷键反向选择需要删除的图像，按 Delete 键删除选区内的图像，其图像效果如图 5.64 所示。

⑤ 打开素材文件夹中如图 5.65 所示的"天空"图像，选择工具箱中的 工具，将"天空"图像拖动到效果图后期处理图像中，按 Ctrl+[快捷键将"图层 1"中的"天空"图像放在"图层 0"之下，调整其位置如图 5.66 所示。

图 5.64　删除选区内图像后的效果

图 5.65　"天空"图像

图 5.66　将"图层 1"放到"图层 0"之下

⑥ 打开素材文件夹中如图 5.67 所示的"树 1"图像，将"树 1"图像拖到效果图后期处理图像中，并将其放在"图层 1"之下，调整其位置如图 5.68 所示。

图 5.67　　"树 1"图像

图 5.68　将"树 1"放到"图层 1"之下

⑦ 打开素材文件夹中如图 5.69 所示的"草坪"图像，将"草坪"图像拖到效果图后期处理图像中，调整其位置如图 5.70 所示。

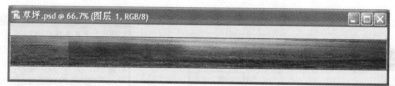

图 5.69　　"草坪"图像

图 5.70　　"草坪"图像在效果图中的位置

⑧ 草坪的下方显得有点空，可以添加水池来进行处理。打开素材文件夹中如图 5.71 所示的"草坪上的水池"图像，将"草坪上的水池"图像拖到效果图后期处理图像中，调整其位置如图 5.72 所示。

图 5.71　　"草坪上的水池"图像　　　　图 5.72　　"草坪上的水池"图像在效果图中的位置

⑨ 水池处理好后，效果图的右边也需要进行处理。打开素材文件夹中如图 5.73 所示的"树 2"图像，将"树 2"图像拖到效果图后期处理图像中，调整其位置如图 5.74 所示。

图 5.73　"树 2"图像

图 5.74　"树 2"图像在效果图中的位置

⑩ 此时效果图的右边还是显得有点"空"，与效果图有点不协调，在这里可以添加一棵大一点的树进行补充。打开素材文件夹中如图 5.75 所示的"树 3"图像，将"树 3"图像拖到效果图后期处理图像中，调整其位置如图 5.76 所示。

图 5.75　"树 3"图像

图 5.76　"树 3"图像在效果图中的位置

⑪ 现在效果图的左边看起来也显得有点呆板，可以再添加一些树让图像"活"起来。打开素材文件夹中如图 5.77 所示的"树 4"图像，将"树 4"图像拖到效果图后期处理图像中，调整其位置如图 5.78 所示。

图 5.77　"树 4"图像

图 5.78　"树 4"图像在效果图中的位置

⑫ 经过上几步处理，有了一定的效果，但效果图左上角的天空还显得有些"空"，可以添加一些边角树进行处理。打开素材文件夹中如图 5.79 所示的"边角树"图像，将"边角树"图像拖到效果图后期处理图像中，调整其位置如图 5.80 所示。

图 5.79   "边角树"图像   图 5.80   "边角树"在图像中的位置

⑬ 经过上面的一系列操作，效果图周边的环境都得到了很好的处理，不过还感觉效果图的水池边显得格外的空旷，为了解决这一点，打开素材文件夹中如图 5.81 所示的"树 5"图像，将"树 5"图像拖到效果图后期处理图像中，调整其位置如图 5.82 所示。

图 5.81   "树 5"图像   图 5.82   "树 5"图像在效果图中的位置

⑭ 为了让效果图更有灵性，可以在效果适当的位置添上一些人物图像。打开素材文件夹中如图 5.83 所示的"人物 1"图像，将"人物 1"图像拖到效果图后期处理图像中，调整其位置如图 5.84 所示。

图 5.83   "人物 1"的图像   图 5.84   "人物 1"的图像在效果图中的位置

⑮ 按 Ctrl+Shift+Alt+N 快捷键新建一个图层，选择工具箱中的 ✍ 工具，在画布中创建

如图 5.85 所示的路径。按 Ctrl+Enter 快捷键将路径转换为选区，设置前景色为#293223 色，选择工具箱中的 ✐ 画笔工具，设置工具属性栏中的不透明度值为 70%，给选区内填充前景色，其效果如图 5.86 所示，取消选区。

图 5.85　用钢笔工具创建的路径形状

图 5.86　给选区内填充上前景色后的效果

⑯ 打开素材文件夹中如图 5.87 所示 的"人物 2"图像，将"人物 2"图像拖到效果图后期处理图像中，调整其位置如图 5.88 所示。

图 5.87　"人物 2"的图像

图 5.88　"人物 2"图像在效果图中的位置

⑰ 为效果图中的墙角添加上花。打开素材文件夹中如图 5.89 所示的"花"图像，将"花"图像拖到效果图后期处理图像中，调整并复制花如图 5.90 所示。此时效果图后期处理完成。

图 5.89　"花"图像

图 5.90　调整并复制后的"花"在效果图中的状态

思考与练习 5

1．提高图像亮度或对比度的方法有哪些？尝试用所学的方法调整一幅图像的亮度或对比度。

2．在图像调整过程中，如果对所调整的效果不满意，应如何恢复原始图像？

3．用图像调整菜单中的命令与用调整图层调整图像所产生的效果一样，但为什么很多用户却非常喜欢使用调整图层来调整图像效果？

第6章　平面广告的构成与创意

本章要点

◆　平面广告构成要素、构图方式与技巧。

◆　广告定位与广告语的创意。

◆　广告的联想创意与逆向思维。

平面广告的构成与创意是平面广告设计的核心内容。实际生活中，我们接触了非常多平面设计的产品，如户外喷绘、室内写真、报纸、杂志、书籍装帧、纺织品图案、建筑装饰材料设计等，它是生活不可缺少的一部分。平面构成和创意却是让这些产品产生视觉吸引、心理冲击的重要要素。

6.1　平面广告构成要素与常见构图方式

一幅优秀的平面广告设计作品，不仅有好的构图方式、色彩搭配，而且还要有严谨的构成要素。

6.1.1　平面广告的构成要素

一幅完整的平面广告设计作品主要由标题、正文、广告语、插图、商标、公司名称、轮廓、色彩等基本要素构成，如图 6.1 所示。不管是报刊广告、邮寄广告，还是广告招贴等，都是由这些要素通过巧妙的安排、配置、组合而成的。

1．标题

标题在平面广告设计中起到表达广告主题的作用，让消费者在第一时间知道这是在广告什么，获取瞬间的打动效果。标题的内容应简洁明了、易记、概括性强。

标题在整个版面上，应处于最醒目的位置，要注意配合插图造型的需要，运用视觉引导，使观众的视线从标题自然地向插图和正文转移。标题从形式上还可分为引题、正题、副题、旁题等。

图 6.1　一幅完整的平面广告设计作品

标题在设计上一般采用基本字体或略加变化，不宜太花哨，要力求醒目、易读，符合广告的表达意图。标题文字的形式要有一定的象征意义，粗壮有力的黑体可给人感觉稳重、安全，适用于电器和轻工商品；圆头黑体带有曲线，适宜妇女和儿童的应用商品；端庄敦厚的宋体，稳重且带有历史感，用于传统商品标识；典雅秀丽的新宋，适用于服装和化妆品；斜体字给画面带来风感、动感；古老艺术的隶书，给人很深的文化底蕴和内涵；适当运用一些新鲜、漂亮的其他字体有时也会给广告画面带来无比惊奇的视觉冲击。

2．正文

正文一般指说明文本，说明广告内容，基本上是结合标题来具体说明、介绍商品。正文要通俗易懂、内容真实、文笔流畅、概括性强，常常利用专家的证明、名人的推荐、名店的选择、销售成绩或获奖情况等方式来抬高档次并树立企业的信誉度。

正文的字形应采用较小的字体，常使用宋体、单线体、楷书、黑体等字体，一般都安排在插图的左、右或下方，以便于受众阅读。

3．插图

插图是用视觉的艺术手段来传达商品信息、增强记忆效果的重要方式，可以让消费者留下很深刻的印象。插图的内容要突出商品或服务的个性，要通俗易懂、简洁明快，并要有强烈的视觉效果。一般插图是围绕着标题和正文来展开的，对标题起到衬托作用。

插图的表现手法主要有以下 3 种：

➢ 摄影：在产品广告中经常用摄影的形式来加强真实感。

> 绘画：以抽象的形式给人悬念、意念，来创造一种理想的气氛。
> 卡通漫画：分为幽默性和滑稽性两种，都能发挥很好的宣传效果。

4．商标和标志

在平面广告设计中，商标不是广告版面的装饰物，而是重要的构成要素，在整个版面中，商标造型往往最简洁，但视觉效果最强烈，在一瞬间就能被识别，并给消费者留下深刻的印象。所以，商标是消费者识别商品的主要标志，是商品质量和企业信誉的象征。名优商品提高了商标的知名度，而卓有信誉的商标又可促进商品的推广销售。

图 6.2　中国农业银行行徽

商标在设计上要求造型简洁、立意准确、具有个性，同时要易记、容易被识别。如图 6.2 所示的中国农业银行行徽，以麦穗图形为主，直截了当地表达出这一专业银行——农业银行的特征。麦穗中部横与竖的"十"字形处理不仅简练地概括了银行的业务特点，而且恰成一个"田"字形，从而更加强调了"农业"的含义。

5．公司名称

公司名称可以指引消费者到何处购买广告所宣传的商品，也是整个广告中不可缺少的部分，一般都放置在整个版面下方较次要的位置，也可以和商标配合在一起。公司地址、联系电话、网站等，可安排在公司名称的下方或左、右，在字体上采用较小的、比较标准的字体，常使用宋体、单线体、黑体等。

6．轮廓

轮廓一般指装饰在版面边缘的线条和纹样，使整个版面更加集中，不显得凌乱。轮廓使广告版面有一个范围，以控制消费者的视线。重复使用统一造型的轮廓，可以加深人们对广告的印象。广告轮廓有单纯和复杂两种，由直线、斜线、曲线等构成的，属单纯的轮廓；由图案纹样组成的轮廓，则是复杂轮廓。现在比较常用的是单纯的轮廓。

6.1.2　广告设计常见构图

构图的结构形式要求极端的简约，通常概括为基本的几何形状。这些基本几何图形用在构图上只是取其近似，具体的个别差异、变化是多样的。

1．三角形构图

立三角形（一般指正置的三角形）具有沉稳、坚实、稳定的感觉，建筑上的运用如埃及的金字塔；长三角形使人联想到有向上、飞驰、崇高的感觉，埃菲尔铁塔就是利用的这种感觉。在商业产品的广告设计中，常常采用立三角形构图，如图 6.3 所示。这种构图，能使产品的形象达到沉稳、坚实、稳定和向上的视觉感受。

图 6.3   立三角形构图在商业产品广告设计中的应用

2．圆形构图

圆形构图能让人联想到车轮，有旋转滚动、饱满充实的感觉；另外圆形构图让人触觉柔和，具有内向，亲切感。如图 6.4 所示，马蒂斯画的《舞蹈》局部，从韵律线上看是圆形的构图，有明显的旋转运动的感觉，在这幅狂野奔放的画面上，舞蹈者似乎被某种粗犷而原始的强大节奏所控制，他们手拉着手围成一个圆圈，扭动着身躯，四肢疯狂的舞动着，有完美、柔和、旋转的感觉。而在如图 6.5 所示的平面广告设计中，同样给人一种旋转向心的视觉冲击。

图 6.4   马蒂斯的作品《舞蹈》局部   图 6.5   圆形构图的平面广告作品

3．"S"形构图

"S"形构图使人联想到蛇形运动，宛然盘旋，有一种优美流畅的感觉。在一些山水画中，会经常使用这种类型的构图，如图 6.6 所示，以构成景物纵深盘旋的情趣。在商业广告设计运用中，也常常采用"S"形构图来增强产品的流畅运动情趣，如图 6.7 所示。

图 6.6   "S"形构图的山水画   图 6.7   "S"形构图的商业广告作品

4．"V"形构图

"V"形构图如同旋转的陀螺，虽给人微微晃动不定的感觉，但却是一种活泼有动感的形式，如图 6.8 所示。有的"V"形构图，会产生一种向上向外扩张、爆炸的感觉，或是强烈的不稳定的感觉，如图 6.9 所示。但从相反方向理解，有时又有集中的意味。

图 6.8　"V"形构图的图片　　　　　　图 6.9　"V"形构图的平面作品

5．水平线构图

水平线构图会使人联想到广袤的天地，开阔、平静。有静穆、安宁、开阔之感。许多风景画，往往采用平直的水平线构图，并且有意保留这条水平线不受前景物像的破坏，以体现景致的宽广。

水平线构图在商业广告设计应用中也表现得十分广泛，在如图 6.10 所示的楼盘商业广告中，水平线构图就很好的突出了楼宇的广阔与安宁，给工作在快节奏中的人们一种家的宁静，达到了广告效果。

图 6.10　水平线构图在商业广告设计中的应用

6．垂直线构图

从参天大树、高耸的柱子等笔直形象中，可感受到垂直线构图的物体所形成的严肃、庄重、寂静的感觉，能增强威严感和崇高感。

垂直线构图的特点是严肃和宁静，如图 6.11 所示的禁烟广告中，黑灰色的背景衬托一支已快燃尽的香烟，从画面的最上沿一直延伸到了最下沿，形成了一个形象的"！"号，使气氛更加严肃，画面更加宁静，使广告主题内容更加淋漓尽致。

7．斜线构图

斜线构图也称对角线构图，给人以延伸、冲动的视觉效果，如图 6.12 所示。由于斜线容易使人感到重心不稳，所以动感强；倾斜角度越大，运动感越强。斜线构图的画面比垂直线构图的画面有气势，而且能形成深度空间，使画面具有活力。

图 6.11　垂直线构图在广告设计中的应用　　　图 6.12　斜线构图在商业广告设计中的应用

8．曲线构图

曲线构图的画面节奏感、方向性强，给人以优美、柔和的视觉效果。在如图 6.13 所示商业广告中，从小到大的人物组成的曲线构图给人一种自然流动的感觉，画面的方向性与节奏感强，有很强的视觉冲击力。

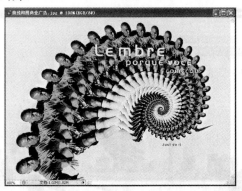

图 6.13　曲线构图在商业广告设计中的应用

6.1.3　广告设计的构图技巧

1．删除

删除就是从构图中排除不重要的部分，只保留那些必要的组成部分，从而达到视觉的集中。在创作设计过程中，要留意在设计中是否添加了与预期的表达相抵触的或者多余的元素，删除这些内容以改进在设计上的视觉表达效果。通过研究一些设计大师的作品，注意到任何有效的，吸引人的视觉表达，并不需要太多的复杂的形象。许多经典的设计作品在视觉表现上都是很简洁的，如图 6.14 所示。

2．贴近

各个视觉单元一个挨着一个，彼此靠得很近的时候，可以用"贴近"这个术语来描绘这种状态，通常也把这种状态看作归类。以贴近而进行视觉归类的各种方法都是直截了当的，并且易于施行。设计师可以根据需要使用贴近手法创造出完美的效果。报刊杂志的版面编排，字母与字母、词与词、行与行之间，也都运用了近缘关系，使版面整体分为若干贴近的栏块，成为若干个相关联的视觉组合，如图 6.15 所示。

　　图 6.14　采用删除技巧的作品　　　　　　　图 6.15　采用贴近技巧构成的作品

3．结合

结合在构图中指单独的视觉单元完全联合在一起，无法分开。可以使原来并不相干的视觉形象自然地关联起来，比如常用的一种设计手法——异形同构，把两种或几种不同的视觉形象结合在一起，在视觉表达上可自然地从一个视觉语义延伸到另一个视觉语义，如图 6.16 所示。

4．接触

接触指单独的视觉单元无限贴近，以至于它们彼此粘连，在视觉上形成一个较大的、统一的整体。接触的形体有可能丧失原先单独的个性，变得性格模糊。就如在图案设计中相互接触的不同形状的单元在视觉感受上是如此相近，完全溶为一体，如图 6.17 所示。

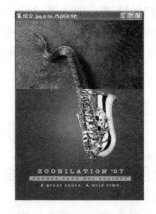

　　图 6.16　采用结合技巧的作品　　　　　　图 6.17　采用接触技巧构成的作品

5. 重合

重合是结合的一种特殊形式。如果所有的视觉单元在色调或纹理等方面都是不同的，那么区分已被结合的原来各个视觉单元就越容易；如果所有的视觉单元在色调或纹理等方面都是一样的，那么原来各个视觉单元的轮廓线就会消失，从而形成一个单一重合的形状。重合，能创造出一种不容置疑的统一感和秩序性。重合各个不同视觉形象的时候，如果看到这些视觉形象的总体外形具有一个共同的、统一的轮廓，那么这样的重合就是成功的，如图 6.18 所示。

6. 闭合

有一种常见的视觉归类方法基于人们的一种完型心理，把局部形象当作一个整体的形象来感知。这种知觉上的特殊现象，称之为闭合。当然，由一个形象的局部而辨认其整体的能力，是建立在人们头脑中留有对这一形象的整体与部分之间关系认识的印象的基础之上的，如图 6.19 所示。

图 6.18   采用重合构成技巧的作品   图 6.19   采用闭合构成技巧的作品

6.2   广告设计与色彩搭配

色彩的视觉心理最为复杂，比其他造型因素更能刺激人们的情绪，物体通过结合具体的色彩形象，运用不同的色调搭配，可以产生不同的生理反应和心理联想。比如，英国泰晤士河的布莱克佛来尔大桥，由原来的黑色改涂为橘黄色后，大大减少了在桥上跳河自杀的人数。

6.2.1   色彩搭配的心理效应

色彩是把握人们视觉的第一关键所在，也是一幅广告作品表现形式的重点所在，一幅广告作品有个性的色彩，往往更能抓住消费者的视线。人们对色彩的感受，主观成分很多，在构图中画面不同色调的搭配，将产生不同的心理效应及视觉效果。

➢ 暗黑色调搭配。暗黑色调会使色彩很大程度上失去五彩缤纷的绚丽感觉，构成典雅的情调，给人高贵、经典、时尚的感觉，如图 6.20 所示。

> 明亮色调搭配。明亮色调使人心境爽朗愉快。由明亮色彩组成的画面，犹如置身于明媚阳光中，这类色调的画面，多用于表现欢乐的情感，如图 6.21 所示。

图 6.20　暗黑色调搭配的作品　　　　　　图 6.21　明亮色调搭配的作品

> 暖色调搭配。以红、橘黄、土红等一系列暖色组成的图像，给人们温暖亲切的感觉。如果这类色彩非常强烈、炽热，就会使人兴奋，如图 6.22 所示。

图 6.22　暖色调搭配的作品

> 冷色调搭配。冷色调与暖色调产生的心理感觉相反，以蓝、绿等颜色组成的色调使人联想到天空、海洋、森林、雪地等，给人以宁静、疏远的感觉，如图 6.23 所示，这些都可见诸于风景画作品。完全用冷色调构成的画面，还有抑郁、忧伤的感觉。
> 浓重色彩搭配。浓重色彩主要特点是颜色纯度高，有厚重、饱满的感觉。后期印象派画家的不少作品，多喜用浓重的色彩，如图 6.24 所示。印象派绘画给人们亲近感，其中最大的因素是对光的描绘而产生色彩亮丽的画面。

图 6.23　冷色调搭配的作品　　　　　　　图 6.24　浓重色彩搭配的作品

> 清淡色调搭配。这种色彩会产生稀释或冲淡的感觉，视觉效果单薄而清新，更多见
> 于水彩画中，如图 6.25 所示。

> 原色搭配。在当代许多抽象艺术作品中有不少就是以原色色彩搭配为主的，一旦去
> 除了色彩因素，作品就不堪设想。比如蒙德里安的冷抽象作品《红、黄、蓝》构
> 图，如图 6.26 所示。

图 6.25　清淡色调搭配的作品　　　　　　　　图 6.26　原色搭配的作品

不同的色调按其所包含的色彩心理特征，可形成不同的色彩气氛及效果。在实际应用
中，必须考虑其象征意义，才能更贴切主题。比如红色，是强有力的色彩，能引起肌肉的兴
奋、热烈和冲动；绿色，具有中性特点，是和平色，偏向自然美、宁静、生机勃勃，也是宽
容的色彩，可以衬托多种颜色而达到和谐。充分考虑这些色彩的象征意义，可以增加广告的
内涵。

6.2.2　广告设计配色方案

在平面广告设计中，色彩是人们的视觉最敏感的元素。许多非艺术类专业的读者在学习平
面广告设计时，最大的困扰不是来源于工具的使用和技巧的掌握，而是在实际应用中不能合
理、协调地进行色彩搭配，所设计出来的作品往往产生"花哨"、"沉闷"的感觉，表达或衬
托不出广告的主题思想或产品形象。既然平面广告设计的色彩搭配并没有一个固定统一的模
式，要解决或处理这个问题，就必须掌握平面广告设计的基本配色方案或原则。

下面介绍几种常用的配色方案，可以在读者实在缺乏"灵感"时，一解燃眉之急。

> 用一种色调搭配。在大面积用色时，用一个感觉的色彩（说得通俗些就是将色彩变
> 淡或者加深），例如淡蓝，淡黄，淡绿；或者土黄，土灰，土蓝。这样的作品色彩
> 统一、层次感强，给人一种素雅之感，如图 6.27 所示。

图 6.27　一种色调在广告设计中的应用

> 用两种色彩对比搭配。在广告设计中，若某种颜色在作品中所占的比例较大时，可在局部采用大面积色调的对比色彩。这样的平面设计作品色彩丰富，但不花哨，如图 6.28 所示。

> 灰色是万能色，可以和任何彩色搭配，也可以帮助两种对立的色彩产生和谐过渡。如果实在找不出合适的色彩，可以用灰色试试，效果绝对不会太差，如图 6.29 所示。

图 6.28 对比色彩在广告设计中的应用

图 6.29 灰色在广告设计中的应用

> 黑白色是最基本、最简单的搭配，白字黑底或黑底白字都给人一种清晰、明了的感觉。黑、白色若与红色搭配，可产生警示的作用，主要用在警示标牌或广告中，如图 6.30、图 6.31 所示。

图 6.30 黑、白、红色在警示标牌中的使用

图 6.31 黑、白、红色在警示广告中的使用

> 用相邻色进行搭配。红、橙、黄、绿、青、蓝、紫这 7 大色系中，色彩都有一种过渡关系，比如"橙色"既可以过渡到红色，也可以过渡到黄色；"蓝色"既可以过渡到青色，也可以过渡到紫色，这样搭配出来的颜色不但具有很强的协调性，而且能产生豪华、炫目的感觉。如图 6.32 所示的平面作品中，蓝色、青色、紫色就搭配得恰到好处。

> 掌握"大调和，小对比"原则。平面设计时，整个作品总体的色调应该是统一和谐的，局部需要体现的广告主题部分色彩可以有一些小范围的强烈对比，如图 6.33 所示，这样可使广告主题更加突出。

在实际应用中，还要考虑广告背景色的深、浅，不同色调所包含的色彩心理特征等因素，这样设计出来的广告作品才更贴切主题、符合设计要求。

图 6.32　相邻色彩搭配

图 6.33　平面广告色彩"大调和，小对比"原则应用

6.3　广告设计与广告语

广告语是配合广告标题、加强商品形象而运用的短句，顺口易读、富有韵味、具有想象力、指向明确、有一定的口号性或警示性。广告语常运用文学的手法，以生动精彩的短句和一些形象夸张的手法来唤起消费者的购买欲望。在广告语的运用上，不仅要争取到消费者的注意，还要争取到消费者的心理。例如柯达胶卷的广告语——"串起生活每一刻"，感觉非常随意的一句话，却紧紧的抓住生活这个主题，柯达的这句广告语更多的是把拍出来的照片和美好生活联系在了一起，让人们记住生活中那些幸福的时刻。

6.3.1　广告语的发展趋势

广告艺术的诸多因素中，语言是最重要和最有效的。语言在广告中应用恰当与否，可以直接而广泛地影响广告的信誉度和效果。

不同历史时期的广告语有着不同的特色。下面从发展的角度对我国广告语发展的过程作一个介绍。

19 世纪 80 年代，改革开放初期，人民的物质与文化生活水平有了明显的改善与提高，主要工业产品也由自行车、手表、缝纫机这三大件逐步转向了冰箱、彩电、洗衣机。广告语也由抓生产、强国力的战术性和标语性过渡到了以提高人们物质文化生活水平为主的生活性广告，受国外广告及国内经济的影响，国内广告也开始讲究形式与创意，如燕舞收录机在当时的电视广告中，以"燕舞，燕舞，一遍歌来一遍情！"为广告语，在 19 世纪 80 年代观众的记忆中，留下了一曲难忘的歌、一片浓浓的情！

19 世纪 90 年代，人民的物质文化生活发生了翻天覆地的变化。一座座现代化的工厂、一幢幢高耸的写字楼，一个个经济特区的崛起，让许多人站在了改革开放浪潮的前沿。下海经商、外出务工，"白猫，黑猫，抓住耗子就是好猫"，经济富裕使他们羽翼丰满，人们开始倡导以"健康、环保、节能、高效"作为生产、生活的目标。各种产品应运而生，广告语也开始围绕着人们的工作和生活，如"中南涂料，让城市更亮丽"、"使用清洁能源，还我碧水蓝天"、"呼机、手机、商务通，一个都不能少"。这个阶段的广告语具有很强的"经济性、生活性、效率性"。

当前，人们不再满足于追求基本的物质生活状态，开始思索、谈论、重视、保障生活品质的提高。买房、买车、买保险的多了，大街小巷中，各种巨幅广告随处可见，如"高级家居之所，设施豪华完善，身心舒泰坐拥绿茵乐趣，景色优美怡人"、"追求卓越、共创幸福"、"平时注入一滴水，难时拥有太平洋"等，无一不体现了人民追求完美生活、追求健康生活、追求和谐社会的发展趋势，一部分广告也由刺激消费为目的逐步转向为服务大众为目的，具有较强的公益性。

在未来一段时间内，广告语主要还是围绕人们的身体健康、生活水平、精神文明、保障服务进行，不过广告语的创意和发展趋势将更加人性化、生活化、成熟化、和谐化。

6.3.2　广告语与广告定位

广告语需精确定位，凸显品牌个性。

在商业社会中，广告随处可见，广告语当然如影随形。同类型产品众多，广告更是层出不穷，消费者又如何在众多广告语中对特定的广告语产生兴趣，留下印象呢？就需要摈弃千篇一律的广告诉求，对广告语进行精确定位，凸显品牌个性。在与可口可乐竞争中，百事可乐以"新一代的选择"作为广告语找到了竞争突破口，从年轻人身上发现市场，把自己定位为新生代的可乐，邀请新生代喜欢的超级歌星作为自己的品牌形象代言人，终于赢得青年人的青睐。"新一代的选择"明确地传达了品牌的定位，创造了一个市场。广告语的精确定位对百事可乐来说可算居功至伟。

对广告语进行精确定位需要在市场调研的基础上，对市场进行细分，正确把握市场发展趋势、消费者需求与喜好。广告语的精确定位是在市场背景之下，把所设想的产品信息投射到消费者心里，把产品定位在未来潜在的消费者心中。所以就有了这样的广告语 "怕上火喝王老吉"、"七喜非可乐"、"海飞丝：头屑去无踪，秀发更出众"、"五谷道场：非油炸，更健康"……通过广告语，也使人们这样认为，可口可乐是世界上最大饮料生产商，格兰仕是中国最大的微波炉生产商，北京同仁医院是中国最著名的眼科医院等。

精确的并能凸显品牌个性的广告语对品牌的发展至关重要。在对广告语进行精确定位时最好也能符合品牌定位的唯一性、排他性和权威性这 3 个原则，使品牌定位与广告语定位的精髓保持一致。如乐百氏的广告语"27 层净化"，可谓当代中国广告里最经典的一个理性诉求广告，鲜明独特的销售主张、单一的主题令人印象深刻。虽然"27 层净化"并不是一个独特的概念，但乐百氏却是第一个提出来的，并把这个概念发挥到极致，形成品牌概念独享。远卓品牌机构在服务加璐家居时创造性地提出"有家，就有加璐"这一广告语，快速直接地抓住了人们的心理感受。家是心灵最温柔的依靠，只要真心感受、善用巧思，便能经营起一个温暖如春的家。加璐家具以认真的态度，在构建一个温暖的港湾，营造一种更贴近心理深处的生活态度。在有加璐的世界里，空气是如此清新，家的感觉是如此强烈。充分表现了消费者对家的依恋之情，拉近了消费者与加璐的距离，对加璐产生了家的温馨感。同时此广告语也表达了加璐做大市场，做强品牌的决心。

克劳德·霍普金斯是美国早期广告人中的杰出代表，他创作的喜立滋啤酒的广告语是"喜立滋啤酒是经过蒸汽消毒的！"懂得啤酒生产的人都知道，其实所有啤酒品牌的啤酒瓶都是经过蒸汽消毒的。但事实上，从未有人这样说过！而喜立滋第一个说出来了，效果不同凡响。它是唯一一个提这一概念的，同时此广告语又具有排他性，暗指其他厂家的啤酒瓶没有经过蒸汽消毒，喜立滋啤酒的这一说法奠定了它蒸汽消毒啤酒的地位。为此，喜立滋啤酒由原来的第五位跃升为第一品牌。

精确的品牌定位可以细分市场，区别于竞争对手，从而增强竞争优势，快速提升品牌。

6.3.3　经典广告语策划思路与分析

成功的主题广告语，其策划思路有以下 7 种。

1．精选大白话，大俗亦大雅

"大白话"就是口语。精选一些人们喜闻乐见的、简短的口语，往往能非常亲切、自然地突出要点，诉求相当明确，而且这类广告语易记易传。最经典的要数雀巢咖啡的广告语，"味道好极了！"近几年广为传播的还有。

（1）不要太潇洒（杉杉西服）。

（2）农夫山泉有点甜（农夫山泉纯净水）。

（3）戴博士伦，舒服极了！（博士伦隐形眼镜）。

2．注意力在"动词"

语言的骨头是"动词"，它能支撑起整句话语的架构。动词的"表情达意"功能很强。因此，在一句话中，动词有"画龙点睛"的艺术效果。而在语法中的动词角色，如果以形容词或名词等其他词性活用，效果会更好。

（1）新鲜每一天（光明乳业）。

（2）无线你的无限（英特尔公司）。

（3）春兰空调，均匀股市冷暖（春兰空调）。

第（1）句中"新鲜"是形容词作动词；第（2）句中"无线"是名词作动词；第（3）句中"均匀"是形容词作动词。

3．不要忘记巧用自己的品牌名

利用自己的品牌名，顺理成章地策划一句广告语，既向受众阐释一个观念，又巧妙地提升了品牌的知名度，而且又避免自吹自擂之嫌，受众还很乐意接受。从这一意义上讲，这类广告语传播效果比较好。

（1）如果失去联想，人类将会怎样（北京联想集团）。

（2）十里南京路一个新世界（上海新世界商厦）。

（3）宽让三分利鼎新一品装（宽鼎皮装）。

（4）万家乐乐万家（万家乐燃器）。

（5）祝你百事可乐（百事可乐饮料）。

4．挖掘自身产品中的亮点词

挖掘自身产品中的亮点词，然后很贴切地连成一句广告语，往往能充分地表现品牌内涵，而且会使受众在消费产品的过程中愉悦地体会。这类广告语的诱导购买作用很大。

（1）开开衬衫，领袖风采（开开衬衫）。

（2）上上下下的享受，上海三菱电梯（上海三菱电梯）。

第（1）句是将衬衫的两个零件——领子和袖子，放在一起成了一个很有亮点的词："领袖"——位置极高的人物，无意中提升了品牌，增加了产品的卖点；第（2）句中的"上上下下"是电梯功能的一个亮点词，用在这里，充分显示了上海三菱电梯的品牌质量。这两句广告语曾获得上海市"消费者最喜欢的十佳广告语"。

5．利用或改造既成的"话语"

何谓"既成的'话语'"？它们是某一时段内社会上有影响的"话语"，或一些众所周知的俗语。利用或改造这些既成的"话语"，是一种借"势"策略。然后在这些"话语"中，嵌入自己所要传达的信息，组成一句前后连贯的妙语。

（1）呼机、手机、商务通，一个都不能少（商务通）。

（2）开门第八件事是买《上海电视》（《上海电视》）。

（3）城市，让生活更美好（上海申博）。

（4）中南涂料，让城市更亮丽（中南牌涂料）。

第（1）句中"一个都不能少"，是张艺谋导演的电影名；第（2）句是俗语"开门七件事"的改变，意在"开门七件事，柴米油盐酱醋茶"这些物质需求满足后，《上海电视》是满足人们一种精神需求；第（3）句中"城市，让生活更美好"是人人皆知的上海的申博口号；第（4）句"中南涂料"正好顺理成章地借"势"发挥，显得合情合理。这一类的广告语具有极高的传播价值和记忆价值。

6．用明星代言

选择明星作为品牌的形象代言人，这是一种不错的策划思路。而策划一个成功的形象代言人，关键是要找出"代言人"与品牌之间的形象结合点。"形象代言人"同时也是"精神代言人"。唯有此，明星代言才会成功！

（1）我爱篮球，我爱新时空（姚明为"联通 CDMA"代言）。

（2）不搏不精彩（徐根宝为"力波"啤酒代言）。

（3）投入雪碧清爽的怀抱（伏明霞为"雪碧"饮料代言）。

第（1）句是姚明为"联通 CDMA"的代言，策划思路是：中国联通 CDMA 的发展速度与姚明的蹿升势头极其相似，姚明是目前最受欢迎的体育明星之一，他的自信、活力、高超的球艺和锐意进取的拼搏精神，与联通新时空 CDMA 的品牌理念是统一的。姚明如此直言"我爱篮球，我爱新时空"，将会让 CDMA 驶上销售的快车道，达到启动新一轮品牌攻势的效果。

第（2）句是徐根宝为"力波"啤酒的代言，其两者的结合点是：著名足球教练、被称为上海"真男人"的徐根宝，他身上那股"永不言败"、铮铮铁骨的精神令所有喝啤酒的男人敬佩。因此，上海民乐啤酒饮料有限公司的老总认为，由徐根宝来担任"具真男人品格——'力波'啤酒"的形象代言人十分恰当。一句"不搏不精彩"的煽情式语言，定会让"力波"啤酒的消费者心动，乃至行动。

第（3）句是伏明霞为"雪碧"饮料的代言——"投入雪碧清爽的怀抱"，与之配套的电视广告，制作得颇为可爱。可口可乐公司老总用"天造地设"一词来形容与伏明霞的合作，认为伏明霞的外表，坦率的性格，自信真诚的个性与雪碧十分吻合。

从以上 3 例可以看出，挑选与自己品牌相匹配的代言人是一件非常重要的事，一定要慎重，只有"最合适的"，才是"最好的"。

7．能唤起一定的愉悦情感

广告虽然是一种让受众强迫接受的信息，但受众却完全可以对自己不喜欢的广告无条件地选择"拒绝"，尽管现在的广告是那么的铺天盖地。因此，广告在研究吸引受众"眼球"的同时，还必须注重引起受众的心理感应，并唤起一定的愉悦情感。请看下面四组广告语：

（1）我的华联我的家（上海华联商厦）。

（2）片片风衣情、款款过路人（"过路人"风衣）。

（3）一帘一景美达情（美达牌窗帘）。

（4）宁停三分不抢一秒（交通安全广告）。

　　高高兴兴上班　平平安安回家。

　　为了您和您的家庭，请您注意安全行车。

　　爸爸，我和妈妈盼着您平安回家。

第（1）句以"我"第一人称述说，一种亲切温馨的"家"的感觉；第（2）句和第（3）句都是两两对仗的语言，衬托着"人"和"风衣"、"居室"和"窗帘"，那种和谐、美好的意境；第（4）组是近年来，交通广告的沿革。从最早使用那种硬蹦蹦的"宁停三分，不抢一秒"的语言，到现在用非常温馨的"爸爸，我和妈妈盼着您平安回家"，完全可以看出，广告语的发展趋势是越来越显人情味，越来越能唤起受众亲切、愉悦的情感，从而达到最佳的传播效果。

6.3.4　广告语创意类型

广告是艺术和科学的融合体，而好的广告语又往往在广告中起到画龙点睛的作用。现将一些广告语创意表现类型列举如下。

➤ 综合型：所谓综合型就是"同一化"，概括地把企业加以表现。如××服务公司以"您的需求就是我们的追求"为广告词。

➤ 暗示型：即不直接阐述，用间接语暗示。如吉列刀片"赠给你爽快的早晨"。

➤ 双关型：一语双关，既道出产品，又别有深意。如一家钟表店以"一表人材，一见钟情"为广告词，深得情侣喜爱。

➤ 警示型：以"横断性"词语警告消费者，使其产生意想不到的惊讶。有一则护肤霜的广告词就是"20 岁以后一定需要"。

➤ 比喻型：以某种情趣为比喻产生亲切感。如某牙膏广告词"每天两次，外加约会前一次"。

> 反语型：利用反语，巧妙地道出产品特色，往往给人印象更加深刻。如牙刷广告词"一毛不拔"；打字机广告"不打不相识"。
> 经济型：强调在时间或金钱方面经济。"飞机的速度，卡车的价格"。如果要乘飞机，当然会选择这家航空公司。"一倍的效果，一半的价格"，这样的清洁剂当然也会大受欢迎。
> 感情型：以缠绵轻松的词语，向消费者内心倾诉。有一家咖啡厅以"有空来坐坐"为广告词，虽然只是淡淡的一句，却打动了许多人的心。
> 韵律型：如诗歌一般的韵律，易读好记。如古井贡酒的广告词"高朋满座喜相逢，酒逢知己古井贡"。
> 幽默型：用诙谐、幽默的句子做广告，使人们开心地接受产品。例如杀虫剂广告"真正的谋杀者"；脚气药水广告"使双脚不再生'气'"；电风扇广告"我的名声是吹出来的"。

6.4　广告设计与创意思维

创意，就是创造一个好的想法、构思，是现代广告活动中一个重要概念，如果说广告定位所要解决的是"做什么"，那么广告创意所要解决的是"怎么做"，只有弄明确做什么，才可能发挥好怎么做。

最早研究广告创意的人是美国广告专家詹姆斯·韦伯·扬，他在《产生创意的方法》（A Technique for Producing Ideas）一书中提出了完整的产生创意的方法和过程，他的思想在广告界颇为流行。经过深入细致地研究，詹姆斯·韦伯·扬认为"创意完全是把原来的许多旧要素做新的组合"，而把旧要素予以新组合的能力主要在于了解事物相互关系的本领。根据这个原理，詹姆斯·韦伯·扬把创意产生的过程归结为五个步骤。

（1）收集资料。一方面是眼前问题所需要的资料，另一方面是平时持续不断积累储蓄的一般知识资料。

（2）用我们的心智去仔细消化这些资料。

（3）进入深思熟虑的阶段，让许多重要事物在有意识的心智之外去做综合的工作。

（4）实际产生创意灵感。

（5）提炼形成并发展这一创意，使其能够实际应用。

好的创意标准是新、奇、特，按照通常思维难以实现这一目标，联想创造与逆向思维也许是个不错的解决途径。

6.4.1　广告创意的原则

广告创意要注意以下原则：

（1）广告创意要以广告主题为核心。广告主题是广告定位的重要构成部分，即"广告什么"。广告主题是广告策划活动的中心，每一阶段的广告工作都要紧密围绕广告主题而展开，不能随意偏离或转移广告主题。

（2）广告创意要以广告目标对象为基准。广告目标对象是指广告诉求对象，是广告活动的目标公众，这是广告定位中"向谁广告"的问题。广告创意除了以广告主题为核心之外，还必须以广告的目标对象为基准。"射箭瞄靶子"、"弹琴看听众"，广告创意要针对广告目标对象，以广告目标对象进行广告主题表现和策略准备，否则就难以收到良好的广告效果。

（3）广告创意要以新颖独特为生命。广告创意的新颖独特指广告创意不要模仿其他广告创意，人云亦云步人后尘，给人雷同与平庸之感。唯有在创意上新颖独特才会在众多的广告创意中一枝独秀、鹤立鸡群，从而产生感召力和影响力。

（4）广告创意要以情趣生动为手段。广告创意要想将消费者带入一个印象深刻、浮想联翩、妙趣横生、难以忘怀的境界中去，就要采用情趣生动等表现手段，立足现实、体现现实，以引发消费者共鸣。但是广告创意的艺术处理必须严格限制在不损害真实的范围之内。

（5）广告创意要形象地对产品及其特征进行"真实的夸张"。广告创意要基于事实，集中凝炼出主题思想与广告语，并且从表象、意念和联想中获取创意的素材，形象的妙语、诗歌、音乐和富有感染力的图画、摄影，融会贯通，构成一幅完善的广告作品。

（6）广告创意是原创性、相关性和震撼性的综合体。所谓原创性指创意的不可替代性，它是旧有元素的新组合。是既在意料之外，又在情理之中。广告创意必须巧妙地把原创性、相关性和震撼性融为一体，才能成为具有深刻感染力的广告作品。

6.4.2 广告设计中的联想创造

联想创造简称联想，是根据事物的表象、语词或特征联想到其他事物的表象、语词或特征的思维活动。通俗地讲，联想一般是由于某人或者某事而引起的其他思考，人们常说的"由此及彼"、"由表及里"、"举一反三"等就是联想思维的体现。

（1）联想的 4 种方法

➢ 接近联想：由一种事物想到在空间或时间上与它相接近的另一种事物就是接近联想。

➢ 对比联想：由一种事物想到特征、性质或状态等方面与它相反的另一种事物，就是对比联想，也被称为相反联想。

➢ 相似联想：由一种事物想到在特征、性质或状态等方面与它相似的另一种事物就是相似联想。

➢ 因果联想：由有因果关系的一种事物想到另一种事物就是因果联想。联想的线路可以由因到果，也可以由果到因。

（2）联想在广告创意中的运用

在广告创意的过程中，有意识地利用联想的思维方法来加速资料拼合的过程可以节省时间，多出创意，给选择创意以更大的余地。

广告文案创意所发生的联想不一定单一采用一种联想方法，更多的情况是多种联想错综复杂地交织在一起。

在运用联系思维方式的过程中，需要注意的一个问题是广告创意中的联想不是无目的的自由联想，而是为表现广告的诉求重点并受其控制的联想。比如"像母亲的手一样柔软舒适的婴儿鞋"这则广告之所以把母亲的手与婴儿鞋在柔软舒适这一点上联系起来，而不把蚌壳与婴儿鞋在形似这一点上联系起来，也不把婴儿袜与婴儿鞋在距离接近这一点上联系起来，是因为这则广告的主题是"母爱"。

6.4.3　广告设计的逆向思维与侧向思维

逆向思维也可称为反向思维，指从常规思维相反的角度和过程出发去思考问题的方式。它是文艺创作和科学发明不可缺少的思维方式，不但可使原来的事物更加完善，而且能开拓思维，同中求异，发现新路子。逆向思维的特点是对人们习惯的思维方式持怀疑和反对的态度，善于唱反调。因此，逆向思维往往能够出奇制胜，给人以意想不到的收获。

运用逆向思维进行广告创意有 3 种常见形式。

（1）欲扬先抑

商业广告文案通常都是正面介绍产品的优点或企业的长处，从反面揭露自己产品缺点的广告是难得一见的。运用逆向思维，就是要打破这种"正话正说"的常规，通过"欲扬先抑""名贬实褒"的方式进行广告创意。

（2）欲抑先扬

这种逆向思维形式多见于公益广告。当公益广告的主题在于批评或揭露某种社会不良现象时，采取的表现形式不是直接地批语或揭短，而是采用 "欲抑先扬"，"名褒实贬"的思维方式，也就是名为摆好，实为亮丑，以婉转的方式达到教育人、警醒人的作用。

（3）反其道而行

从常规思维的相反方向入手，寻找消费者生理及心理需求的空位，进行反向诉求。

侧向思维既不同于一般思维，也不同于逆向思维，它从事物的联系之中或从某一思路的侧面去开拓思路的思维方法。侧向思维一般是把注意力放在事物外部，从两个对象之间某些相似的特性中去寻找解决问题的办法。

在广告创意中，常用的侧向思考的方式有 2 种：

（1）转换对象

把论说的指向转换到别的与广告事物相关的事物上去。当然，这种事物必须是与广告商品或广告企业密切相关的，并且文案要起到"言在此而意在彼"的作用。

（2）转换角度

不是从正面角度入手，而是攻其侧翼，采用旁敲侧击的方法进行广告创意，有时会收到意想不到的效果。

实战案例：公司宣传页设计

经过前面的学习，对平面广告的构成与创意应该有了一定掌握。本例将为"创美佳广告公司"设计一张宣传页，设计时先对公司的各方面情况有十分清楚的了解，如公司的经营理念、文化底蕴、发展潜力、市场前景、主要产品及项目等，这样才能在选材和定位上更加精准，实事求是地进行广而告之，达到广告目的。

步骤

① 选择 文件(F) 菜单下的 新建(N) 命令，在弹出的"新建"对话框中设置参数，如图 6.34 所示，单击 好 按钮得到所定制的画布。

图 6.34　"新建"图像文件参数设置

②　打开素材文件夹中的"树叶"图像，如图 6.35 所示。选择工具箱中的 ✤ 工具，将该图像拖到新建的图像文件中作为背景插图。按 Ctrl+T 快捷键对图层 1 进行自由变换，其效果如图 6.36 所示，按 Enter 键确认。

图 6.35　打开的图像文件

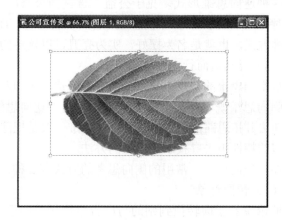

图 6.36　调整后的图层 1

③　打开素材文件夹中的"蚂蚁 1"图像，如图 6.37 所示。选择工具箱中的 ✤ 工具，将该图像拖到公司宣传页图像中，调整图层 2 中的图像大小及位置如图 6.38 所示。

图 6.37　打开的"蚂蚁 1"图像

图 6.38　图层 2 图像在图像中的位置

④ 打开素材文件夹中的"蚂蚁 2"图像，如图 6.39 所示。选择工具箱中的 ⯈ 工具，将该图像拖到公司宣传页图像中，调整图层 3 中的图像大小及位置如图 6.40 所示。

图 6.39　打开的"蚂蚁 2"图像　　　　　图 6.40　图层 3 图像在图像中的位置

⑤ 打开素材文件夹中的"蚂蚁 3"图像，如图 6.41 所示。选择工具箱中的 ⯈ 工具，将该图像拖到公司宣传页图像中，调整图层 4 中的图像大小及位置如图 6.42 所示。

图 6.41　打开的"蚂蚁 3"图像　　　　　图 6.42　图层 4 图像在图像中的位置

⑥ 打开素材文件夹中的"蚂蚁 4"图像，如图 6.43 所示。选择工具箱中的 ⯈ 工具，将该图像拖到公司宣传页图像中，调整图层 5 中的图像大小及位置如图 6.44 所示。

图 6.43　打开的"蚂蚁 4"图像　　　　　图 6.44　图层 5 图像在图像中的位置

⑦ 打开素材文件夹中的"蚂蚁 5"图像，如图 6.45 所示。选择工具箱中的 ⯈ 工具，将

该图像拖到公司宣传页图像中，调整图层 6 中的图像大小及位置如图 6.46 所示。

图 6.45　打开的"蚂蚁 5"图像　　　　　图 6.46　图层 6 图像在图像中的位置

⑧ 打开素材文件夹中的"蚂蚁 6"图像，如图 6.47 所示。选择工具箱中的 工具，将该图像拖到公司宣传页图像中，调整图层 7 中的图像大小及位置如图 6.48 所示。

图 6.47　打开的"蚂蚁 6"图像　　　　　图 6.48　图层 7 图像在图像中的位置

⑨ 在"图层"面板中单击图层 1，选择工具箱中的 横向文字蒙版工具，在画布中单击并输入如图 6.49 所示的标题文字"创美佳广告公司"。在还没结束文字输入状态之前，按住 Ctrl 键，旋转并调整文字蒙版如图 6.50 所示，按 Ctrl+Enter 快捷键结束文字输入。

图 6.49　用横向文字蒙版工具输入的文字　　　　图 6.50　旋转并调整后的文字状态

⑩ 按 Ctrl+J 快捷键将图层 1 选区内的图像复制出图层 8。单击"图层"面板下方的

添加图层样式按钮，在图层样式列表中选择"外发光"样式，设置其"外发光"样式参数如图 6.51 所示。单击 [　好　] 按钮得到如图 6.52 所示的效果。

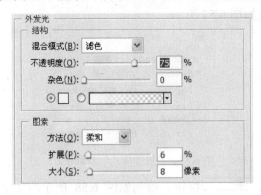

图 6.51　"外发光"样式参数设置　　　图 6.52　文字添加外发光样式后的效果

⑪ 设置前景色为#ED3B3B，选择工具箱中的 **T** 文字工具，在画布上单击并输入如图 6.53 所示的文字：精诚团结 创造美佳广告，作为点明主题的广告语。

图 6.53　在画布中输入的文字

⑫ 单击工具属性栏中的 变形文字按钮，在弹出的"变形文字"对话框中，设置其参数如图 6.54 所示。如果弯曲值为正，则向上弯曲，如果弯曲值为负，则文字向下弯曲。单击 [　好　] 按钮，得到如图 6.55 所示的文字变形效果。

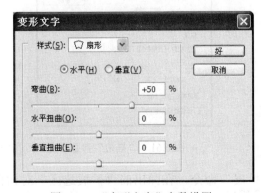

图 6.54　"变形文字"参数设置　　　图 6.55　添加文字变形效果后的文字效果

⑬ 单击"图层"面板下方的 ⌬.添加图层样式按钮，在图层样式列表中选择"描边"样式，在弹出的对话框中，设置描边颜色为#FFFFFF，其他参数如图 6.56 所示。继续选择图层样式对话框中的"投影"样式，设置参数如图 5.57 所示。

　　　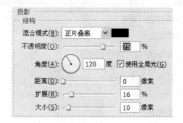

　　图 6.56　"描边样式"参数设置　　　　　　图 6.57　"投影样式"参数设置

⑭ 设置好图层样式各项参数后，单击 [　好　] 按钮，得到如图 6.58 所示的文字效果。用同样的方法输入文字并添加图层样式，其效果如图 6.59 所示。

　　图 6.58　添加图层样式后的文字效果　　　　图 6.59　同样方法输入并添加样式的文字

⑮ 单击"图层"面板上的 新建图层按钮，新建一个图层，选择工具箱中的 矩形选框工具，在图像中创建如图 6.60 所示矩形选区。设置前景色为#CABFA5，执行 编辑(E) 菜单下的"描边"命令，在弹出的"描边"对话框中，设置其参数如图 6.61 所示，单击 [　好　] 按钮确定。

　　图 6.60　用矩形选框工具创建的选区　　　　图 6.61　"描边"参数设置

⑯ 执行 选择(S) 菜单"修改"命令下的"扩展"命令，在弹出的"扩展选区"对话框中，设置其扩展量为 8 像素，单击 [　好　] 按钮，得到如图 6.62 所示的效果。按

Ctrl+Shift+I 快捷键对选区进行反向选择，按 Alt+Delete 快捷键给反向选择后的选区内填充前景色，按 Ctrl+D 快捷键取消选区，得到如图 6.63 所示效果。

图 6.62　选区扩展后的效果　　　　　　　图 6.63　给选区内填充前景色后的效果

⑰ 设置前景色为#473303，选择工具箱中的 **T** 文字工具，在图像中单击并输入正文文字，如图 6.64 所示。设置前景色为#FFFFFF，再次在图像中单击并输入公司地址及电话等文字，如图 6.65 所示。至此，公司宣传页设计完成。

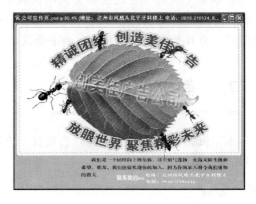

图 6.64　输入宣传页正文文字　　　　　　图 6.65　输入公司地址及电话等文字

思考与练习6

1. 广告设计中常见的构图有哪些？
2. 平面广告的构成要素有哪些？
3. 红色在广告设计中有什么样的特性？
4. 列出 4 种常看见的或听到的广告语。
5. 运用广告设计中的联想创意思维，创作一幅公益广告。

第7章 经典案例实战

本章要点

◆ 熟练掌握广告设计步骤，巩固前面章节知识。

在本章中我们将通过经典案例的实战练习，来加强前面章节知识点的掌握和巩固，逐步提高对软件的熟练运用程度，更深入地引导我们对 Photoshop CS 软件的理解。通过本章的学习，为日后能成为一名出色的平面设计师打下坚实的基础。

7.1 美容化妆品广告

本实例将学习美容化妆品广告设计，在操作步骤讲解的过程中，逐步引导读者完成该广告的设计制作。

步骤

① 选择 **文件(F)** 菜单下的 **新建(N)** 命令，在弹出的"新建"对话框中设置其参数如图 7.1 所示，单击 **好** 按钮得到所定制的画布。

图 7.1 "新建"图像文件参数

② 打开素材文件夹中如图 7.2 所示的背景图像。选择工具箱中的 移动工具，将打开的背景图像拖到新建的化妆品图像中，调整大小及位置。现在背景图像看起来比较抢眼，会

冲淡后面的主题，所以要进行模糊处理。

图 7.2 打开的背景图像文件

③ 执行 [滤镜(I)] 菜单"模糊"下的"动感模糊"命令，在弹出的"动感模糊"对话框中，设置其参数如图 7.3 所示，单击 [好] 按钮，得到如图 7.4 所示的效果。

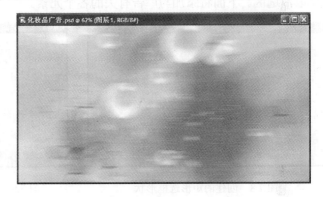

图 7.3 "动感模糊"对话框　　　　　　图 7.4 动感模糊后的图像效果

④ 为了增强背景效果，继续添加一些图像，作为背景图像的补充。打开素材文件夹中名为"底纹"的图像，如图 7.5 所示。选择工具箱中的 [移动工具] 移动工具，将打开的图像拖到化妆品图像中调整其位置及大小，如图 7.6 所示。

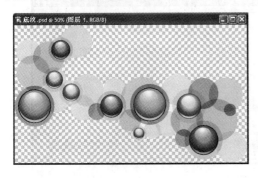
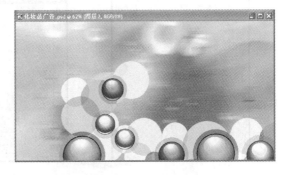

图 7.5 打开的底纹图像　　　　　　图 7.6 图层 2 在图像中的状态

⑤ 单击"图层"面板中的图层混合模式列表框 [正常 ▼]，在弹出的混合模式列表框中选择"柔光"混合模式，并设置图层 2 的 不透明度: 值为 40%，此时的图像效果如图 7.7 所示。

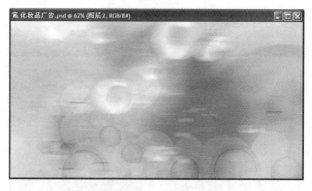

图 7.7   设置图层 2 混合模式及不透明度值后的图像效果

⑥ 按 Ctrl+Shift+Alt+N 快捷键新建图层 3。设置前景色为#3B5C1E，选择工具箱中的矩形选框工具，在图像中创建如图 7.8 所示的矩形选区，按 Alt+Delete 快捷键给选区内填充上前景色，并设置图层 3 的不透明度值为 50%。此时的图像效果如图 7.9 所示。按 Ctrl+D 快捷键取消选区。下面将添加与广告有关的各个元素。

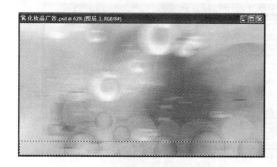 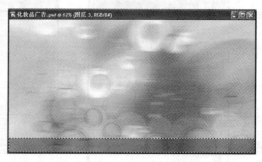

图 7.8   创建的矩形选框形状   图 7.9   设置图层 3 不透明度值后的效果

⑦ 打开素材文件夹中名为"化妆产品 1"的图像，如图 7.10 所示。将打开的图像拖到化妆品广告图像中，调整图层 4 的位置如图 7.11 所示。

图 7.10   打开的化妆产品 1 图像   图 7.11   图层 4 图像在化妆品广告图像的位置

⑧ 打开素材文件夹中名为"化妆产品 2"的图像，如图 7.12 所示。将打开的图像拖到化妆品广告图像中，调整图层 5 的位置如图 7.13 所示。

图 7.12　打开的化妆产品 2 图像　　　　图 7.13　图层 5 图像在化妆品广告图像的位置

⑨ 打开素材文件夹中名为"水果"的图像，如图 7.14 所示。将打开的图像拖到化妆品广告图像中，调整图层 6 的位置如图 7.15 所示。

图 7.14　打开的水果图像　　　　图 7.15　图层 6 图像在化妆品广告图像的位置

⑩ 打开素材文件夹中名为"人物"的图像，如图 7.16 所示。将打开的图像拖到化妆品广告图像中，调整图层 7 的位置如图 7.17 所示。

图 7.16　打开的人物图像　　　　图 7.17　图层 7 图像在化妆品广告图像的位置

⑪ 单击"图层"面板上的 按钮为图层 7 添加一个矢量蒙版，选择工具箱中的 画笔工具，在工具属性栏中选择一支大小为 60 像素的柔边画笔，在图像中涂抹人物脸部的右边缘，使其得到如图 7.18 所示的效果。

图 7.18　添加矢量蒙版并处理后的效果

⑫ 打开素材文件夹中名为"蝴蝶"的图像，如图 7.19 所示。将打开的图像拖到化妆品广告图像中，调整图层 7 的位置及方向如图 7.20 所示。接下来，进行主题、广告语等文字元素的添加。

图 7.19　打开的蝴蝶图像　　　　图 7.20　图层 8 图像在化妆品广告图像的位置

⑬ 输入主题文字"靓妆美白嫩肤霜"。设置前景色为#FFFFFF，选择工具箱中的 T.横向文字工具，在工具属性栏中设置文字的大小为 105 点，在图像中单击并输入如图 7.21 所示的文字。

图 7.21　输入文字后的图像效果

⑭ 单击图层面板下方的 ●.添加图层样式按钮，在样式列表框中选择"投影"样式，设置"投影"样式参数如图 7.22 所示。继续选择 ☑斜面和浮雕 样式，并设置其参数如图 7.23 所示。

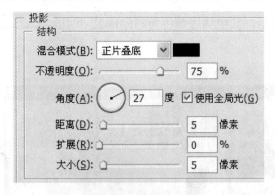
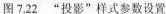
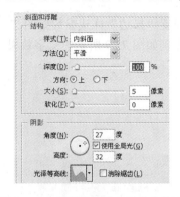

图 7.22　"投影"样式参数设置　　　　　图 7.23　"斜面和浮雕"样式参数设置

⑮ 设置好样式参数后，单击 好 按钮，得到如图 7.24 所示的文字效果。

图 7.24　给文字添加图层样式后的效果

⑯ 输入广告语"让你实现蝶变人生"。设置前景色为#FCB01C，选择工具箱中的 T 横向文字工具，在工具属性栏中设置文字的大小为 40 点，在图像中单击并输入如图 7.25 所示的文字。

图 7.25　输入广告语文字

⑰ 单击"图层"面板下方的 ∅ 添加图层样式按钮，在样式列表中选择"描边"样

式，设置"描边"样式参数如图 7.26 所示，其中描边颜色为#3F4F42。单击 [好] 按
钮，得到如图 7.27 所示的文字效果。

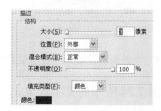

图 7.26   "描边"样式参数设置   图 7.27   文字添加描边样式后的效果

⑱ 设置前景色为#FFFFFF，选择工具箱中的 T 横向文字工具，在图像中依次输入如
图 7.28 所示的文字。

图 7.28   依次输入地址等文字后的图像效果

7.2 手机广告

在本实例手机广告设计过程中，除了巩固练习一些基础的操作外，还将练习如何进行
画面颜色的搭配，希望读者能在此实例中有所收获。

步骤

① 选择 文件(F) 菜单下的 新建(N) 命令，在弹出的"新建"对话框中设置其参数如图 7.29 所
示，单击 [好] 按钮得到所定制的画布。

② 打开素材文件夹中如图 7.30 所示的背景图像。选择工具箱中的 移动工具，将打
开的背景图像拖到手机广告图像中，调整位置及大小与背景一致。

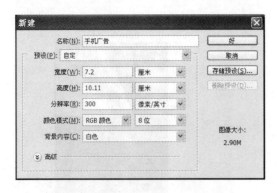

<table>
<tr><td>图 7.29　"新建"的手机广告图像参数</td><td>图 7.30　打开的背景图像文件</td></tr>
</table>

③ 在本实例中，由于广告的主题是手机，在颜色的处理及选择上，可以选择象征科技的蓝色或绿色作为主色调。按 Ctrl+U 快捷键打开"色相/饱和度"对话框，调整其参数如图 7.31 所示，单击 好 按钮，得到如图 7.32 所示的效果。

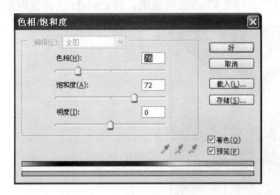

<table>
<tr><td>图 7.31　"色相/饱和度"参数设置</td><td>图 7.32　调整色相与饱和度后的图像效果</td></tr>
</table>

④ 执行 滤镜(T) 菜单"模糊"下的"径向模糊"命令，在弹出的"径向模糊"对话框中，设置参数如图 7.33 所示，单击 好 按钮，得到如图 7.34 所示的效果。

<table>
<tr><td>图 7.33　"径向模糊"参数设置</td><td>图 7.34　径向模糊后的图像效果</td></tr>
</table>

⑤ 按 Ctrl+Shift+Alt+N 快捷键新建图层 2。设置前景色为 #174638，背景色为 #29866D，选择工具箱中的 矩形选框工具，在图像中创建如图 7.35 所示的矩形选区。选择工具箱中的 工具，在工具属性栏中单击 线性渐变按钮，在选区中，从上至下拖动

鼠标，填充如图 7.36 所示的渐变效果。

图 7.35　创建的矩形选区

图 7.36　给选区内填充线性渐变

⑥ 按 Ctrl+Shift+I 快捷键对选区进行反向选择。按 Ctrl+Alt+D 快捷键对选区羽化 100 像素，按 Delete 键删除选区内的图像，得到如图 7.37 所示的效果，按 Ctrl+D 快捷键取消选区。

图 7.37　　删除选区内图像后的效果

⑦打开素材文件夹中名为"手机"的图像，如图 7.38 所示。将打开的"手机"图像拖到手机广告图像中，调整图层 3 的位置及大小如图 7.39 所示。

图 7.38　打开名为手机的图像

图 7.39　图层 3 在图像中的位置及大小

⑧ 打开素材文件夹中名为"标志"的图像，如图 7.40 所示。将打开的"标志"图像拖到手机广告图像中，调整图层 4 的位置及大小如图 7.41 所示。

图 7.40 打开"标志"图像   图 7.41 图层 4 在图像中的位置及大小

⑨ 在"图层"面板中，将图层 4 的混合模式设置为"滤色"模式，此时的标志效果如图 7.42 所示，黑色将会被过滤掉。

图 7.42 图层 4 混合模式为滤色后的效果

⑩ 打开素材文件夹中名为"气泡"的图像，如图 7.43 所示。将打开的"气泡"图像拖到手机广告图像中，调整图层 5 的位置及大小如图 7.44 所示。

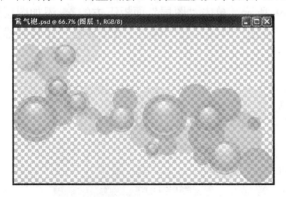

图 7.43 打开"气泡"图像   图 7.44 图层 5 在图像中的位置

⑪ 打开素材文件夹中名为"荷花"的图像，如图 7.45 所示。将打开的"荷花"图像拖到手机广告图像中，调整图层 6 的位置及大小如图 7.46 所示。

图 7.45　打开"荷花"图像　　　　　　　图 7.46　图层 6 在图像中的位置

⑫　按住 Ctrl+Alt 快捷键然后拖动鼠标，复制出"图层 6 副本层"，如图 7.47 所示。在"图层"面板中设置"图层 6 副本层"的不透明度值为 45%，得到如图 7.48 所示的效果。

图 7.47　图层 6 副本层在图像中的位置　　　图 7.48　设置图层 6 副本层不透明度后的效果

⑬　设置前景色为#EA8912，选择工具箱中的 **T** 横向文字工具，在图像中单击并输入标题文字"我的快乐你做主"，如图 7.49 所示。单击"图层"面板下方的 ![按钮] 添加图层样式按钮，在弹出的图层样式列表中，选择"描边"样式。在"描边"样式参数栏中设置描边颜色为#FFFFFF，描边参数如图 7.50 所示。

图 7.49　输入标题文字后的效果　　　　　图 7.50　"描边"样式参数设置

⑭ 单击 ┌─好─┐ 按钮，得到如图 7.51 所示的效果。按 Ctrl+Shift+Alt+N 快捷键新建图层 7。在"图层"面板中将图层 7 与文字层加上链接符，如图 7.52 所示。

图 7.51　文字描边后的效果　　　　　　图 7.52　图层 7 与文字层添加的链接符

⑮ 按 Ctrl+Enter 快捷键将添加的链接层合并，这里将添加图层样式的文字层与新建层合并的主要目的是为了进行第二次描边。再次单击"图层"面板下方的 添加图层样式按钮，在弹出的图层样式列表框中，选择"描边"样式。在"描边"样式参数栏中设置描边颜色为 #AA9571，描边参数如图 7.53 所示。单击 ┌─好─┐ 按钮，得到如图 7.54 所示的效果。

图 7.53　"描边"参数设置　　　　　　图 7.54　描边后的文字效果

⑯ 设置前景色为#FFFFFF，选择工具箱中的 **T** 横向文字工具，在图像中单击并输入副标题文字，如图 7.55 所示。用同样的方法输入正文文字，如图 7.56 所示。

图 7.55　输入副标题文字　　　　　　图 7.56　输入正文文字

⑰ 选择工具箱中的 **T** 横向文字工具，在图像中单击并输入如图 7.57 所示的文字"3.0

英寸超大手写屏幕"。单击工具属性栏上的 创建变形文本按钮，设置参数如图 7.58 所示。

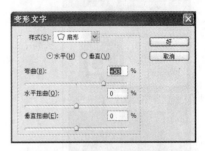

图 7.57　输入的文字　　　　　　　图 7.58　"变形文字"参数设置

⑱ 单击 好 按钮，得到如图 7.59 所示的效果。按 Ctrl+T 快捷键对变形的文字进行自由变换，旋转其状态如图 7.60 所示，按 Enter 键确认自由变换。

图 7.59　文字变形后的效果　　　　　　　图 7.60　旋转变形文字后的效果

⑲ 用同样的方法输入其他文字，这样就完成了手机平面广告的设计，最终效果如图 7.61 所示

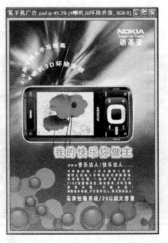

图 7.61　设计完成的手机平面广告效果

7.3　楼盘广告

在各种楼盘竞相媲美的今天，楼盘广告业务也成了各大广告公司主要业务之一，熟练掌握楼盘广告的设计是平面设计人员不可缺少的课题。在本实例中，我们将学习如何进行楼盘广告的设计。

步骤

① 选择 文件(F) 菜单下的 新建(N) 命令，在弹出的"新建"对话框中设置其参数如图 7.62 所示，单击 好 按钮得到所定制的画布。

② 设置前景色为#013C28，背景色为#91D7B8，选择工具箱中的 ▣ 工具，在工具属性栏中单击 ▣ 线性渐变按钮，在图像中从上至下拖动鼠标，给背景层填充如图 7.63 所示的渐变效果。

图 7.62　"新建"文件的参数设置

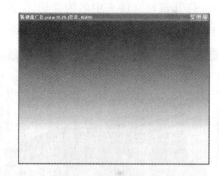

图 7.63　给背景层填充线性渐变后的效果

③ 添加图像边框。按 Ctrl+Shift+Alt+N 快捷键新建图层 1，选择工具箱中的 ▢ 矩形选框工具，在图像中创建如图 7.64 所示的矩形选区。按 Ctrl+Shift+I 快捷键对反区进行反向选择，设置前景色为#174638，按 Alt+Delete 快捷键给选区内填充前景色，按 Ctrl+D 快捷键取消选区，得到如图 7.65 所示的效果。

图 7.64　用矩形选框工具创建的选框

图 7.65　给选区内填充前景色后的效果

④ 添加楼盘广告图像背景。打开素材文件夹中名为"房子 1"的图像，如图 7.66 所示。将打开的"房子 1"图像拖到楼盘广告图像中，调整图层 2 的位置及大小如图 7.67 所示。所添加的图片都是经过抠图处理好的，其实很多图像在使用中都没有经过抠取处理，那

么就需要在设计时自行抠取。

图 7.66　打开"房子 1"图像　　　　　图 7.67　图层 2 在楼盘广告图像中的位置及大小

⑤ 打开素材文件夹中名为"房子 2"的图像，如图 7.68 所示。将打开的"房子 2"图像拖到楼盘广告图像中，调整图层 3 的位置及大小如图 7.69 所示。

图 7.68　打开"房子 2"图像　　　　　　　图 7.69　图层 3 的位置及大小

⑥ 添加地图。打开素材文件夹中名为"地图"的图像，如图 7.70 所示。将打开的"地图"图像拖到楼盘广告图像中，调整图层 4 的位置及大小如图 7.71 所示。

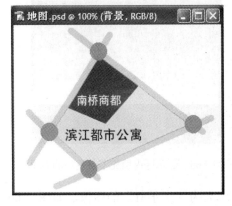

图 7.70　打开"地图"图像　　　　　　　图 7.71　图层 4 在楼盘广告图像中的位置

⑦　添加标志。打开素材文件夹中名为"楼盘标识"的图像，如图 7.72 所示。将打开的"楼盘标识"图像拖到楼盘广告图像中，调整图层 5 的位置及大小如图 7.73 所示。

图 7.72　打开"楼盘标识"图像

图 7.73　图层 5 在图像中的位置及大小

⑧　添加标题文字。设置前景色为#CBE038，选择工具箱中的 **T.** 横向文字工具，在图像中单击并输入如图 7.74 所示的文字"首付　万"。设置前景色为# CBE038，再次在图像中输入如图 7.75 所示的文字"4.8"。

图 7.74　输入文字

图 7.75　输入文字

⑨　设置前景色为#CBE038，选择工具箱中的 **T.** 横向文字工具，在图像中单击并输入如图 7.76 所示的文字"零负担'享'家"。

图 7.76　输入文字

⑩ 输入广告语。选择工具箱中的 $\mathbf{T}$.横向文字工具，在图像中单击并输入如图 7.77 所示的广告语文字。其中，文字"生活、方便、轻松、幸福"的颜色为#CDE90E，字体可任选；文字"因、而"的颜色为#FFFFFF。

⑪ 设置文字颜色为#FFFFFF，选择工具箱中的 $\mathbf{T}$.横向文字工具，在图像中输入如图 7.78 所示的文字"创意人文大盘/81～120m^2 自由空间/精工名筑/尊享惬意人居/典范生活！"。

图 7.77　广告语文字　　　　　　　　　　　　　　　图 7.78　输入文字

⑫ 添加广告正文文案。设置文字颜色为#FFFFFF，选择工具箱中的 $\mathbf{T}$.横向文字工具，在图像中如图 7.79 所示位置输入楼盘广告正文文字。正文文字可根据广告楼盘的具体情况而定，在这里可以自由创意并发挥。

⑬ 按 Ctrl+Shift+Alt+N 快捷键新建图层 6，设置前景色为#CCE138，选择工具箱中的 $\mathscr{O}$.铅笔工具，并在工具属性栏上设置铅笔的大小为 6 像素。按住 Shift 键绘制如图 7.80 所示的两条直线。

图 7.79　楼盘广告文案文字在图像中的位置　　　　　图 7.80　用铅笔绘制的直线

⑭ 添加广告提示文字。提示文字可以是开业时间、优惠政策等一些需要特别告之的内容，这部分内容可加以进行强调或突出。设置前景色为#F7EA19，选择工具箱中的 **T.** 横向文字工具，在刚绘制的两条直线间输入如图 7.81 所示的文字。

⑮ 按 Ctrl+Shift+Alt+N 快捷键新建图层 7，选择工具箱中的 圆角矩形工具，在工具属性栏中设置矩形的圆角半径为 30 像素，确认工具属性栏中的 路径按钮处于选择状态。在图像中创建如图 7.82 所示的圆角矩形路径。

图 7.81　输入的广告提示文字　　　　　　　　图 7.82　用圆角矩形工具创建圆角矩形路径

⑯ 按 Ctrl+Enter 快捷键将路径转换为选区。设置前景色为#FFFFFF，背景色为#96C13F，选择工具箱中的 渐变工具，在工具属性栏中单击 对称均匀渐变按钮，将光标放置在图像选区的中部，从上至下拖动光标到选区的下边缘，得到如图 7.83 所示的对称均匀渐变效果。按 Ctrl+D 快捷键取消选区。

⑰ 设置前景色为#F1EF2D，选择工具箱中的 **T.** 横向文字工具，在画布中如图 7.84 所示位置输入文字。

图 7.83　给选区内填充对称均匀渐变后的效果　　　　图 7.84　输入文字的位置

⑱ 单击"图层"面板下方的 添加图层样式按钮，在弹出的图层样式列表框中，选择"描边"样式。在"描边"样式参数栏中设置描边颜色为#095605，描边参数如图 7.85 所示。单击 好 按钮，得到如图 7.86 所示的效果。

图 7.85　"描边"样式参数设置　　　　图 7.86　文字描边后的效果

⑲ 设置前景色为#10390E，选择工具箱中的 **T.**横向文字工具，在图像中输入如图 7.87 所示的文字。

⑳ 设置前景色为#FFFFFF，再次用文字工具在图像中输入补充性文字。这部分文字内容一般都为开发商单位、设计单位、物业管理、项目地址等。楼盘广告设计完成，效果如图 7.88 所示。

图 7.87　输入文字　　　　　　　图 7.88　设计完成后的楼盘广告效果

7.4　汽车广告

在汽车广告实例中，我们在练习平面构成的同时，将练习图层混合模式的运用。图层混合模式的运用，可以为图像增添许多特殊的效果。

🐬 **步骤**

① 选择 文件(F) 菜单下的"新建"命令，在弹出的"新建"对话框中设置其参数如图 7.89 所示，单击 好 按钮得到所定制的画布。

② 设置前景色为#C4CE5E，背景色为#7F9832，选择工具箱中的 渐变工具，在图像中从左至右拖动鼠标，给画布填充如图 7.90 所示的渐变效果。

图 7.89　"新建"图像参数设置

图 7.90　图像填充渐变后的效果

③ 图像分割构成。按 Ctrl+Shift+Alt+N 快捷键新建图层 1，设置前景色为#E6E6E6，选择工具箱中的  矩形选框工具，在图像中创建如图 7.91 所示选区，按 Alt+Delete 快捷键给选区内填充前景色，效果如图 7.92 所示。

图 7.91　用矩形选框工具创建的矩形选区

图 7.92　给选区内填充前景色后的效果

④ 执行 选择(S) 菜单下的"变换选区"命令，变换选区至如图 7.93 所示的效果，按 Enter 键确定选区变换。设置前景色为#84702C，按 Alt+Delete 快捷键给选区内填充前景色，取消选区，得到如图 7.94 所示的效果。

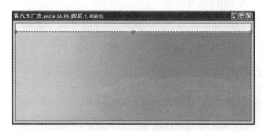

图 7.93　变换选区状态

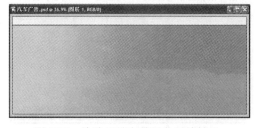

图 7.94　给选区填充前景色后的效果

⑤ 再次选择 矩形选框工具，在图像中创建如图 7.95 所示的选区。设置前景色为#5E2E04，按 Alt+Delete 快捷键给选区内填充前景色，效果如图 7.96 所示。

图 7.95　创建矩形选区

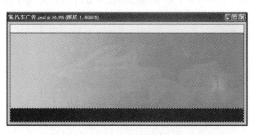

图 7.96　给选区内填充前景色后的效果

⑥ 执行 **选择(S)** 菜单下的 "变换选区" 命令，变换选区至如图 7.97 所示的效果，按 Enter 键确定选区变换。设置前景色为#2D3612，按 Alt+Delete 快捷键给选区内填充前景色，得到如图 7.98 所示的效果，按 Ctrl+D 快捷键取消选区。

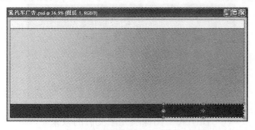

图 7.97　变换选区后的状态　　　　　　　图 7.98　给选区内填充前景色后的效果

⑦ 添加混合图像。打开素材文件夹中名为 "风景" 的图像，如图 7.99 所示。将 "风景" 图像拖到汽车广告图像中，调整图层 2 的位置及大小如图 7.100 所示。

图 7.99　打开 "风景" 图像　　　　　　图 7.100　图层 2 的位置及大小

⑧ 单击 "图层" 面板上的 添加矢量蒙版按钮，给图层 2 添加上矢量蒙版。选择工具箱中的 渐变工具，在图像中从左至右拖动鼠标，给添加矢量蒙版后的图层 2 填充上线性渐变，图层 2 就与背景层有了一个平滑的过渡，效果如图 7.101 所示。在 "图层" 面板中设置图层 2 的混合模式为 "亮度"，得到如图 7.102 所示的效果。

图 7.101　图层 2 添加蒙版并填充渐变后的效果　　　图 7.102　改变图层 2 混合模式后的效果

⑨ 打开素材文件夹中名为 "汽车 1" 的图像，如图 7.103 所示。将 "汽车 1" 图像拖到汽车广告图像中，调整图层 3 的位置及大小如图 7.104 所示。

图 7.103　打开 "汽车 1" 图像　　　　　　图 7.104　图层 3 在图像中位置及大小

⑩ 按 Ctrl+J 快捷键复制出图层 3 副本层。设置前景色为#FFFFFF，按 Alt+Shift+Delete 快捷键给图层 3 副本层的不透明区域填充上前景色（这里多按一个 Shift 键会在填充时，有锁定透明区域的作用），效果如图 7.105 所示。

图 7.105　给图层 3 副本层不透明区域填充白色后的效果

⑪ 执行 滤镜① 菜单"风格化"下的"风"命令，在弹出的"风"滤镜对话框中，设置其参数如图 7.106 所示，单击 好 按钮，得到如图 7.107 所示的效果。

图 7.106　"风"滤镜参数设置　　　　　图 7.107　执行"风"滤镜后的图像效果

⑫ 按 Ctrl+F 快捷键重复执行"风"滤镜，直到风吹的效果比较强烈，如图 7.108 所示。按 Ctrl+[快捷键将图层 3 副本层放置于图层 3 之下，效果如图 7.109 所示。

图 7.108　重复执行"风"滤镜后的效果　　　图 7.109　图层 3 副本层在图层 3 之下的效果

⑬ 打开素材文件夹中名为"花"的图像，如图 7.110 所示。将"花"图像拖到汽车广告图像中，调整图层 4 的位置及大小如图 7.111 所示。

图 7.110　打开"花"图像

图 7.111　图层 4 在图像中的位置与大小

⑭ 打开素材文件夹中名为"标识"的图像，如图 7.112 所示。将"标识"图像拖到汽车广告图像中，调整图层 5 的位置及大小如图 7.113 所示。

图 7.112　打开的"标识"图像

图 7.113　图层 5 在图像中的大小及位置

⑮ 打开素材文件夹中名为"驾驶室"的图像，如图 7.114 所示。将"驾驶室"图像拖到汽车广告图像中，调整图层 6 的位置及大小如图 7.115 所示。

图 7.114　打开的"驾驶室"图像

图 7.115　图层 6 在图像中的大小及位置

⑯ 打开素材文件夹中名为"古建筑"的图像，如图 7.116 所示。将"古建筑"图像拖到汽车广告图像中，调整图层 7 的位置及大小如图 7.117 所示。

图 7.116　打开的"古建筑"图像

图 7.117　图层 7 在图像中的大小及位置

⑰ 单击图层面板上的 添加矢量蒙版按钮，给图层 7 添加上矢量蒙版。选择工具箱中的 渐变工具，在图像中从上至下拖动鼠标，给添加矢量蒙版后的图层 7 填充上线性渐变，效果如图 7.118 所示。设置图层 7 的混合模式为"叠加"，得到如图 7.119 所示的效果。

图 7.118　图层 7 填充渐变后的效果

图 7.119　将图层 7 混合模式改为叠加后的效果

⑱ 打开素材文件夹中名为"汽车 2"的图像，如图 7.120 所示。将"汽车 2"图像拖到汽车广告图像中，调整图层 8 的位置及大小如图 7.121 所示。

图 7.120　打开的"汽车 2"图像

图 7.121　图层 8 在图像中的大小及位置

⑲ 单击图层面板上的🔘添加矢量蒙版按钮，给图层 8 添加上矢量蒙版。按 D 键将前景色置为黑色，选择工具箱中的🖌画笔工具，在图像中涂抹出如图 7.122 所示的效果。

图 7.122　用画笔处理后的图层 8 效果

⑳ 添加主题文字。设置前景色为#84702C，选择工具箱中的 T 横向文字工具，在画布中单击并输入如图 7.123 所示的文字"金锣马高级轿车"。按 Ctrl+T 快捷键对文字进行自由变换，单击鼠标右键，在弹出的自由变换菜单中，选择"斜切"命令，斜切变换文字效果如图 7.124 所示，按 Enter 键确定。

图 7.123　输入文字

图 7.124　对文字进行斜切变换

㉑ 单击"图层"面板下方的 ![]按钮添加图层样式按钮，在弹出的图层样式列表框中，选择"投影"样式。在"投影"样式参数栏中设置参数如图 7.125 所示。选择"斜面和浮雕"参数，设置其参数如图 7.126 所示。

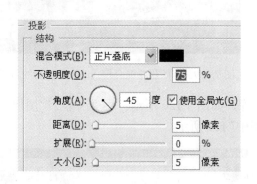
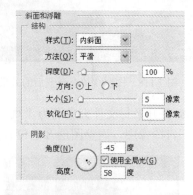

图 7.125 "投影"样式参数设置   图 7.126 "斜面和浮雕"样式参数设置

㉒ 设置好投影与"斜面和浮雕"样式参数后，单击 好 按钮，得到如图 7.127 所示的效果。设置前景色为#EA2F3C，选择工具箱中的 **T** 横向文字工具，在画布中单击并输入如图 7.128 所示的文字。

图 7.127 文字添加样式后的效果   图 7.128 再次添加文字

㉓ 添加广告语。设置前景色为#525253，选择工具箱中的 **T** 横向文字工具，在画布中单击并输入如图 7.129 所示的文字。

图 7.129 输入广告语文字

㉔ 单击"图层"面板下方的 ![]按钮添加图层样式按钮，在弹出的图层样式列表框中，选择

"描边"样式。在"描边"样式参数栏中设置参数如图 7.130 所示,描边颜色为#FFFFFF。选择"斜面和浮雕"样式,设置其参数如图 7.131 所示。

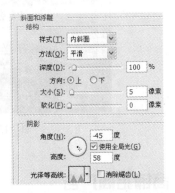

图 7.130 "描边"样式参数设置　　　　图 7.131 "斜面和浮雕"样式参数设置

㉕ 继续选择"投影"样式,设置"投影"样式参数如图 7.132 所示。单击 好 按钮,得到如图 7.132 所示的效果。

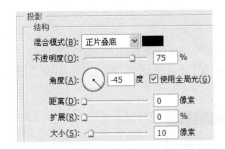

图 7.132 "投影"样式参数设置　　　　图 7.133 添加文字样式后的广告语效果

㉖ 添加地址及电话。按 Ctrl+"+"快捷键放大视窗显示,设置前景色为#FFFFFF,选择工具箱中的 T 横向文字工具,在画布中单击并输入如图 7.134 所示的文字。

图 7.134 添加的地址及电话文字

㉗ 按 Ctrl+0 快捷键让图像满画布显示,得到设计完成的汽车广告图像,如图 7.135 所示。

图 7.135　设计完成的汽车广告效果

7.5　商铺招商广告

经济的迅猛发展加速了商业领域的发展步伐，伴随着消费水平的提升，各种商业形式的招商广告也应运而生。本实例将通过设计商铺招商广告来练习与提升我们的构成与创意能力，有很强的实用性。

步骤

① 选择 **文件(F)** 菜单下的"新建"命令，在弹出的"新建"对话框中设置其参数如图 7.136 所示，单击 **好** 按钮，得到所定制的画布。

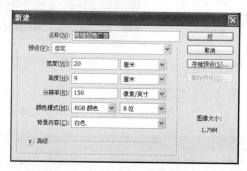

图 7.136　"新建"文件参数设置

② 设置前景色为#000000，选择工具箱中的 ☟ 折线套索工具，在图像中创建如图 7.137 所示的选区。按 Alt+Delete 快捷键给选区内填充前景色，得到如图 7.138 所示的效果。

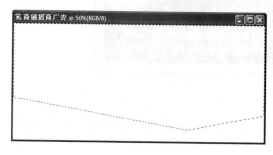

图 7.137　用折线套索创建选区

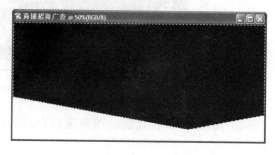

图 7.138　给选区内填充前景色后的效果

③ 按 Ctrl+Shift+I 快捷键对选区进行反向选取，设置前景色为#FFFAE1，按 Alt+Delete 快捷键给选区内填充前景色，得到如图 7.139 所示的效果。按键盘上的"↓"键，将选区下移至如图 7.140 所示状态。

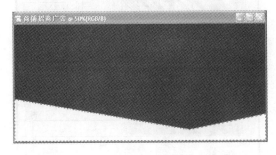

图 7.139　选区填充前景色后的效果

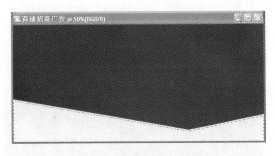

图 7.140　移动选区后的状态

④ 设置前景色为#8C672E，按 Alt+Delete 快捷键给选区内填充前景色，得到如图 7.141 所示的效果。再次按键盘上的"↓"键，将选区下移至如图 7.142 所示状态。

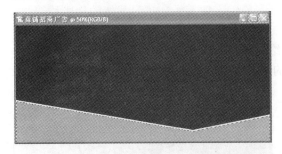

图 7.141　给选区填充前景色后的效果

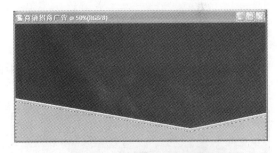

图 7.142　移动选区后的状态

⑤ 设置前景色为#320707，按 Alt+Delete 快捷键给选区内填充前景色，得到如图 7.143 所示的效果。按 Ctrl+D 快捷键取消选区。

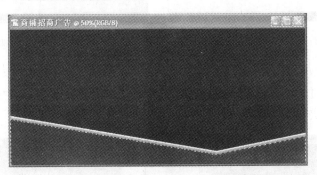

图 7.143　给选区内填充前景色后的效果

⑥ 按 Ctrl+Shift+Alt+N 快捷键新建图层 1，选择工具箱中的 矩形选框工具，在图像中创建如图 7.144 所示的矩形选区。选择工具箱中的 渐变工具，在工具属性栏中单击 渐变编辑器按钮，在弹出的渐变编辑器对话框中，编辑渐变样式如图 7.145 所示。从左至右的色标颜色依次为#700904、#EE5915、#FCEE25、#FBEF85，单击 好 按钮确定。

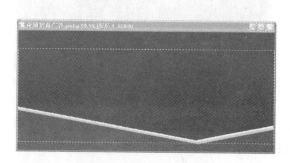

图 7.144 创建的矩形选区

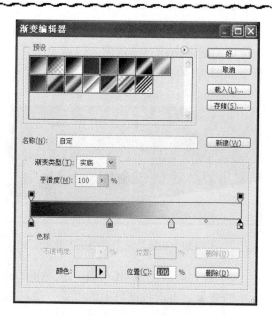

图 7.145 渐变编辑器状态

⑦ 从选区的左上角向右下角拖动鼠标，给选区填充上如图 7.146 所示的渐变效果。在图层面板中选择背景图层，选择工具箱中的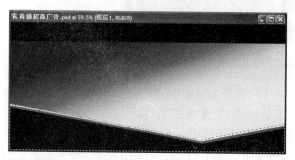魔棒工具，选择背景层如图 7.147 所示的部分。

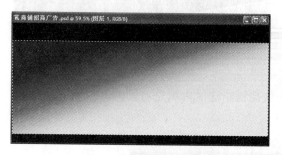

图 7.146 给选区内填充所编辑的渐变

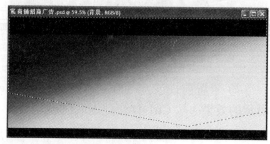

图 7.147 用魔棒选取背景范围

⑧ 在"图层"面板中选择图层 1，按 Ctrl+Shift+I 快捷键对选区进行反向选择，按 Delete 键删除图层 1 选区内的图像，得到如图 7.148 所示的效果。按 Ctrl+D 快捷键取消选区。打开素材文件夹中名为"金沙"的图像文件，如图 7.149 所示。

图 7.148 删除选区内图像

图 7.149 打开"金沙"图像

⑨ 将"金沙"图像拖到招商广告图像中，按 Ctrl+T 快捷键对图层 2 进行自由变换，图层 2 中的图像大小、位置和角度如图 7.150 所示，按 Enter 键结束变换。按住 Ctrl 键，在"图层"面板中单击图层 1，载入图层 1 选区。按 Ctrl+Shift+I 快捷键对选区进行反向选择，按 Delete 键删除图层 2 选区内的图像，得到如图 7.151 所示的效果。按 Ctrl+D 快捷键取消选区。

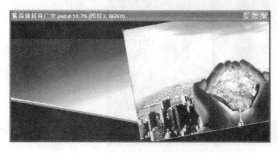

图 7.150　自由变换图层 2 图像效果　　　　图 7.151　删除图层 2 选区内的图像

⑩ 单击图层面板上的 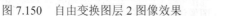 添加矢量蒙版按钮，给图层 2 添加上矢量蒙版。按"X"按键将前景色与背景色进行转换，选择工具箱中的画笔工具，在图像中涂抹图层图像的边缘，得到如图 7.152 所示的效果。

图 7.152　用画笔涂抹图像边缘所产生的效果

⑪ 打开素材文件夹中名为"放大镜"的图像，如图 7.153 所示。将"放大镜"图像拖到招商广告图像中，调整图层 3 中的图像大小、位置如图 7.154 所示。

图 7.153　打开"放大镜"图像　　　　图 7.154　图层 3 在图像中的位置及大小

⑫ 单击图层面板上的 ⊡ 添加矢量蒙版按钮，给图层 3 添加上矢量蒙版。按 "X" 按键将前景色与背景色进行转换，选择工具箱中的 ◢ 画笔工具，在图像中涂抹图层图像的边缘，使其效果如图 7.155 所示。

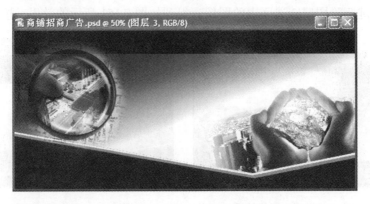

图 7.155   用画笔涂抹图层 3 图像边缘产生的效果

⑬ 打开素材文件夹中名为 "金币" 的图像，如图 7.156 所示。将 "金币" 图像拖到招商广告图像中，按 Ctrl+T 快捷键对图层 4 进行自由变换，调整后的 "金币" 图像大小、位置和角度如图 7.157 所示，按 Enter 键结束变换。

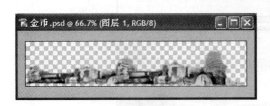

图 7.156   打开 "金币" 图像   图 7.157   图层 4 在图像中的位置及大小

⑭ 打开素材文件夹中名为 "背景底纹" 的图像，如图 7.158 所示。将 "背景底纹" 图像拖到招商广告图像中，按 Ctrl+I 快捷键对图层 5 进行反相调整。按 Ctrl+T 快捷键对图层 5 进行自由变换，调整后的 "背景底纹" 图像大小、位置如图 7.159 所示，按 Enter 键结束变换。

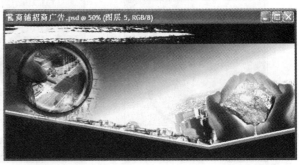

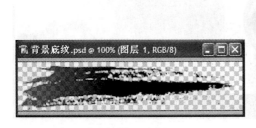

图 7.158   打开 "背景底纹" 图像   图 7.159   图层 5 图像在图像中的大小及位置

⑮ 在 "图层" 面板中，设置图层 5 的不透明度值为 30%，得到如图 7.160 所示效果。按 Ctrl+J 快捷键将图层 5 复制一个副本层，按 Ctrl+T 快捷键对图层 5 副本层进行自由变换，调整后的图层 5 副本层图像大小、位置如图 7.161 所示，按 Enter 键结束变换。在 "图层" 面板中设置图层 5 副本层的不透明度值为 15%。

图 7.160　调整图层透明度后的图层 5 效果　　　图 7.161　图层 5 副本层在图像中的位置及大小

⑯ 打开素材文件夹中名为 "美元符号" 的图像，如图 7.162 所示。将 "美元符号" 图像拖到招商广告图像中，按 Ctrl+T 快捷键对图层 6 中的图像进行自由变换调整，调整后的大小及位置如图 7.163 所示，按 Enter 键结束自由变换。

 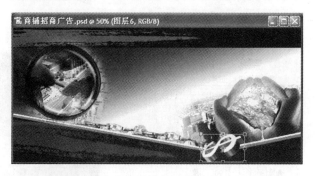

图 7.162　打开 "美元符号" 图像　　　图 7.163　图层 6 图像在图像中的大小及位置

⑰ 添加广告标题文字。设置前景色为#FCE315，选择工具箱中的 T.文字工具，在图像中单击并输入如图 7.164 所示文字。

图 7.164　输入的广告标题文字

⑱ 单击 "图层" 面板下方的 添加图层样式按钮，在弹出的图层样式列表框中，选择

"斜面和浮雕"样式。设置"斜面和浮雕"样式参数如图 7.165 所示。在图层样式列表框中勾选"渐变叠加"样式，并设置其参数如图 7.166 所示，其中渐变颜色为#EA3E3A 到#FFF33B。

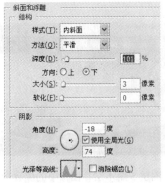

图 7.165　"斜面和浮雕"样式参数设置　　　　图 7.166　"渐变叠加"样式参数设置

⑲ 在图层样式列表框中，选择"描边"样式，设置描边样式参数如图 7.167 所示，渐变类型为橙色、黄色、橙色渐变。单击　　好　　按钮，得到如图 7.168 所示的效果。

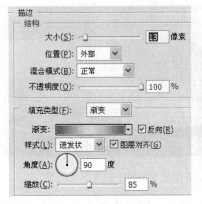

图 7.167　"描边"样式参数设置　　　　　图 7.168　标题文字添加样式后的效果

⑳ 添加广告语文字。设置前景色为#FFFFFF，选择工具箱中的 **T** 文字工具，在图像中单击并输入如图 7.169 所示文字。

图 7.169　输入广告语文字

㉑ 添加招商热线文字。选择工具箱中的 **T** 文字工具，在图像中单击并输入如图 7.170 所示文字。单击"图层"面板下方的 添加图层样式按钮，在弹出的图层样式列表框中，选择"描边"样式。设置描边样式参数如图 7.171 所示，描边颜色为#EC9209。

图 7.170　输入招商热线文字

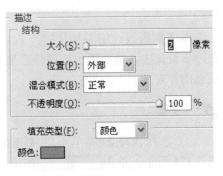

图 7.171　"描边"样式参数设置

㉒ 在图层样式列表框中勾选"投影"样式，并设置其参数如图 7.172 所示。单击 好 按钮，得到如图 7.173 所示的效果。

图 7.172　"投影"样式参数设置

图 7.173　文字添加样式后的效果

㉓ 添加正文文字。设置前景色为#FFFFFF，选择工具箱中的 **T** 文字工具，在图像中单击并输入如图 7.174 所示文字，完成招商广告设计。正文文字可以根据策划文案进行编写，要求在内容概括力强、生动、真实。本例中，读者可以自己创作。

图 7.174　输入正文文字后的招商广告效果

7.6　茶楼楼牌广告设计

本实例所设计的茶楼楼牌广告，主要练习广告设计中的色彩搭配及图层样式。使我们在广告设计中，能明确色彩属性产生的不同心理作用，以及图层样式所带来的奇趣效果，有很强的针对性。

步骤

① 选择 文件(F) 菜单下的 新建(N) 命令，在弹出的"新建"对话框中设置其参数如图 7.175 所示，单击 好 按钮，得到所定制的画布。

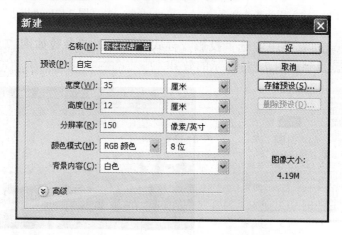

图 7.175　"新建"图像文件参数设置

② 设置前景色为#611F20，按 Alt+Delete 快捷键给背景层填充前景色，效果如图 7.176 所示。

图 7.176　给背景层填充前景色后的效果

③ 打开素材文件夹中名为"底纹"的图像，如图 7.177 所示。将"底纹"图像拖到茶

楼楼牌广告图像中，调整大小如图 7.178 所示。

图 7.177 打开"底纹"图像

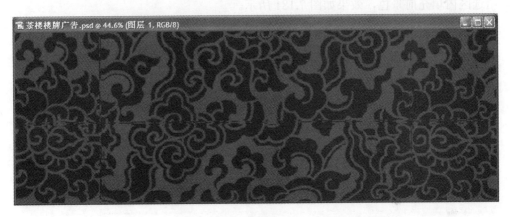

图 7.178 "底纹"图像在茶楼楼牌广告图像中的大小

④ 在"图层"面板中，设置图层 1 的不透明度值为 50%，图像效果如图 7.179 所示。此时，图层 1 中的图像颜色会与背景层中的颜色产生一个综合的颜色显示效果。

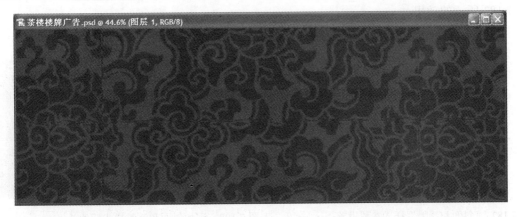

图 7.179 设置图层 1 不透明度值后的图像效果

⑤ 按 Crl+Shift+Alt+N 快捷键新建图层 2，选择工具箱中的矩形选框工具，在图像中创建如图 7.180 所示的矩形选区。

图 7.180　用矩形选框工具创建的矩形选区

⑥ 按 Ctrl+Shift+I 快捷键反向选取图像，设置前景色为#5C0A17，按 Alt+Delete 快捷键，给选区内填充前景色，效果如图 7.181 所示。

图 7.181　给选区内填充前景色后的效果

⑦ 单击图层面板下方的 🅕.添加图层样式按钮，在弹出的图层样式列表框中选择"斜面和浮雕"命令，设置"斜面和浮雕"参数如图 7.182 所示，单击 好 按钮，得到如图 7.183 所示的效果。

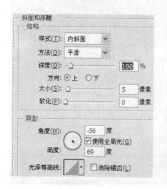

图 7.182　"斜面和浮雕"样式参数设置

图 7.183　添加斜面和浮雕样式后的效果

⑧ 打开素材文件夹中名为"名家书法"的图像，如图 7.184 所示。将"名家书法"图像拖到茶楼楼牌广告图像中，调整大小如图 7.185 所示。

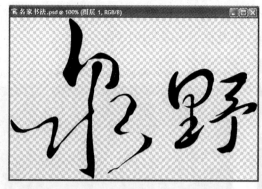

图 7.184 "名家书法"图像

图 7.185 图层 3 在楼牌广告图像中的大小

⑨ 单击"图层"面板下方的添加图层样式按钮 ，在弹出的图层样式列表框中选择 "描边"命令，设置"描边"参数如图 7.186 所示，描边颜色为#FFFFFF，单击 好 按钮，得到如图 7.187 所示的效果。

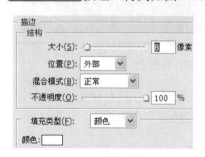

图 7.186 "描边"样式参数设置

图 7.187 图层 3 添加描边样式后的效果

⑩ 打开素材文件夹中名为"印章"的图像，如图 7.188 所示。将"印章"图像拖到茶楼楼牌广告图像中，调整大小及位置如图 7.189 所示。

图 7.188 "印章"图像

图 7.189 图层 4 图像在楼牌广告图像中的大小及位置

⑪ 打开素材文件夹中名为"茶具"的图像，如图 7.190 所示。将"茶具"图像拖到茶楼楼牌广告图像中，调整大小及位置如图 7.191 所示。

　　图 7.190　"茶具"图像　　　　　　　图 7.191　图层 5 图像在楼牌广告图像中的大小及位置

⑫ 为了增强茶具的视觉冲击力，可以为茶具添加一点光晕。打开素材文件夹中名为"光晕"的图像，如图 7.192 所示。将"光晕"图像拖到茶楼楼牌广告图像中，调整大小及位置如图 7.193 所示。

　　图 7.192　"光晕"图像　　　　　　　图 7.193　图层 6 图像在楼牌广告图像中的大小及位置

⑬ 为了让文字在传统艺术的基础上，同时具有现代视觉艺术。打开素材文件夹中名为"茶叶"的图像，如图 7.194 所示。将"茶叶"图像拖到茶楼楼牌广告图像中，调整大小及位置如图 7.195 所示。

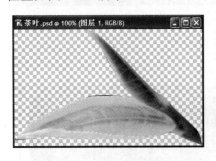 

　　图 7.194　"茶叶"图像　　　　　　　图 7.195　图层 7 图像在楼牌广告图像中的大小及位置

⑭ 按 Ctrl+J 快捷键复制出图层 7 副本层，按 Ctrl+T 快捷键对图层 7 副本层图像进行自由变换，自由变换后的图层 7 副本层图像如图 7.196 所示。

图 7.196　图层 7 副本层图像效果

⑮ 按 Ctrl+J 快捷键再次复制图层 7 副本层，用同样的方法制作出如图 7.197 所示的效果。现在茶具看起来就更有灵性，整个画布有了一种精气神。

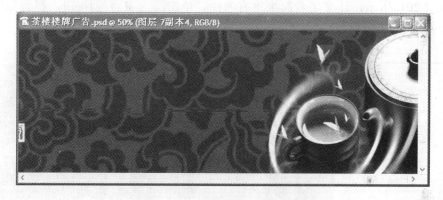

图 7.197　复制并调整后的图像效果

⑯ 添加主题名称文字。设置前景色为#E35050，选择工具箱中的 T 文字工具，在图像中单击并输入如图 7.198 所示的文字。

图 7.198　输入主题名称文字

⑰ 单击"图层"面板下方的 添加图层样式按钮，在弹出的图层样式列表框中选择"描边"命令，设置"描边"参数如图 7.199 所示，描边颜色为#B7C923。在图层样式列表框中选择"斜面和浮雕"样式，并设置其参数如图 7.200 所示。

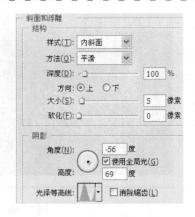

图 7.199 "描边"样式参数设置   图 7.200 "斜面和浮雕"样式参数设置

⑱ 选择"斜面和浮雕"样式下的 等高线 样式，单击 等高线编辑器，编辑等高线样式如图 7.201 所示，让文字看起来更有光泽。单击 好 按钮，得到如图 7.202 所示的效果。

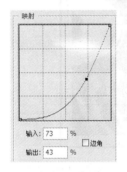

图 7.201 等高线编辑状态   图 7.202 文字添加斜面和浮雕样式后的效果

⑲ 添加经营项目文字。选择工具箱中的 **T** 文字工具，在图像中单击并输入如图 7.203 所示的文字。其中">>"符号的颜色为#E22626，文字的颜色为#FFFFFF。

图 7.203 输入符号及文字后的效果

⑳ 添加订座热线电话文字。设置文字颜色为#FFFFFF，选择工具箱中的 **T** 文字工具，在图像中单击并输入如图 7.204 所示的文字。茶楼楼牌广告设计完成。

图 7.204 输入订座热线电话文字后的效果

7.7 洗衣粉包装袋封面设计

随着设计界专业水平的不断进展，越来越多的设计师认识到，要设计一个好产品，产品的设计风格是第一步。外观包装在设计时要力求醒目，在视觉上要在同类产品包装效果中突出，这是吸引消费者的第一要素。

本实例是一个综合性的实例，可操作性强。通过本例的学习，希望能给刚从事包装设计的设计人员和正在学习设计的我们带来收获和帮助。

步骤

① 选择 文件(F) 菜单下的 新建(N) 命令，在弹出的"新建"对话框中设置其参数如图 7.205 所示，按照印刷标准，分辨率一般应为 300 像素/英寸以上，由于这里主要是以学习为准，所以设为 150 像素/英寸，以减小文件大小。单击 好 按钮，得到所定制的画布。

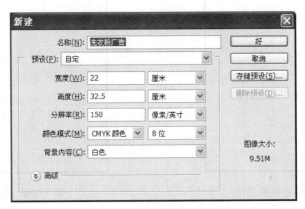

图 7.205 "新建"文件参数

② 添加参考线。执行 视图(V) 菜单下的"新参考线"命令，在弹出的"新参考线"对话框中，设置参数如图 7.206 所示，单击 好 按钮，得到如图 7.207 所示的效果。

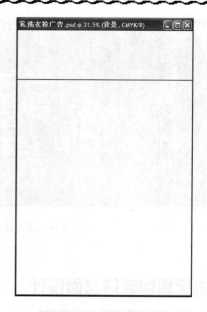

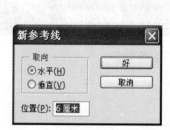

图 7.206　"新参考线"参数设置　　　　　　图 7.207　创建的新参考线

③ 制作背景。选择工具箱中的 ▢矩形选框工具，在图像中创建如图 7.208 所示的矩形选区，设置前景色为#FFF200，按 Alt+Delete 快捷键给选区内填充前景色，效果如图 7.209 所示。

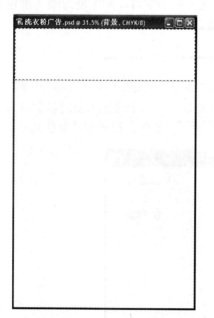

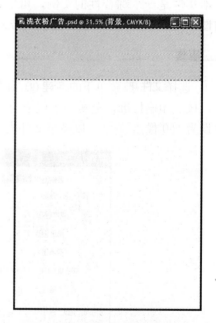

图 7.208　创建矩形选区　　　　　　　　　图 7.209　填充前景色

④ 按 Ctrl+Shift+I 快捷键对选区进行反向选取，设置前景色为#5C2D91，背景色为#0095DA，选择工具箱中的 ▢渐变工具，确认工具属性栏中的 ▢线性渐变按钮处于选择状态，从选区的左上角向右下角进行拖动，得到如图 7.210 所示的效果。按 Ctrl+D 快捷键取消选区。

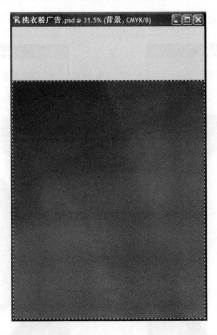

图 7.210 给选区内填充线性渐变后的效果

⑤ 按 Ctrl+Shift+Alt+N 快捷键新建图层 1，选择工具箱中的 ○ 按钮，在图像中创建如图 7.211 所示的椭圆选区。设置前景色为#FFFFFF，按 Alt+Delete 快捷键给选区内填充前景色，效果如图 7.212 所示。

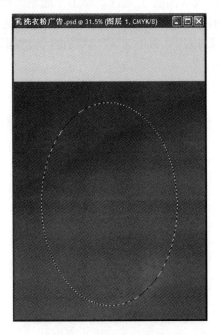

图 7.211 创建的椭圆选区

图 7.212 给选区内填充前景色后的效果

⑥ 执行 选择(S) 菜单下的"变换选区"命令，将鼠标放在变换选区控制框的对角线，按住 Alt+Shift 快捷键，中心缩放选区如图 7.213 所示。按 Enter 键确定变换选区，按 Delete 键

删除选区内的图像，得到如图 7.214 所示的效果。

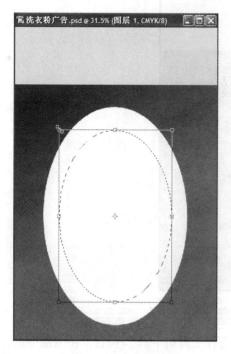

图 7.213　中心缩放选区

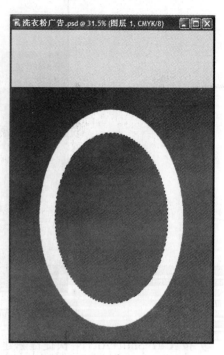

图 7.214　删除选区内图像

⑦ 按住 Ctrl 键单击"图层"面板中的图层 1，载入图层 1 选区。单击"通道"标签切换到通道编辑状态。单击"通道"面板下方的 ⌐ 创建新通道按钮，新建一个 Alpha 1 通道，通道面板状态如图 7.215 所示。按 Ctrl+Alt+D 快捷键打开"羽化选区"对话框，设置羽化值如图 7.216 所示，单击 好 按钮确定。

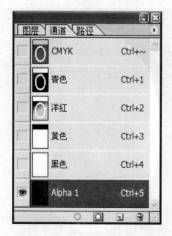

图 7.215　新建 Alpha 1 通道后的通道面板

图 7.216　"羽化选区"参数设置

⑧ 设置前景色为#000000，按 Alt+Delete 快捷键给选区内填充景色，效果如图 7.217 所示，按 Ctrl+D 快捷键取消选区。执行 滤镜(T) 菜单"像素化"下的"彩色半调"滤镜，设置"彩色半调"滤镜参数如图 7.218 所示。

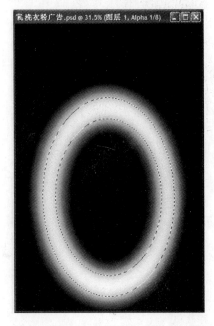

图 7.217　给选区内填充前景色后的效果

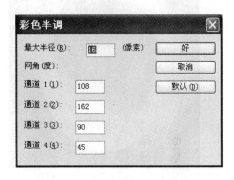

图 7.218　"彩色半调"滤镜参数设置

⑨ 单击 好 按钮，得到如图 7.219 所示的效果。按住 Ctrl 键单击 Alpha 1 通道，载入 Alpha 1 通道选区。单击"图层"面板，切换到图层编辑状态，单击图层 1。按住 Ctrl 键单击图层 1，在图层 1 之下新建图层 2。按 Alt+Delete 快捷键给选区内填充前景色，取消选区得到如图 7.220 所示的效果。

图 7.219　执行"彩色半调"滤镜后的 Alpha 1 通道

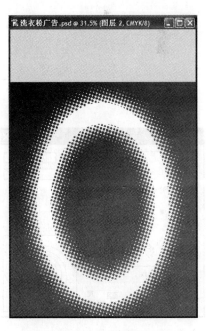

图 7.220　给选区内填充前景色后的图层 2

⑩ 按 Ctrl+T 快捷键对图层 2 图像进行自由变换，变换图层 2 图像效果如图 7.221 所示，按 Enter 键确定。设置图层 2 的不透明度值为 55%，效果如图 7.222 所示。

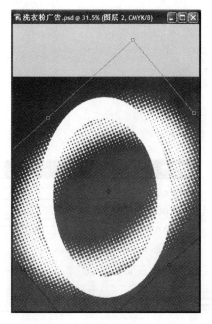

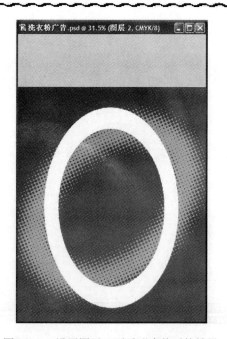

图 7.221　自由变换图层 2 图像效果　　　　　图 7.222　设置图层 2 不透明度值后的效果

⑪ 制作动感螺旋旋涡，让洗衣粉包装更加形象化。在图层面板中选择图层 1，执行 滤镜(T) 菜单"扭曲"下的"旋转扭曲"滤镜，"旋转扭曲"滤镜参数如图 7.223 所示。单击 好 按钮，得到如图 7.224 所示的效果。

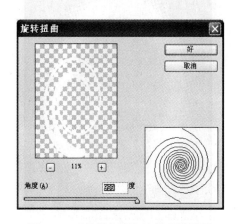

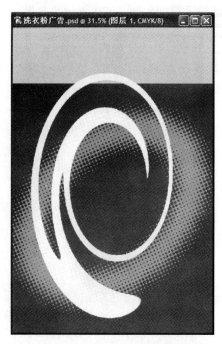

图 7.223　"旋转扭曲"滤镜参数设置　　　　　图 7.224　旋转扭曲后的图像效果

⑫ 按 Ctrl+F 快捷键重做"旋转扭曲"滤镜，得到如图 7.225 所示的效果。单击"图层"面板下方的 添加图层样式按钮，在弹出的图层样式列表框中选择"外发光"样式，

设置外发光样式参数如图 7.226 所示，外发光颜色为#FFFFFF。

图 7.225 重做"旋转扭曲"滤镜后的图像效果　　　　　图 7.226 "外发光"样式参数设置

⑬ 单击 好 按钮，得到如图 7.227 所示的效果。按 Ctrl+T 快捷键对图层 1 图像进行自由变换，变换图层 1 图像效果如图 7.228 所示，按 Enter 键确定。

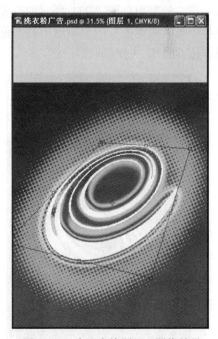

图 7.227 添加"外发光"样式后的图像效果　　　　　图 7.228 自由变换图层 1 图像效果

⑭ 制作气泡效果。按 Ctrl+Shift+Alt+N 快捷键新建图层 3，选择工具箱中的○工具，在图像中创建如图 7.229 所示的椭圆选区。设置前景色为#F5FBFF，选择工具箱中的✐工

具，在工具属性栏中设置画笔的大小为 250 像素，在选区四周单击，单击时可根据气泡的受光与反光部位确定颜色的明暗和深浅，受光部位可亮一些，反光部位可淡一点，如图 7.230 所示。

图 7.229　创建的椭圆选区形状

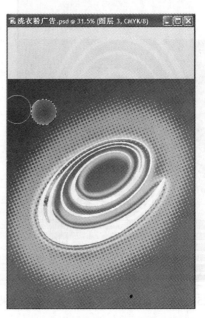
图 7.230　给选区边缘绘制前景色后的效果

⑮ 设置前景色为#FFFFFF，按"["键缩小画笔大小为 50 像素，在选区内气泡的高光部分单击，绘制出如图 7.231 所示的高光点。按"["键缩小画笔大小为 20 像素，在工具属性栏中设置画笔工具的"不透明度"值为 60%，在选区中绘制出如图 7.232 所示的反光点效果，按 Ctrl+D 快捷键取消选区。

图 7.231　用画笔绘制的气泡高光点效果

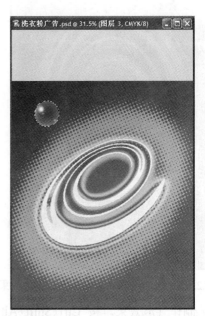
图 7.232　用画笔绘制的气泡反光点效果

⑯ 用同样方法绘制不同位置和大小的气泡，效果如图 7.233 所示。

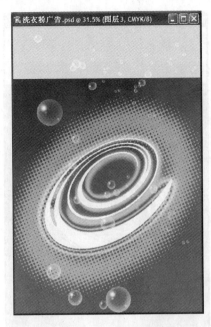

图 7.233　绘制不同位置和大小的气泡效果

⑰ 添加背景插图。打开素材文件夹中名为"荷花"的图像，如图 7.234 所示。将"荷花"图像拖到洗衣粉广告图像中，调整"荷花"图像的位置及大小如图 7.235 所示。

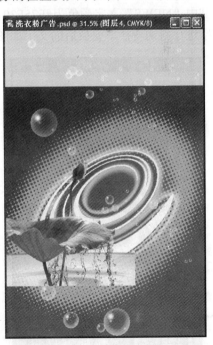

图 7.234　"荷花"图像　　　　　　　　图 7.235　"荷花"图像的位置及大小

⑱ 单击"图层"面板上的 ◙ 添加矢量蒙版按钮，给图层 4 添加上矢量蒙版。选择工具

箱中的 ⬛画笔工具，在图像中涂抹图层图像的边缘，使其效果如图 7.236 所示。

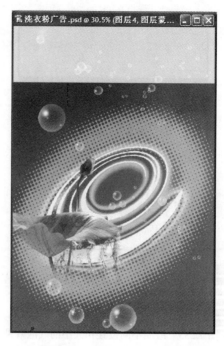

图 7.236　添加蒙版并涂抹处理后的效果

⑲ 添加主题文字。选择工具箱中的 **T** 工具，在图像中单击并输入如图 7.237 所示文字。其中"NEWS"文字颜色为#E75F30，文字"靓装"颜色为#FFFFFF。按 Ctrl+T 快捷键对文字进行斜切变换，变换后的文字如图 7.238 所示。

图 7.237　输入主题文字后的图像效果

图 7.238　文字斜切变换后的效果

⑳ 添加文字样式。单击"图层"面板下方的 ﬤ 添加图层样式按钮，在弹出的图层样式列表中选择"描边"样式，设置"描边"样式参数如图 7.239 所示，描边颜色为 #2B4EA1。在图层样式列表框中选择"斜面和浮雕"样式，设置"斜面和浮雕"样式参数如图 7.240 所示。

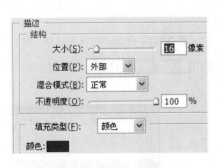

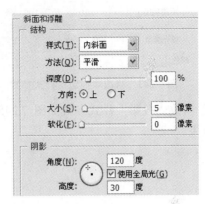

図 7.239　"描边"样式参数设置　　　　　　図 7.240　"斜面和浮雕"样式参数设置

㉑ 在图层样式列表框中选择"投影"样式，设置"投影"样式参数如图 7.241 所示。单击 好 按钮，得到如图 7.242 所示的效果。

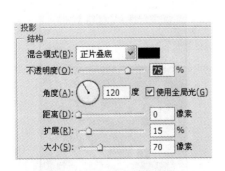

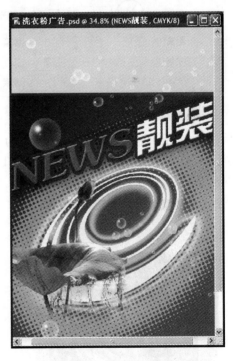

図 7.241　"投影"样式参数设置　　　　　図 7.242　添加样式后的文字效果

㉒ 按 Ctrl+J 快捷键将添加样式后的文字层复制一个副本，并在"图层"面板中双击该副本层。在打开的图层样式列表框中，修改"描边"样式参数如图 7.243 所示，描边颜色为 #EAD46C。修改"斜面和浮雕"样式参数如图 7.244 所示。

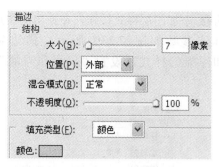

图 7.243　修改"描边"样式参数　　　　图 7.244　修改"斜面和浮雕"样式参数

㉓ 修改"投影"样式参数如图 7.245 所示。单击[　好　]按钮，得到如图 7.246 所示的效果。

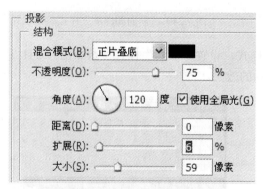

图 7.245　修改"投影"样式参数　　　　图 7.246　修改样式参数后的文字效果

㉔ 添加商品名称文字。设置前景色为#0095DA，选择工具箱中的 T 工具，在图像中单击并输入如图 7.247 所示文字。按 Ctrl+T 快捷键对文字进行斜切变换，变换后的文字如图 7.248 所示。

图 7.247　添加商品名称文字　　　　图 7.248　斜切变换后的商品名称文字

㉕ 单击"图层"面板下方的 *fx.* 添加图层样式按钮，在弹出的图层样式列表框中选择"描边"样式，设置"描边"样式参数如图 7.249 所示，描边颜色为#5C2D91。在图层样式列表框中选择"投影"样式，设置"投影"样式参数如图 7.250 所示。

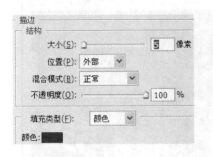

图 7.249　"描边"样式参数设置

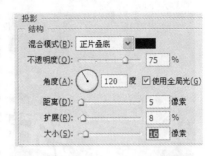

图 7.250　"投影"样式参数设置

㉖ 单击 好 按钮，得到如图 7.251 所示的效果。按 Ctrl+J 快捷键将添加样式后的文字层复制一个副本，设置前景色为#FFFFFF，按 Alt+Delete 快捷键给文字填充前景色，并用 工具移动副本层进行错位调整，效果如图 7.252 所示。

图 7.251　添加样式后的文字效果

图 7.252　文字副本层错位后的效果

㉗ 设置前景色为#5C2D91，选择工具箱中的 **T.** 工具，在图像中单击并输入如图 7.253 所示文字。按 Ctrl+T 快捷键对文字进行斜切变换，变换后的文字如图 7.254 所示。

图 7.253　输入文字

图 7.254　文字变换后的效果

㉘ 单击"图层"面板下方的 _fx._ 添加图层样式按钮，在弹出的图层样式列表框中选择 "描边"样式，设置"描边"样式参数如图 7.255 所示，描边颜色为#FFFFFF。单击 [　　好　　] 按钮，得到如图 7.256 所示的效果。

图 7.255　"描边"样式参数设置

图 7.256　文字添加"描边"样式后的效果

㉙ 设置前景色为#FFF200，选择工具箱中的 T 工具，在图像中单击并输入如图 7.257 所示文字。单击"图层"面板下方的 _fx._ 添加图层样式按钮，在弹出的图层样式列表框中选

择"描边"样式,设置"描边"样式参数如图 7.258 所示,描边颜色为#22356C。

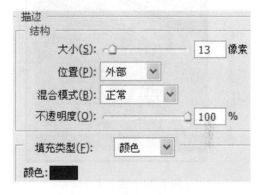

图 7.257 输入文字　　　　　　　　图 7.258 "描边"样式参数设置

⑩ 在图层样式面板中选择"斜面和浮雕"样式,设置"斜面和浮雕"样式参数如图 7.259 所示。单击 好 按钮,得到如图 7.260 所示的效果。

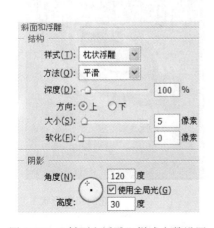

图 7.259 "斜面和浮雕"样式参数设置　　　图 7.260 添加样式后的文字效果

㉛ 添加净含量文字。选择工具箱中的 T 工具,在图像中单击并输入如图 7.261 所示文

字。打开素材文件夹中名为"分子"的图像，如图 7.262 所示。

图 7.261　输入净含量文字　　　　　　　图 7.262　打开的名为"分子"的图像

　　㉜ 将"分子"图像拖到洗衣粉广告图像中，调整图层 5 图像的大小及位置如图 7.263 所示，按 Ctrl+Shift+Alt+N 快捷键新建图层 6，选择工具箱中的▣工具，确认工具属性栏中的▨按钮处于选择状态。在图像中创建如图 7.264 所示的路径形状。

图 7.263　图层 5 图像的大小及位置　　　　图 7.264　创建的路径形状

　　㉝ 按 Ctrl+Enter 快捷键将路径转换为选区，执行 编辑(E) 菜单下的"描边"命令，在打开的"描边"对话框中，设置其参数如图 7.265 所示，描边颜色为#000000。单击 好 按钮，按 Ctrl+D 快捷键取消选区。得到设计完成后的洗衣粉广告效果，如

图 7.266 所示。用同样的方法可设计出洗衣粉包装袋的封底。

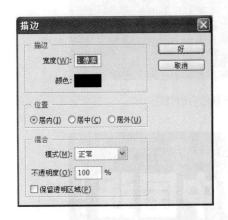

图 7.265 "描边"样式参数设置 　　　图 7.266 设计完成的洗衣粉包装封面效果

7.8 动画制作——打字机效果

在制作动画时，先要明白产生动画的原理，Photoshop CS 中的动画制作，主要是运用每帧图层的开启或关闭来产生动感。动画制作前，要求我们必须熟悉所制作动画的每帧的作用，对动画的最终效果心中有一个完整和清晰的轮廓，这样才能制作出更好的动画效果。

步骤

① 选择 文件(F) 菜单下的"新建"命令，在弹出的"新建"对话框中设置其参数如图 7.267 所示，单击 好 按钮，得到所定制的画布。

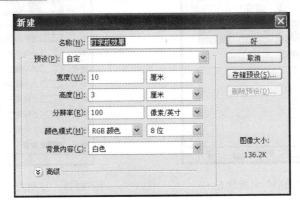

图 7.267 "新建"图像文件参数

② 设置背景并输入文字。设置前景色为#000000，按 Alt+Delete 快捷键给图像填充前景色，其效果如图 7.268 所示。设置前景色为#FFFFFF，选择工具箱中的文字工具**T**，在图像中单击并输入如图 7.269 所示的文字。

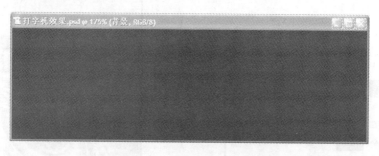

图 7.268　给图像填充前景色后的效果

图 7.269　输入文字

③ 在"图层"面板文字层上，单击鼠标右键，在弹出的快捷菜单中，选择"栅格化图层"命令将文字层栅格化，其"图层"面板状态如图 7.270 所示。在本实例中，由于文字加标点符号共 9 个字，所以在制作打字机效果则需要再制 8 个副本层，然后通过控制每个层的显示文字来达到打字机动态效果。按 Ctrl+J 快捷键再复制栅格化的文字层，其图层面板状态如图 7.271 所示。

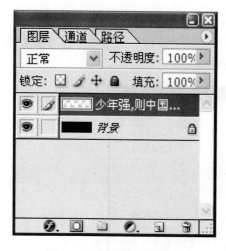

图 7.270　"图层"面板状态

图 7.271　复制图层副本后的图层面板

④ 单击"图层"面板中的 图标，关闭所有副本层的可视性，如图 7.272 所示。选择

工具箱中的 ▣ 矩形选框工具，在图像中框选如图 7.273 所示的区域，按 Delete 键删除选区内的图像。

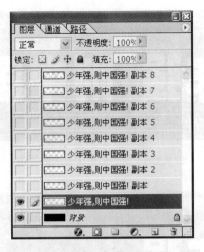

图 7.272　关闭所有副本图层的可视性

图 7.273　用矩形选区选取的图像范围

⑤ 在"图层"面板中选择副本层，选择工具箱中的 ▣ 矩形选框工具，在图像中框选如图 7.274 所示的区域，按 Delete 键删除选区内的图像，得到如图 7.275 所示的效果。

图 7.274　用矩形选区框选的范围

图 7.275　删除选区内的图像

⑥ 在"图层"面板中选择副本 2 层，选择工具箱中的▣矩形选框工具，在图像中框选如图 7.276 所示的区域，按 Delete 键删除选区内的图像，得到如图 7.277 所示的效果。

图 7.276 　用矩形选区框选的范围

图 7.277 　删除选区内的图像

⑦ 在"图层"面板中选择副本 3 层，选择工具箱中的▣矩形选框工具，在图像中框选如图 7.278 所示的区域，按 Delete 键删除选区内的图像，得到如图 7.279 所示的效果。

图 7.278 　`用矩形选区框选的范围

图 7.279 　删除选区内的图像

⑧ 在"图层"面板中选择副本 4 层，选择工具箱中的 ⊡ 矩形选框工具，在图像中框选如图 7.280 所示的区域，按 Delete 键删除选区内的图像，得到如图 7.281 所示的效果。

图 7.280　用矩形选区框选的范围

图 7.281　删除选区内的图像

⑨ 在"图层"面板中选择副本 5 层，选择工具箱中的 ⊡ 矩形选框工具，在图像中框选如图 7.282 所示的区域，按 Delete 键删除选区内的图像，得到如图 7.283 所示的效果。

图 7.282　用矩形选区框选的范围

图 7.283　删除选区内的图像

⑩ 在"图层"面板中选择副本 6 层，选择工具箱中的 ▣ 矩形选框工具，在图像中框选如图 7.284 所示的区域，按 Delete 键删除选区内的图像，得到如图 7.285 所示的效果。

图 7.284　用矩形选区框选的范围

图 7.285　删除选区内的图像

⑪ 在"图层"面板中选择副本 7 层，选择工具箱中的 ▣ 矩形选框工具，在图像中框选如图 7.286 所示的区域，按 Delete 键删除选区内的图像，得到如图 7.287 所示的效果。按 Ctrl+D 快捷键取消选区。

图 7.286　用矩形选区框选的范围

图 7.287　删除选区内的图像

⑫ 单击"图层"面板中的 👁 图标,关闭除背景层外的所有图层的可视性,如图 7.288 所示。

⑬ 按 Ctrl+Shift+M 快捷键进行编辑。在"Image Ready"中,执行 窗口(W) 菜单下的 "动画"命令,打开动画面板,如图 7.289 所示。

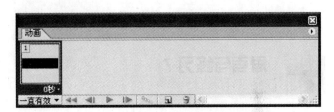

图 7.288 关闭除背景层外所有图层的可视性   图 7.289 动画面板状态

⑭ 在"动画"面板中单击 9 次 按钮,复制 9 个当前帧,"动画"面板状态如图 7.290 所示。

图 7.290 复制帧后的"动画"面板状态

⑮ 在"动画"面板中选择第 2 帧,然后在"图层"面板上开启"少年强,则中国强!"层的可视性。此时图像效果如图 7.291 所示。在"动画"面板中选择第 3 帧,然后在"图层"面板上开启"少年强,则中国强!副本"层的可视性。此时图像效果如图 7.292 所示。

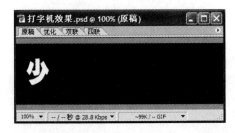   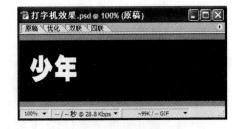

图 7.291 开启"少年强,则中国强!"层后的图像效果   图 7.292 开启副本层后的图像效果

⑯ 用同样的方法依次操作后面的帧,在第 10 帧时的图像效果如图 7.293 所示。单击"动画"面板上的 ▶ 按钮,就可以进行动画播放了,当然还可以控制每个帧的延缓时间。

图 7.293　第 10 帧时的图像效果

思考与练习 7

1. 制作完成各节案例，并根据所讲案例进行举一反三练习。

2. 收集素材，根据本章"美容化妆品广告"设计创意过程，设计一幅粽子的宣传销售广告。

3. 收集素材，根据本章"汽车广告"设计创意过程，设计一幅汽车广告。

4. 收集素材，根据本章"洗衣粉封面包装"设计创意过程，设计某一个产品包装的封面。

5. 收集素材，根据本章"动画制作——打字机效果"案例的动画制作原理，制作人物眨眼睛的动画效果。

第8章 Photoshop CS 操作技巧

本章要点

◆ 工具快捷键及操作技巧。

Adobe 公司在 Photoshop CS 中加入了全新的绘图功能。面对其他竞争对手在这方面做出的努力，尽管略显迟缓，但是在功能上丝毫不显得逊色。对于设计师来说，最重要的一点是，当某个新的功能模块出现在 Photoshop 中时，比出现在其他任何软件中都显得更加意义非凡。因此，掌握软件的各种操作技巧也显得十分重要。

8.1 工具面板技巧

初学者看见别人熟练操作各种工具快捷键，往往感觉眼花缭乱，不知其所以然。总向往自己某一天也能那样，一手操作鼠标，一手操作键盘，展开"双手互搏"术。这想法其实并不是奢望，下面就为读者讲解各种工具及面板的操作技巧和快捷方式。

① 工具的快捷键。可以通过按快捷键来快速选择工具箱中的某一个工具，各个工具的字母快捷键如下：

选框工具—M 移动工具—V 套索工具—L 魔棒工具—W 画笔工具—B 修复工具—J 仿制图章工具—S 历史记录画笔工具—Y 橡皮擦工具—E 模糊工具—R 减淡工具—O 钢笔工具—P 文字工具—T 渐变工具—G 吸管工具—I 抓手工具—H 缩放工具—Z 默认前景色和背景色—D 切换前景色和背景色—X 选区编辑模式切换—Q 屏幕显示模式切换—F 路径选择工具—A 注释工具—N 裁剪工具—C 切片工具—K 形状工具—U

按住 Alt 键后再单击显示的工具按钮，或者按住 Shift 键并重复按字母快捷键，则可以循环切换选择隐藏的工具。

② 获得精确光标。按 Caps Lock 快捷键可以使画笔和磁性套索工具的光标显示为精确"十"字形线，再按一次可恢复原状。

③ 显示或隐藏面板。按 Tab 键可切换显示或隐藏所有的面板和工具箱，如果按 Shift+Tab 快捷键则工具箱不受影响，只显示或隐藏其他面板。如图 8.1 所示的是按 Tab 键隐

藏所有面板和工具箱的状态，图 8.2 所示的是按 Shift +Tab 快捷键隐藏面板的状态。

图 8.1　按 Tab 快捷键隐藏所有面板

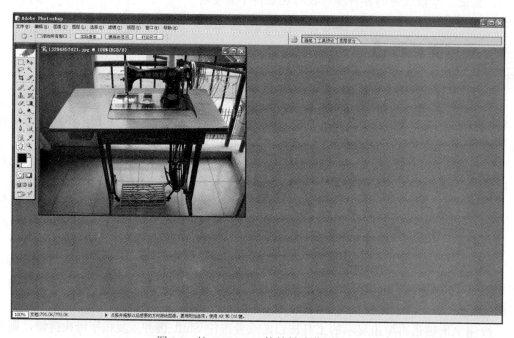

图 8.2　按 Shift +Tab 快捷键隐藏面板

④ 快速恢复默认值。有些不擅长 Photoshop CS 的朋友为了调整出满意的效果真是几经周折，结果发现还是原来的默认效果最好，后悔不该当初，怎么能恢复到默认值呢？不要紧，只要选择 窗口(W) 菜单中"工作区"命令组下的"复位调板位置"命令即可恢复如初，其操作步骤如图 8.3 所示。

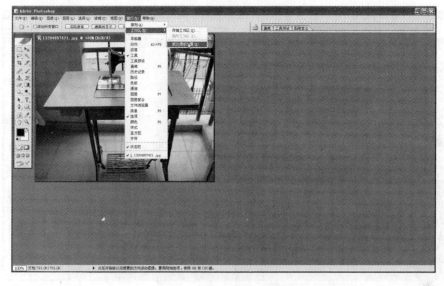

图 8.3　复位调板执行步骤

　　⑤ 自由控制图像视窗大小。缩放工具的快捷键为 "Z"，此外 Ctrl+空格键为放大工具，Alt+空格键为缩小工具，但是要配合鼠标单击才可以缩放；按 Ctrl+ "＋" 快捷键以及 Ctrl+ "－" 快捷键也可放大或缩小图像视窗；按 Ctrl+0 快捷键可使放大或缩小后的图像以满画布的方式显示；按 Ctrl+Alt+ "＋" 快捷键和 Ctrl+Alt+ "－" 快捷键可以自动调整窗口以满屏缩放显示，使用此工具就可以让图片在任何情况下都能全屏浏览。如果想要在使用缩放工具时按图片的大小自动调整窗口，可以在缩放工具的属性栏中选中 "满画布显示" 选项。不过最方便的方法就是 Alt+3D 鼠标滚轮，即可对图像进行随意缩放。

　　⑥ 使用 🖐 工具时，按住空格键后可转换成手形工具，可移动视窗内图像的可见范围。在手形工具上双击鼠标可以使图像以最佳比例显示，如图 8.4 所示。在缩放工具上双击鼠标可使图像以 1：1 的比例显示，如图 8.5 所示。

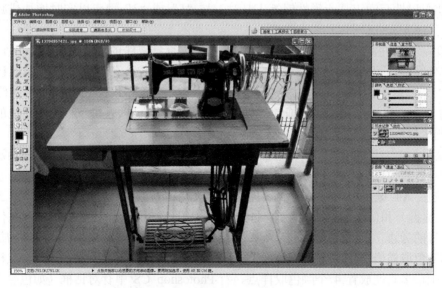

图 8.4　在手形工具上双击鼠标以最佳比例显示图像

图 8.5　在缩放工具上双击鼠标以 1∶1 比例显示图像

⑦ 在使用🖌工具时，按住 Alt 键即可将橡皮擦功能切换成恢复到指定的步骤记录状态。

⑧ 使用🖐工具时，按住 Alt 键可由单纯涂抹变成用前景色涂抹。

⑨ 要移动使用 🅣 🅣 工具打出的字形选取范围时，可先切换成快速蒙版模式（相当于按 Q 键），然后再进行移动，完成后只要再切换回标准模式即可。

⑩ 按住 Alt 键后，使用🔖工具在任意打开的图像视窗内单击鼠标，即可在该视窗内设定取样位置，但不会改变作用视窗。

⑪ 在使用🔖工具时，可按方向键直接以 1 像素的距离移动图层上的图像，如果先按住 Shift 键后再按方向键，则以每次 10 像素的距离移动图像。而按 Alt 键拖动选区，将会复制选区的图像。

⑫ 使用磁性套索工具或磁性钢笔工具时，按"["或"]"键可以实时增加或减少采样宽度。

⑬ 度量工具在测量距离上十分便利，特别是在测量斜线的物体时，可以用它来测量角度。在信息面板可视的前提下，选择度量工具单击并拖出一条直线，按住 Alt 键从第一条直线的节点上再拖出第二条直线，这样两条线间的夹角和线的长度都显示在信息面板上，如图 8.6 所示。用测量工具拖动可以移动测量线（也可以只单独移动测量线的一个节点），把测量线拖到画布以外就可以把它删除。

⑭ 使用绘画工具（如画笔、钢笔工具等）时按住 Shift 键，单击鼠标，可将两次单击不同位置的点以直线连接。

⑮ 按住 Alt 键用吸管工具选取颜色即可定义当前背景色。通过颜色取样器工具（按 Shift+I 快捷键）和信息面板监视当前图片的颜色变化。变化前后的颜色值显示在信息面板上取样编号的旁边。通过信息面板上的弹出菜单可以定义取样点的色彩模式。要增加新取样点只需用颜色取样器工具在图像中再单击一下就行了，按住 Alt 键单击可以除去取样点。但一张图像上最多只能放置 4 个颜色取样点。当 Photoshop CS 中有对话框（如色阶或阈值命

令）弹出时，要增加新的取样点必须按住 Shift 键再单击，按住 Alt+Shift 快捷键单击可以减去一个取样点。

⑯ 图像的精确裁剪。裁剪工具大家都一定用过，也许遇到过这种情况，在调整裁剪框，而裁剪框又比较接近图像边界的时候，裁剪框会自动粘贴到图像的边缘上，让人无法精确的裁剪图像。不过只要在调整裁剪边框的时候按下 Ctrl 键，裁剪框就能实现精确裁剪了，如图 8.7 所示。

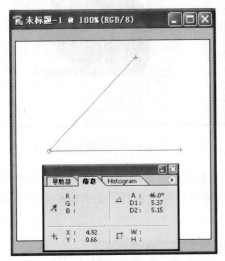

图 8.6　测量工具测量两线之间的角度和线的长度

图 8.7　按 Ctrl 键可实现精确裁剪图像

8.2　复制技巧

在图像处理或广告设计时，熟练掌握一些复制技巧往往可以事半功倍，提高工作效率。下面为读者讲解一些复制操作技巧：

① 按住 Ctrl+Alt 快捷键拖动鼠标可以复制当前层或选区内容，如图 8.8 所示。如果最近复制了一张照片在剪贴板里，Photoshop CS 在新建文件（按 Ctrl+N 快捷键）的时候会以剪贴板中图像的尺寸作为新建文件的默认大小。要跳过这个设置而使用上一次的设置，只要在新建文件时按 Ctrl+Alt+N 快捷键即可。

② 如果创作一幅新作品，需要与一幅已打开的图像有一样的尺寸、解析度和格式，只要选择 文件(F) 菜单下的"新建"命令，在打开的"新建"文件对话框中，单击 预设(P): 选项栏最下面一栏并单击已打开的图像名称即可。

③ 在使用自由变换工具（按 Ctrl+T 快捷键）时，按住 Ctrl+Alt+T 快捷键可先复制原图层（在当前的选区）后再在复制层上进行变换。按 Ctrl+Shift+T 快捷键可再次执行上次的变换，按 Ctrl+Alt+Shift+T 快捷键可复制原图后再执行变换。

④ 使用"通过复制新建层（按 Ctrl+J 快捷键）"或"通过剪切新建层（按 Shift+Ctrl+J 快捷键）"命令，可以在一步之间完成复制到粘贴和剪切到粘贴的工作；通过复制（剪切）新建层命令粘贴时仍会放置在它们原来的地方，然后通过复制（剪切）再粘贴就会放置到图片或选区的中心。

⑤ 若要直接复制图像而不希望出现如图 8.9 所示的"复制图像"对话框，可先按住 Alt 键，再执行 **图像(I)** 菜单中的"复制"命令。

图 8.8   按 Ctrl+Alt 快捷键快速复制图像   图 8.9   "复制图像"对话框

⑥ Photoshop CS 的剪贴板很好用，如果希望直接使用 Windows 系统剪贴板来处理从屏幕上截取的图像，可按下 Ctrl+K 快捷键，在弹出的对话框中选择☑**输出剪贴板(X)**选项就可以了，如图 8.10 所示。

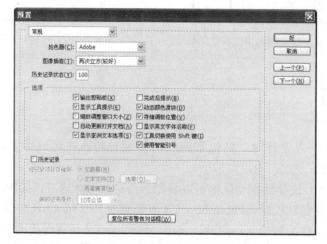

图 8.10   "预置"选项输出剪贴板

⑦ 在 Photoshop CS 中实现有规律的复制。

在版面设计时，我们会经常把某些元素有规律地摆放，以寻求一种形式的美感，在 Photoshop CS 中通过以下方法就可以轻易实现这种要求。

框选要复制的物体，按 Ctrl+J 快捷键产生一个浮动图层，按 Ctrl+T 旋转或移动浮动图层到适当位置后按 Enter 键确定，按住 Ctrl+Alt+Shift 快捷键后，连续按 T 键就可以有规律地复制出连续的图像，而按住 Ctrl +Shift 键再按 T 键只是有规律的移动。

⑧ 复制文件中的选择对象时，可使用编辑菜单中的复制命令。复制一次也许觉得不麻烦，但要多次复制，一次次的单击菜单命令就相当不便了，这时可以先用选择工具选定对象，而后单击移动工具，再按住 Alt 键不放。当光标变成一黑一白重叠在一起的两个箭头时，拖动鼠标到所需位置即可。若要多次复制，只要重复地按住、放松鼠标就行了。

⑨ 当需要将创建的选区拖到另一图像中时，只需选择选框工具或套索工具，把鼠标光标放在选区内，按住鼠标左键就可将选区从一个文件拖到另一个文件中。

⑩ 为当前历史状态或快照建立一个复制文档。在历史记录面板中，单击从 圖 当前状态创建新文档按钮，就可在当前状态或快照复制一个文档。按住 Alt 键单击任一历史状态（除了当前的、最近的状态）可以复制它，而后被复制的状态就变为当前（最近的）状态；按住 Alt 键拖动动作中的步骤可以把它复制到另一个动作中。

8.3 选择技巧

对图像进行选取有许多操作技巧，虽然有的操作方法也可使用工具选项或菜单命令来实现，但操作起来始终没有下面的一些选择方法快捷实用，下面所提供的选择技巧使读者工作起来更轻松愉快。

① 把选择区域或层从一个文档拖向另一个文档时，按住 Shift 键可以使其在目标文档上居中。如果源文档和目标文档的大小相同，被拖动的元素会被放置在与源文档位置相同的地方，而不是放在画布的中心。如果目标文档包含选区，所拖动的元素会被放置在选区的中心。

② 单击工具箱中的画笔类工具，在工具属性栏中单击画笔标签右边的 ▶ 按钮，在弹出的菜单中选择"载入画笔"选项，到 Photoshop CS 安装目录中的 画笔 文件夹中选择 *.abr，就会在画笔列表中看到 星光画笔、散布枫叶画笔、沙丘草画笔等许多漂亮的画笔样式。

③ 如果想选择两个选择区域相交的部分，可在已有的任意一个选择区域的旁边按住 Shiftt+Alt 键拖动，绘制第二个选择区域，如图 8.11 所示，松开鼠标，即可得到如图 8.12 所示的选区。鼠标"十"字形光标旁出现的"×"符号，表示相交的区域将被保留。

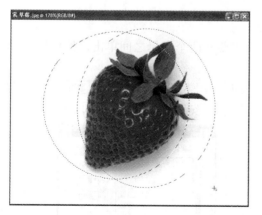

图 8.11 让选区之间相交

图 8.12 得到的选区

④ 从中心向外删除一个选择区域，在任意一个选择区域内，按住 Alt 键拖动矩形或椭圆的选区，松开 Alt 键后再一次按住 Alt 键，最后松开鼠标，再松开 Alt 键。

⑤ 在快速蒙版模式下要迅速切换蒙版区域或选取区域时，先按住 Alt 键后将光标移到快速遮色模式图标上单击鼠标即可。

⑥ 使用选框工具的时候，按住 Shift 键可以划出正方形和正圆的选区；按住 Alt 键将从起始点为中心划选区；按住 Shift+Alt 键，可以从中心向外画正圆或正矩形。

⑦ 在使用套索工具勾画选区的时候，按 Alt 键可以在套索工具和多边形套索工具之间切换。创建选区的时候按住空格键，可以移动正在创建的选区。

⑧ 按住 Ctrl 键单击图层面板上的某个图层，可载入该图层不透明区域的选区。若再按住 Ctrl+Alt+Shift 键单击另一层，则可以得到这两个层的不透明区域的相交区域。

⑨ 在缩放或复制图片之前先切换到快速蒙版模式（按 Q 键）可保留原来的选区。

⑩ 选框工具中 Shift 键和 Alt 键的使用方法如下：

当用选框工具选取图片时，想扩大选择区域，按住 Shift 键，光标"＋"会变成"＋"，拖动光标，这样就可以在原来选取的基础上扩大所需的选择区域；或是在同一幅图片中同时选取两个或两个以上的选取框。

当用选框工具选取图片时，想在选取框中减去多余的图片，按住 Alt 键，光标"＋"会变成"＋"，拖动光标这样就可以留下所需要的图片。

⑪ 魔棒、套索工具中 Shift 和 Alt 键的使用方法如下：

➢ 创建一个选择区域后，按住 Shift 键再单击图像其他区域，可增加选取范围。

➢ 创建一个选择区域后，按住 Alt 键再单击图像其他区域，可减少选取范围。

➢ 创建一个选择区域后，按住 Shift+Alt 键再单击图像附近的区域，可得到公共相交的选区部分。

⑫ 可以用以下快捷键来快速浏览图像。

➢ Home：卷动至图像的左上角。

➢ End：卷动至图像的右下角。

➢ Page Up：卷动至图像的上方。

➢ Page Down：卷动至图像的下方。

➢ Ctrl+Page Up：卷动至图像的左边。

➢ Ctrl+ Page Down：卷动至图像的右边。

⑬ 想"紧排"调整个别字母之间的空位，首先要在两个字母之间单击，然后按下 Alt 键，再按左、右方向键（←、→）进行调整。

⑭ 将对话框内的设定恢复为默认，按住 Alt 键后，图 8.13 话框中 [取消] 按钮将会变成图 8.14 的 [复位] 按钮，单击 [复位] 按钮即可恢复设置到默认状态。

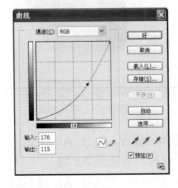

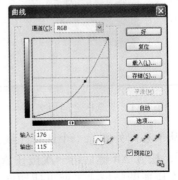

图 8.13　按住 Alt 键之前的按钮状态　　　图 8.14　按住 Alt 键之后的按钮状态

⑮ 要快速改变在对话框中显示的数值，首先用鼠标单击那个数字，让光标处在对话框中，然后就可以用上、下方向键来改变数值了。如果在用方向键改变数值前先按下 Shift 键，那么数值的改变速度会加快。

⑯ Photoshop CS 除了以往熟悉的快捷键 Ctrl+Z 键（可以自由地在历史记录和当前状态中切换）之外，还增加了 Shift+Ctrl+Z 快捷键（用以按照操作次序不断的逐步取消操作）和 Ctrl+Alt+Z 快捷键（使用户可以按照操作次序不断的逐步取消操作）两个快捷键。按 Ctrl+Alt+Z 快捷键和 Shift+Ctrl+Z 快捷键分别为在历史记录中向后、向前。

⑰ 填充功能

Shift+BackSpace 快捷键打开"填充"对话框，如图 8.15 所示。

Alt+BackSpace 快捷键和 Ctrl+BackSpace 快捷键分别为填充前景色和背景色。

按 Alt+Shift+BackSpace 快捷键及 Ctrl+Shift+BackSpace 快捷键在填充前景色及背景色的时候只填充已存在的像素（保持透明区域）。

⑱ 按键盘上的 D 键、X 键可迅速切换前景色和背景色。

图 8.15　"填充"对话框

⑲ 用任意一绘图工具画出直线笔触，先在起点位置单击鼠标，然后按住 Shift 键，再将光标移到终点单击鼠标即可。

⑳ 按 Ctrl+M 快捷键打开"曲线"对话框时，按 Alt 键后单击曲线，可使格线更精细，如图 8.16 所示。再单击鼠标可恢复原状，如图 8.17 所示。

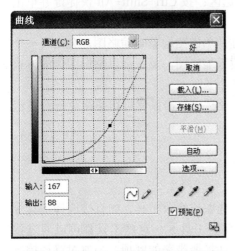

图 8.16　按住 Alt 键单击曲线时的状态

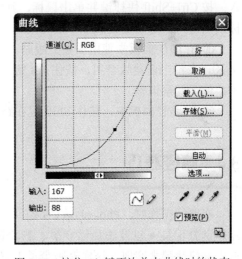

图 8.17　按住 Alt 键再次单击曲线时的状态

㉑ 使用矩形（椭圆）选取工具选择范围后，按住鼠标不放，再按空格键即可随意调整选取框的位置，放开后可再调整选区范围的大小。

㉒ 增加一个由中心向外绘制的矩形或椭圆形，在增加的任意一个选择区域内，先按 Shift 键拖动矩形或椭圆的选框工具，然后放开 Shift 键，再按 Alt 键，最后松开鼠标按钮再松开 Alt 键。按 Enter 键或 Return 键可关闭滑块框。若要取消更改，按 Escape（Esc）键，

若要在弹出滑块对话框时，以 10%的增量增加或减少数值，按住 Shift 键并按方向键盘上的上箭头键或者下箭头键即可。

㉓ 若要修正倾斜的图像，先用测量工具在图像上可以作为水平或垂直方向基准的地方画一条线，然后从菜单中选 图像(I) 菜单"旋转画布"下的"任意角度"命令，在打开的"旋转画布"对话框中，会发现正确的旋转角度已经自动填好在对话框中，只要单击 好 按钮就可修正倾斜的图像。

㉔ 裁剪图像之后所有裁剪范围之外的像素就将丢失。要想无损失地裁剪图像，可以用"画布大小"命令来代替。虽然 Photoshop CS 会警告我们将进行一些剪切，但出于某种原因，事实上并没有将所有"被剪切掉的"数据被保留在画面以外，但这对索引模式不起作用。

㉕ 合并可见图层时按 Ctrl+Alt+Shift+E 快捷键可把所有可见图层复制一份后合并到当前图层。同样可以在合并图层的时候按住 Alt 键，也会把当前层复制一份后合并到前一个层，但是 Ctrl+Alt+E 这个快捷键这时并不能起作用。

㉖ 创建参考线时，按 Shift 键拖动参考线可以将参考线紧贴到标尺刻度处；按 Alt 键拖动参考线可以将参考线更改为水平或垂直方向。

㉗ 在调色板中，按住 Shift 键单击某一颜色块，则用前景色替代该颜色；按住 Shift+Alt 快捷键单击鼠标，则将单击处前景色作为新的颜色块插入；按住 Alt 键在某一颜色块上单击鼠标，则将背景色变为该颜色；按住 Ctrl 键单击某一颜色块，会将该颜色块删除。

㉘ 在图层、通道、路径面板上，按 Alt 键单击这些面板底部的工具按钮时，对于有对话框的工具可调出相应的对话框更改设置。

㉙ 在图层、通道、路径面板上，按 Ctrl 键并单击图层、通道或路径会将其作为选区载入；按 Ctrl+Shift 快捷键并单击鼠标，则添加到当前选区；按 Ctrl+Shift+Alt 快捷键并单击鼠标，则与当前选区交叉。

㉚ 在图层面板中使用图层蒙版时，按住 Shift 键并单击图层蒙版缩略图，会出现一个红叉☒，表示当前蒙版禁用，按住 Alt 键并单击图层蒙版缩略图，蒙版会以整幅图像的方式显示，便于观察调整。

㉛ 在路径面板中，按住 Shift 键在路径面板的路径栏上单击鼠标可切换路径是否显示。

8.4　路径技巧

在路径操作时，Photoshop CS 提供了一些路径的选取或修改工具，如直接选择工具 、路径选择工具 以及添加锚点 、删除锚点 、转换点工具 。这些工具都可以通过按键盘上的快捷键来实现，这样就减少了工具之间的选择切换所带来的麻烦。当然对路径控制面板中的路径操作也可通过一些技巧性操作来实现，下面就来感受一下路径操作技巧所带来的无穷乐趣。

① 在点选调整路径上的一个点后，按住 Alt 键，再用鼠标左键在点上单击一下，这时其中一根"调节控制线"将会消失，再单击另一个路径点时就会不受影响了。

② 如果用 工具绘制了一条路径，而鼠标现在的状态又是钢笔的话，只需按

Ctrl+Enter 快捷键就可将路径转换为选区。

③ 如果用⬚工具绘制了一条路径，而鼠标现在的状态又是画笔的话，只需按 Enter 键就可根据画笔笔尖的大小用前景色描边路径。

④ 按住 Alt 键后在路径面板上的垃圾桶图标上单击鼠标可以直接删除路径。

⑤ 使用路径其他工具时按住 Ctrl 键使光标暂时变成方向选取范围工具。单击路径面板上的空白区域就可关闭所有路径的显示。

⑥ 单击路径面板下方的几个按钮（用前景色填充路径、用前景色描边路径、将路径作为选区载入）时，按 Alt 键可以看见一系列可用的工具或选项。

⑦ 如果需要移动整条或多条路径，选择所需移动的路径然后按 Ctrl+T 快捷键，就可以拖动路径到任何位置。

⑧ 在勾勒路径时，最常用的操作还是像素单线条的勾勒，但此时会出现问题，有锯齿存在，很影响实用价值。不妨先将其路径转换为选区，然后对选区进行描边处理，同样可以得到原路径的线条，却可以消除锯齿。

⑨ 使用钢笔工具绘制路径时，按住 Shift 键可以强制路径或方向控制线成水平、垂直或45°角，按住 Ctrl 键可暂时切换到路径选取工具，按住 Alt 键将笔形光标在黑色锚点上单击可改变方向控制线的方向，使曲线能够转折；按住 Alt 键用路径选取工具单击路径会选取整个路径；要同时选取多个路径可以按住 Shift 键后逐个单击；使用路径选取工具时按住 Ctrl+Alt 快捷键移近路径会切换到增加节点或减少节点笔形工具。

⑩ 按 Ctrl+H 快捷键可以隐藏或显示绘制的路径、选区和辅助线。

8.5　滤镜技巧

在滤镜的使用中，往往感觉到滤镜的使用似乎没有什么操作技巧，接下来提供的滤镜使用操作技巧会令我们的作品无限增色，带来惊奇和感叹。

① 滤镜快捷键

➢ Ctrl+F：再次使用刚用过的滤镜。

➢ Ctrl+Alt+F：用新的选项使用刚用过的滤镜。

➢ Ctrl+Shift+F：褪去上次用过的滤镜或调整的效果及改变合成的模式。

② 在使用 **滤镜(T)** 菜单"渲染"下的"云彩"滤镜时，若要产生更多明显的云彩图案，可先按住 Alt 键后再执行该命令；若要生成低漫射云彩效果，可先按住 Shift 键后再执行"渲染"下的"云彩"滤镜命令。

③ 滤镜的处理效果以像素为单位，即相同的参数处理不同分辨率的图像，效果会不同。RGB 的模式里可以对图形使用全部的滤镜，文字一定要变成图形才能使用滤镜。

④ 用滤镜对 Alpha 通道进行数据处理会得到令人兴奋的结果（也可以处理灰阶图像），然后用该通道作为选取，再应用其他滤镜，通过该选取处理整个图像。该项技术尤其适用于晶体折射滤镜。

⑤ 用户可以打破适当的设置，观察有什么效果发生。当用户不按常规设置滤镜时，有时能得奇妙的特殊效果。例如，将虚蒙版或蒙尘与划痕的参数设置得较高，有时能平滑图像

的颜色，效果特别好。

⑥ 有些滤镜的效果非常明显，细微的参数调整会导致明显的变化，因此在使用时要仔细选择，以免因为变化幅度过大而失去每个滤镜的风格。处理过渡的图像只能作为样品或范例，但它们不是最好的艺术品，使用滤镜还应根据艺术创作的需要，有选择地进行。

8.6　图层技巧

对于 Photoshop CS 而言，掌握图层操作技巧可以大大提高设计效率，下面所讲解的图层操作技巧会让读者在设计工作中效率倍增。

① 按 Ctrl+[快捷键可下移选择图层的排列次序，按 Ctrl+]快捷键可上移选择图层的排列次序。

② 在移动图像或选取范围时，按方向键盘上的方向键做每次 1 像素的移动。在移动图层或选取范围时，先按住 Shift 键后再按方向键盘上的方向键做每次 10 像素的移动。

③ 直接删除图层时可以先按住 Alt 键后将光标移到图层面板上的垃圾桶上单击鼠标即可。按下 Ctrl 键后，移动工具就有自动选择功能了，这时只要单击某个图层上的对象，那么就会自动地切换到那个对象所在的图层；但当放开 Ctrl 键后，移动工具就不再有自动选择的功能了，这样容易防止误选。

④ 在图层面板中按住 Alt 键在两层之间单击可把它们编为一组。当一些层链接在一起而又只想把它们中的一部分编组时，这个功能十分好用。因为编组命令（Ctrl+G）在当前层与其他层有链接时会转为编组链接层命令。

⑤ 用鼠标双击图层面板中带 T 字样的图层还可以再次对文字进行编辑，按住 Alt 键单击所需层前眼睛图标可隐藏或显示其他所有图层。按住 Alt 键单击当前层前的笔刷图标可解除与其他所有层的链接。

⑥ 要清除某个层上所有的层效果，按住 Alt 键双击该层上的层效果图标。要关掉其中一个效果，按住 Alt 键后在"图层/图层样式"子菜单中选中它的名字，或者在图层效果对话框中取消它的"应用"标记。

⑦ 除了在通道面板中编辑层蒙版以外，按 Alt 键单击图层面板上蒙版的图标也可以打开它；按住 Shift 键单击蒙版图标为关闭或打开蒙版。按 Alt+Shift 快捷键，单击层蒙版可以以红宝石色（50%）显示。按住 Ctrl 键单击蒙版图标为载入它的透明选区。

⑧ 按住 Alt 键单击鼠标右键可以自动选择当前点最靠上的图层，或者打开移动工具选项面板中的自动选择图层选项也可实现。按住 Alt+Shift 快捷键，单击鼠标右键可以切换当前层是否与最上面层作链接。

⑨ 需要多层选择时，可先用选择工具选定文件中的区域，拉制一个选择虚框，然后按住 Alt 键，当光标变成一个右下角带一小"－"的"＋"号时（这表示减少被选择的区域或像素），在第一个框的里面拉出第二个框；而后按住"Shift"键，当光标变成一个右下角带一小"＋"的大"＋"号时，再在第二个框的里面拉了第三个选择框，这样二者轮流使用，就可以进行多层选择了，用这种方法也可以选择不规则对象。

8.7　色彩技巧

对于 Photoshop CS 的许多教材都很少提及对色彩的操作技巧，这里讲解关于这方面的一些知识。

① Photoshop CS 是 32 位应用程序，为了正确地观看文件，须将屏幕设置为 24 位色彩。先执行 窗口(W) 菜单中的"新窗口"命令，产生一个新视窗后，再执行 视图(V) 菜单下的"校样颜色"命令，即可同时观看两种模式的图像，便于比较分析。

② 单击视窗上的吸管或"十"字形图标，就可由弹出式菜单更改尺寸及色彩模式。按住 Shift 键单击鼠标右键，从弹出的颜色条选项菜单中选取其他色彩模式。

③ 在调色板面板上的任意一个空白（灰色）区域单击可在调色板上加进一个自定义的颜色，按住 Ctrl 键单击为减去一个颜色，按住 Shift 键单击为替换一个颜色。

④ 通过复制粘贴 Photoshop CS 拾色器中所显示的 16 进制颜色值，可以在 Photoshop 和其他程序（其他支持 16 进制颜色值的程序）之间交换颜色数据。

⑤ 打开颜色范围对话框时，可按 Ctrl 键作图像与选取预览的切换。若按 Shift 键可使吸管变成有"＋"符号的加选吸管，若按 Alt 键则会使吸管变成有"－"符号的减选吸管，按 Shift+BackSpace 快捷键可直接弹出"填色"对话框。

⑥ 在选色面板上直接切换色彩模式，按住 Shift 键后将光标移到色彩杆上单击鼠标即可。

8.8　动作技巧

动作其实是一系列指令的集合，类似于录制好了的宏，在动作的操作中也有如下技巧。

① 若要在一个动作中的一条命令后新增一条命令，可以先选中该命令，然后单击面板上的开始记录按钮，选择要增加的命令，再单击停止记录按钮即可。按住 Ctrl 键后，在动作面板上所要执行的动作的名称上双击鼠标，即可执行整个动作。

② 若要一起执行数个宏，可以先增加一个宏，然后录制每一个所要执行的宏。

③ 若要在一个宏中的某一个命令后新增一条命令，可以先选中该命令，然后单击调色板上的开始录制图标，选择要增加的命令，再单击停止录制按钮即可。

 思考与练习 8

1. 写出工具箱中各工具的快捷键。
2. 练习各节所讲的各种高级操作技巧并回答下列问题：

① 绘制一个选区，然后按 Q 键切换到选区快速蒙版模式，这时若要扩大选区的选取范围，应该怎样操作？若减小选取范围呢？

② 按 Ctrl+H 快捷键能隐藏选区、路径、辅助线和切片吗?

③ 按 Ctrl+J 快捷键复制一个图层,然后再按 Ctrl+T 快捷键将所复制的图层缩小或旋转一定角度,按 Ctrl+Shift+Alt+T 快捷键能再次重复上一步的操作吗?

④ 绘制一条闭合路径,按 Ctrl+Enter 快捷键能将该路径转换为选区吗?

⑤ "图层编组"命令使用时,下一图层是否能和上一图层编组?图层编组命令的快捷键是什么?

⑥ 按 Ctrl+N 快捷键是新建图像文件,按 Ctrl+Shift+N 快捷键是新建图层。如果要新建一个图层,按 Ctrl+Shift+Alt+N 快捷键试试,它与按 Ctrl+Shift+N 快捷键有什么不同?

⑦ 按 Ctrl+F 快捷键实现什么功能?

附录 Photoshop CS 常用快捷键

Photoshop CS 最常用的快捷键

矩形、椭圆选框工具 [M]

剪切工具 [C]

移动工具 [V]

切片工具 [K]

套索、多边形套索、磁性套索工具 [L]

魔棒工具 [W]

修复画笔工具 [J]

画笔工具 [B]

橡皮图章、图案图章 [S]

历史记录画笔工具 [Y]

橡皮擦工具 [E]

模糊、锐化、涂抹工具 [R]

减淡、加深、海绵工具 [O]

钢笔、自由钢笔、磁性钢笔 [P]

直接选取工具 [A]

文字、文字蒙版、直排文字、直排文字蒙版 [T]

注释工具 [N]

度量工具 [I]

矩形工具 [U]

直线渐变、径向渐变、对称渐变、角度渐变、菱形渐变工具 [G]

油漆桶工具 [K]

吸管、颜色取样器 [I]

抓手工具 [H]

缩放工具 [Z]

默认前景色和背景色 [D]

切换前景色和背景色 [X]

切换标准模式和快速蒙版模式 [Q]

标准屏幕模式、带有菜单栏的全屏模式、全屏模式 [F]

临时使用移动工具 [Ctrl]

临时使用吸色工具 [Alt]

临时使用抓手工具 [空格]

打开工具选项面板 [Enter]

快速输入工具选项（当前工具选项面板中至少有一个可调节数字）：[0] 至 [9]

Photoshop CS 快捷键 A（文件）

新建图形文件 [Ctrl+N]

用默认设置创建新文件 [Ctrl+Alt+N]

打开已有的图像 [Ctrl+O]

打开为… [Ctrl+Alt+O]

关闭当前图像 [Ctrl+W]

保存当前图像 [Ctrl+S]

另存为… [Ctrl+Shift+S]

存储副本 [Ctrl+Alt+S]

页面设置 [Ctrl+Alt+P]

打印 [Ctrl+ P]

打开"预置"对话框 [Ctrl+ K]

显示最后一次显示的"预置"对话框 [Ctrl+Alt+ K]

设置"常规"选项（在预置对话框中） [Ctrl+ 1]

设置"存储文件"（在预置对话框中） [Ctrl+ 2]

设置"显示和光标"（在预置对话框中） [Ctrl+ 3]

设置"透明区域与色域"（在预置对话框中） [Ctrl+ 4]

设置"单位与标尺"（在预置对话框中） [Ctrl+S]

设置"参考线与网格"（在预置对话框中） [Ctrl+ 6]

设置"增效工具与暂存盘"（在预置对话框中） [Ctrl+ 7]

设置"内存与图像高速缓存"（在预置对话框中） [Ctrl+8]

Photoshop CS 快捷键 B（编辑操作）

还原/重做前一步操作 [Ctrl+Z]

还原两步以上操作 [Ctrl+Alt +Z]

重做两步以上操作 [Ctrl+Shift +Z]

剪切选取的图像或路径 [Ctrl+X]或 F2

复制选取的图像或路径 [Ctrl+C]

合并复制 [Ctrl+Shift +C]

将剪贴板的内容粘贴到当前图形中 [Ctrl+V]或 F4

将剪贴板的内容粘贴到选框中 [Ctrl+Shift +V]

自由变换 [Ctrl+T]

应用自由变换（在自由变换模式下） [Enter]

从中心或对称点开始变换（在自由变换模式下） [Alt]

限制（在自由变换模式下） [Shift]

扭曲（在自由变换模式下） [Ctrl]

取消变形（在自由变换模式下） [Esc]

自由变换复制的像素数据 [Ctrl+Shift +T]

再次变换复制的像素数据并建立一个副本 [Ctrl+Shift +Alt +T]

删除选框中的图案或选取的路径 [Delete]

用背景色填充所选区域或整个图层 [Ctrl+BackSpace] 或 [Ctrl+Del]

用前景色填充所选区域或整个图层 [Alt +BackSpace] 或 [Alt +Del]

弹出"填充"对话框 [Shift + BackSpace] 或 [Shift+F5]

从历史记录中填充 [Ctrl+Alt + BackSpace]

Photoshop CS 快捷键 C（图像、图层操作）

图像调整

调整色阶 [Ctrl+L]

自动调整色阶 [Ctrl+Shift +L]

打开曲线调整对话框 [Ctrl+M]

在所选通道的曲线上添加新的点（曲线对话框中）在图像中[Ctrl+鼠标单击]

在复合曲线以外的所有曲线上添加新的点（曲线对话框中）[Ctrl+Shift+鼠标单击]

移动所选点（曲线对话框中） [↑/↓/←/→]

以 10 像素为增幅移动所选像素（"曲线"对话框中） [Shift+箭头]

选择多个控制点（"曲线"对话框中）[Shift+鼠标单击]

前移控制点（"曲线"对话框中）[Ctrl+Tab]

后移控制点（"曲线"对话框中）[Ctrl+Shift+Tab]

添加新的点（"曲线"对话框中）鼠标单击网格

删除点（"曲线"对话框中）Ctrl+鼠标单击点

取消选择所选通道上的所有点（"曲线"对话框中） [Ctrl+D]

使曲线网格更精细或更粗糙（"曲线"对话框中）[Alt+鼠标单击网格]

选择彩色通道（"曲线"对话框中） [Ctrl+ "～"]

选择单色通道（"曲线"对话框中） [Ctrl+数字]

打开"色彩平衡"对话框 [Ctrl+B]

打开"色相/饱和度"对话框 [Ctrl+U]

全图调整（在"色相/饱和度"对话框中） [Ctrl+ "～"]

只调整红色（在"色相/饱和度"对话框中） [Ctrl+1]

只调整黄色（在"色相/饱和度"对话框中） [Ctrl+2]

只调整绿色（在"色相/饱和度"对话框中） [Ctrl+3]

只调整青色（在"色相/饱和度"对话框中） [Ctrl+4]

只调整蓝色（在"色相/饱和度"对话框中） [Ctrl+5]

只调整洋红（在"色相/饱和度"对话框中） [Ctrl+6]

去色 [Ctrl+Shift+U]

反相 [Ctrl+I]

图层操作

从对话框新建一个图层 [Ctrl+Shift+N]

以默认选项建立一个新的图层 [Ctrl+Alt+Shift+N]

通过复制建立一个图层 [Ctrl+J]

通过剪切建立一个图层 [Ctrl+Shift +J]

与前一图层编组 [Ctrl+G]

取消编组 [Ctrl+Shift +G]

向下合并或合并键接图层 [Ctrl+E]

合并可见图层 [Ctrl+Shift +E]

盖印或盖印链接图层 [Ctrl+Alt +E]

盖印可见图层 [Ctrl+Alt+Shift+E]

将当前层下移一层 [Ctrl+ "["]

将当前层上移一层 [Ctrl+ "]"]

将当前层移动到最下面 [Ctrl+ Shift+ "["]

将当前层移动到最上面 [Ctrl+ Shift+ "]"]

激活下一个图层 [Alt+ "["]

激活上一个图层 [Alt+ "]"]

激活底部图层 [Shift+Alt+ "["]

激活顶部图层 [Shift+Alt+ "]"]

调整当前图层的透明度（当前工具为无数字参数的，如移动工具）[0 至 9]

保留当前图层的透明区域（开关）[/]

投影效果（在"效果"对话框中）[Ctrl+1]

内阴影效果（在"效果"对话框中）[Ctrl+2]

外发光效果（在"效果"对话框中）[Ctrl+3]

内发光效果（在"效果"对话框中）[Ctrl+4]

斜面和浮雕效果（在"效果"对话框中）[Ctrl+5]

应用当前所选效果并使参数可调（在"效果"对话框中）[A]

图层混合模式

循环选择混合模式 [Alt+ "－" 或 "＋"]

正常 [Ctrl+Alt+N]

阈值 [Ctrl+Alt+L]

溶解 [Ctrl+Alt+I]

背后 [Ctrl+Alt+Q]

清除 [Ctrl+Alt+R]

正片叠底 [Ctrl+Alt+M]

屏幕 [Ctrl+Alt+S]

柔光 [Ctrl+Alt+F]

强光 [Ctrl+Alt+H]

颜色减淡 [Ctrl+Alt+D]

颜色加深 [Ctrl+Alt+B]

变暗 [Ctrl+Alt+K]

变亮 [Ctrl+Alt+G]

差值 [Ctrl+Alt+E]

排除 [Ctrl+Alt+X]

色相 [Ctrl+Alt+U]

饱和度 [Ctrl+Alt+T]

颜色 [Ctrl+Alt+C]

光度 [Ctrl+Alt+Y]

去色　海绵工具+[Ctrl+Alt+J]

加色　海绵工具+[Ctrl+Alt+A]

暗调　减淡/加深工具+[Ctrl+Alt+W]

中间调　减淡/加深工具+[Ctrl+Alt+V]

高光　减淡/加深工具+[Ctrl+Alt+Z] 选择功能

全部选择 [Ctrl +A]

取消选择 [Ctrl +D]

重新选择 [Ctrl +Shift +D]

羽化选择 [Ctrl +Alt +D]

反向选择 [Ctrl +Shift +I]

路径变选区　数字键盘的 Enter

载入选区　Ctrl+鼠标单击图层、路径、通道面板中的缩略图

按上次的参数再做一次上次的滤镜 [Ctrl+F]

褪去上次所做滤镜的效果 [Ctrl +Shift +F]

重复上次所做的滤镜（可调参数）[Ctrl +Alt +F]

Photoshop CS 快捷键 D（视图操作）

视图操作

显示彩色通道 [Ctrl + "～"]

显示单色通道 [Ctrl +数字]

显示复合通道 [～]

以 CMYK 方式预览（开关）[Ctrl +Y]

打开/关闭色域警告 [Ctrl +Shift +Y]

放大视图 [Ctrl + "＋"]

缩小视图 [Ctrl + "－"]

满画布显示 [Ctrl + "0"]

实际像素显示 [Ctrl +Alt + "0"]

向上卷动一屏 [Page Up]

向下卷动一屏 [Page Down]

向左卷动一屏 [Ctrl + Page Up]

向右卷动一屏 [Ctrl + Page Down]

向上卷动 10 像素[Shift + Page Up]

向下卷动 10 像素 [Shift + Page Down]

向左卷动 10 像素 [Ctrl + Shift +Page Up]

向右卷动 10 像素 [Ctrl + Shift + Page Down]

将视图移到左上角 [Home]

将视图移到右下角 [End]

显示/隐藏选择区域 [Ctrl +H]

显示/隐藏路径 [Ctrl + Shift +H]

显示/隐藏标尺 [Ctrl +R]

显示/隐藏参考线 [Ctrl +；]

显示/隐藏网格 [Ctrl +"]

紧贴参考线 [Ctrl + Shift +；]

锁定参考线 [Ctrl + Alt +；]

紧贴网格 [Ctrl + Shift +"]

显示/隐藏"画笔"面板 [F5]

显示/隐藏"颜色"面板 [F6]

显示/隐藏"图层"面板 [F7]

显示/隐藏"信息"面板 [F8]

显示/隐藏"动作"面板 [F9]

显示/隐藏所有命令面板 [Tab]

显示或隐藏工具箱以外的所有调整面板 [Shift + Tab]

文字处理（在"文字工具"对话框中）

左对齐或顶对齐 [Ctrl + Shift +L]

中对齐 [Ctrl + Shift +C]

左对齐或底对齐 [Ctrl + Shift +R]

左/右选择 1 个字符 [Shift+←或→]

下/上选择 1 行 [Shift+↑或↓]

选择所有字符 [Ctrl + A]

选择从插入点到鼠标单击处的字符[Shift+鼠标单击]

左/右移动 1 个字符[←/→]

下/上移动 1 行[↑/↓]

左/右移动 1 个字[Ctrl+↑/↓]

将所选文本的文字大小减小 2 像素 [Ctrl + Shift +<]

将所选文本的文字大小增大 2 像素 [Ctrl + Shift +>]

将所选文本的文字大小减小 10 像素 [Ctrl +Alt+ Shift +<]

将所选文本的文字大小增大 10 像素 [Ctrl +Alt+ Shift +>]

将行距减小 2 像素 [Alt+↓]

将行距增大 2 像素 [Alt+↑]

将基线位移减小 2 像素 [Shift +Alt+↓]

将基线位移增大 2 像素 [Shift +Alt+↑]

将字距微调或字距调整减小 20/1000ems [Alt+←]

将字距微调或字距调整增加 20/1000ems [Alt+→]

将字距微调或字距调整减小 100/1000ems [Ctrl +Alt+←]

将字距微调或字距调整增加 100/1000ems [Ctrl +Alt+→]

选择通道中白的像素（包括半色调）[Ctrl+Alt+1～9]

反侵权盗版声明

　　电子工业出版社依法对本作品享有专有出版权。任何未经权利人书面许可，复制、销售或通过信息网络传播本作品的行为；歪曲、篡改、剽窃本作品的行为，均违反《中华人民共和国著作权法》，其行为人应承担相应的民事责任和行政责任，构成犯罪的，将被依法追究刑事责任。

　　为了维护市场秩序，保护权利人的合法权益，我社将依法查处和打击侵权盗版的单位和个人。欢迎社会各界人士积极举报侵权盗版行为，本社将奖励举报有功人员，并保证举报人的信息不被泄露。

举报电话：（010）88254396；（010）88258888
传　　真：（010）88254397
E-mail：dbqq@phei.com.cn
通信地址：北京市万寿路 173 信箱
　　　　　电子工业出版社总编办公室
邮　　编：100036